目 录

序	1
致苏老师函	3
嘻哈大士简介	5
笔名	7

嘻哈大士农村系列之一：畜生

引　子	003
傻白（兔子）	004
朝天望（老牛）	007
坦克（乌龟）	012
九命（猫）	020
后　记	024

嘻哈大士农村系列之二：小偷

引　子	027
偷　书	028
偷西瓜	030

偷大枣   032

偷水果   034

偷鸡鸭   035

偷　猪   036

偷　狗   037

偷食堂   039

嘻哈大士农村系列之三：食为天

引　子   043

美食家   044

跑得快   050

伤　心   051

饿死了   053

嘻哈大士农村系列之四：老地主

后　记   061

嘻哈大士农村系列之五：娶媳妇

嘻哈大士农村系列之六：罪罚与善恶

引　子   071

罪与罚   072

善与恶   077

嘻哈大士/著

嘻哈杂文集

（卷一）

广东旅游出版社
GUANGDONG TRAVEL & TOURISM PRESS
悦读书·悦旅行·悦享人生

中国 广州

图书在版编目（CIP）数据

嘻哈杂文集：全2册／嘻哈大士著．—广州：
广东旅游出版社，2014.12
ISBN 978-7-80766-990-6

Ⅰ．①嘻…　Ⅱ．①嘻…　Ⅲ．①企业管理—文集
Ⅳ．① F270-53

中国版本图书馆 CIP 数据核字（2014）第 268795 号

广东旅游出版社出版发行
广州市天河区五山路 483 号华南农业大学公共管理学院 14 号楼三楼　邮编：510642
印刷：北京时代华都印刷有限公司
（地址：北京市密云县西田各庄镇西田各庄村）
广东旅游出版社图书网
www. tourpress. cn
邮购地址：广州市天河区五山路 483 号华南农业大学公共管理学院 14 号楼三楼
联系电话：020-87347994　　邮编：510642
787 毫米 ×1092 毫米　　16 开　　31.5 印张　　324 千字
2014 年 12 月第 1 版第 1 次印刷
定价：（全两册）95.00 元

本书如有错页倒装等质量问题，请直接与印刷厂联系换书。

后 记 080

又后记 080

再后记 083

嘻哈大士江湖系列之一：大哥

引 子 087

大 哥 087

监狱大学 088

江湖规矩 089

如此齐家 090

大哥嫁女 091

江湖见闻 092

如此江湖 094

嘻哈大士江湖系列之二：少林

引 子 099

缘结少林 099

午夜推车 100

H师父 102

嘻哈打架 103

H师父出走 106

莫逆之交 107

H师父回归 108

嘻哈大士江湖系列之三：彪子

引　子　　　　　　　　　　　　　　113

彪　子　　　　　　　　　　　　　　113

彪子见嘻哈　　　　　　　　　　　　116

彪子到马场　　　　　　　　　　　　117

彪子发飙　　　　　　　　　　　　　119

彪子出走　　　　　　　　　　　　　121

彪子受伤　　　　　　　　　　　　　121

彪子回来　　　　　　　　　　　　　122

以德服人　　　　　　　　　　　　　124

彪子不飙　　　　　　　　　　　　　125

后　记　　　　　　　　　　　　　　128

嘻哈大士文化系列之一：感恩

引　子　　　　　　　　　　　　　　133

感　恩　　　　　　　　　　　　　　134

报　恩　　　　　　　　　　　　　　138

嘻哈大士文化系列之二：国学

引　子　　　　　　　　　　　　　　147

国　学　　　　　　　　　　　　　　149

文　化　　　　　　　　　　　　　　150

传统文化　　　　　　　　　　　　　151

"大师"　　　　　　　　　　　　　　152

嘻哈大士文化系列之三：模糊

引　子　　　　　　　　　　　　　157

模　糊　　　　　　　　　　　　　158

精　准　　　　　　　　　　　　　162

后　记　　　　　　　　　　　　　163

嘻哈大士文化系列之四：羞耻

引　子　　　　　　　　　　　　　167

羞　耻　　　　　　　　　　　　　168

内　疚　　　　　　　　　　　　　170

嘻哈大士文化系列之五：天理

引　子　　　　　　　　　　　　　177

天　理　　　　　　　　　　　　　177

礼　仪　　　　　　　　　　　　　183

嘻哈大士文化系列之六：信仰

引　子　　　　　　　　　　　　　187

何为信仰　　　　　　　　　　　　188

国人的信仰　　　　　　　　　　　189

诡异的信仰　　　　　　　　　　　191

国人的缺失　　　　　　　　　　　193

貔　貅　　　　　　　　　　　　　195

文化与价值观   196

"变种"   198

最后的问题   199

嘻哈大士文化系列之七：使命

引　子   203

嘻哈的解释   203

嘻哈的自辩   207

嘻哈大士文化系列之八：标准

狗屎与标准   211

调研与标准   213

破案与标准   216

幸福与标准   218

序

　　大多数人面对人生，态度往往是严肃且认真的。而我一直崇尚生活可以轻松但不能随便的人生态度。与嘻哈大士相识、相交数年，他学识渊博，企业经营实战经验丰富，但不按牌理出牌，认真而不严肃的性格，是我最欣赏的。嘻哈大士称自己是"讲师""马痴""顽童"等诸多角色的综合，然而此书问世后，我想他又多了一个"畅销书作家"的头衔，因为这绝对是一本值得一读再读的好书。尽管嘻哈大士擅长角色扮演，丰富的人生阅历使其在角色中穿梭自如，但对于不完全了解其背景的人来说，在阅读此书的过程中，越看越觉得嘻哈大士像极了安徒生童话《皇帝的新装》里那位在众人中直接指出皇帝正光着身子的小男孩。

　　从众行为，指的是人们经常受到大多数人的影响，在许多事件上追随社会的主流意见，自己并不去思考每一件事的意义。正因如此，当皇帝"穿上"骗子织造的那件"笨蛋看不见的衣裳"时，从大臣到寻常百姓，甚至皇帝本人，明明看不见这件衣裳，明明看见皇帝光着身子逛大街，但是都不肯承认自己看不见衣裳，不承认自己是笨蛋。更重要的是，在大家都说这件衣裳多么华美之时，自己怎么才有勇气直接戳破"皇帝没穿衣服"的事实呢？

1

最后，这部由骗子导演、皇帝领衔主演、普通百姓出任临时演员的荒唐大戏，在一个小男孩于人群中指着皇帝喊"皇帝没穿衣服"时，画上了句点。在阅读嘻哈大士杂文集的过程中，经常能够看到"小男孩"的身影。在不同的时空背景下，以真诚为滤镜，当大家拍手叫好时，嘻哈大士不但会在众人看呆的目光中——指出荒腔走板的行径，而且更乐意与读者分享自己遍尝"生、死、叛、离"各阶段酸甜苦辣所累积的经验。因为够真诚，嘻哈大士能与不懂心机的动物相处得怡然自得；更因为以诚待人，嘻哈大士能与江湖各路人马相交甚欢，彼此之间更是碰撞出许多回味无穷的故事。

俗话说：行万里路，胜过读万卷书。但读此书，更胜于行万里路，为什么这么说呢？因为嘻哈大士已经走过太多的路，但这些精彩的路段，现代人早已无缘再见。尽管这本书好，但还是提醒读者读完之后容易产生的副作用——经常会面红耳赤、心跳加快。因为今后，你会发现人们常常"光着身子"逛大街！

上海交通大学海外教育学院
策略与危机管理研究所执行所长
苏建诚 教授
2014 年 9 月 11 日

致苏老师函

苏建诚先生 大鉴：

多年不见，再次相聚，把酒言欢，不亦乐乎？——快哉！又见令公子学有所长，业有所成，更值得浮一大白！

这些年，企业管理方面的书籍，我倒是出版了不少，但这期间，也写了一些杂文，偶尔给朋友看看，他们就撺掇我出版。我想，出书后是否有人购买实无所谓，但如果送给朋友，倒也不失为一份特殊的礼物，也省得我费脑筋、费钱财去买那些茶烟酒之类的"俗物"了。因此决定"顺应友意"——出版！

现在，我把这些杂文发给您，请斧正，非常希望听到您的意见。因准备出版，所以想请令公子的"媒文化"团队展其所长（名字有点意思）帮我做一些漫画插图，以及封面设计。再者，就是想请您帮我写个序。

本书"农村"系列，是与我同龄的那一代人终生的烙印。记述那段历史，"伤痕文学"是一个代表，她向人们展示了一个人性泯灭、乾坤颠倒的疯狂年代。而之后有位女士的文章则更高一筹，用极平淡高雅的笔法，表达了对那段历史的始作俑者冷彻骨髓的仇恨。但我却希望用嘻哈的态度去触及那一段并不嘻哈的历史。

"江湖"系列，是我的真实经历。其实我们每个人都"身在江湖"，我只是希望让人们能够从不同角度，更全面地了解什么是真正的"江湖"，以及如何才能"混迹江湖"而不迷失本真。

"文化"系列，是我对中华民族五千年传统文化的反思。现在国内所谓的"国学大师"比藏獒都多，但真正的国学不是靠杜撰历史故事，以及信口开河的忽悠进行学习和传承的。一个不懂深刻反思，不能与时俱进的民族注定是没有希望，没有前途的。

"教育"系列，是我对目前中国教育体系的批评与反思。种瓜得瓜，种豆得豆，失败的教育只能培养出失败的群体。目前中国的教育体系实可称得上是"国殇"。

"马场"系列，是我目前的生活状态。我希望人们能更多地走出"水泥森林"，去体验、去感受大自然的博大宽广，以及动物的忠诚、可爱与灵性。在许多时候，我认为：牲畜确实比人强多了！

"培训"系列，是多年来我在培训这个鱼龙混杂的圈子里的一些感受。我只是希望这个本应干净但其实已相当污浊的行业，今后能有所改善和净化。"为人师表"是神圣的，然而做起来又谈何容易！

"杂文"系列，则是我对一些五花八门事的一些乱七八糟的看法，因无法归类，故纳入杂文。

其实这些文章都是我多年来陆陆续续的"无心插柳"之作，内容山南海北，行文天马行空，所以杂乱无章，于是索性全部归为杂文，书名就叫"嘻哈杂文集"吧。

诸事拜托，谢谢！

顺颂秋祺！

老字号朋友：嘻哈大士

2014 年 8 月 8 日

嘻哈大士简介

嘻哈大士，笔名也。祖籍江苏如皋，20 世纪 50 年代生人，曾亲历"文革"及上山下乡。除牢狱之灾未曾遭遇外（人生一大遗憾），其余一切之"生、死、叛、离"均皆遍尝，可谓"九死一生"。"文革"期间，上山下乡，逾春秋六载，其中 3 年为生产队老饲养员之助手，终日与马、牛、骡、驴为伍。当年悟得人生最深之感受乃是：畜生比人强多了！

嘻哈大士，讲师也。70 年代末只身赴港，自小工起，至工长、主任、经理……不漏一个阶层，竟至"混"到三家上市公司之老总。改革开放以来，嘻哈大士曾担任众多知名企业之咨询顾问，并先后受聘为清华大学、北京大学、中央党校、国家行政学院、西安交通大学、浙江大学、华中科技大学等著名学府特聘讲师，业内称其为"实战型企业管理讲师"。

嘻哈大士，马痴也。厌喧嚣闹市，喜山水田园，常年与动物为伴，而动物之中尤其喜马，爱马如命，是为马痴！其母系家族"冒"姓，明冒辟疆之后，乃一代天骄成吉思汗之后裔。其父当年为骑术教官。其母自幼习骑，年逾八十仍能驭马。娶妻唐氏，亦善骑。子女亦如是。故可谓满门善骑。或许，乃血液中基因所致，又冥冥中命运使然！

嘻哈大士，顽童也，淡泊名利、退居田园、游戏人生、混迹江湖，然生性好客，故四海兄弟、八方来客、三教九流、贩夫走卒、文人墨客、狐朋狗友着实不少。每每三五相聚，把酒言欢、东拉西扯、嘻嘻哈哈。闲来无事，便会乱七八糟写些杂文。最近回顾，居然已有约二十万字。经不起狐朋狗友撺掇，便有整理出版之意，于是便有了《嘻哈杂文集》。

有兴趣愿意看的，茶余饭后看看，认为嘻哈说得对，嘻哈谢谢！认为嘻哈说得不对，嘻哈也谢谢！看不下去就别看，免得耽误您工夫，嘻哈说声对不起！不幸上当买了的，赶快扔掉，但千万别拿去擦屁股，因为嘻哈已经试过——太硬！

笔 名

各位看官，本人写杂文实在是好有一比：大姑娘坐轿——头一回！（这个歇后语有点过时，现在许多"大姑娘"可是经常"坐轿子"）但咱不管大姑娘到底坐了多少次轿子，反正我敢向毛主席保证：本人写杂文，还真是头一回！

之所以开始写杂文，完全是因为一个多年朋友的建议，说我平时瞎侃，经常是口若悬河、云山雾罩，山南海北、上天下地，口水直喷如"滔滔江水"没完没了……因此来看，如果写成文章估计也会有点意思，实在应该试试。我就试着写了一篇《小偷》，没想到不知是真是假，反正朋友是大加鼓励，撺掇着要发表到网站上，因此要我给自己起个"笔名"，以便文章一旦发表时好用。

我的朋友在"道上"早已扬名立万，笔名"一休"（信不信由你）。这个笔名怎样？服不服？绝对、相当、足够的——高雅！

既然要准备写文章，自然先得按江湖规矩——拜码头！于是我就不管三七二十一，不管"一休"大师是否同意，厚着脸皮先愣充其徒弟，这样才能名正言顺捞个辈分，以便今后在江湖上好排座次，混得个立足之地。

至于"笔名"，我实在大费周章，脑袋都想大了还是想不好，灵机一动，心想既然我师父笔名叫"一休"，那我干脆叫"二傻"得了！

7

但转念一想似乎又有些不妥，江湖上一旦传出"一休"大师收了个劣徒叫"二傻"，岂不是有损师父一世的英名？不妥！

再一想，本人历来说话好像放屁、做事有如白痴，行为乖张、满嘴胡说，整天嘻嘻哈哈没个正型，干脆就以"嘻哈"为名岂不甚好？对头！

这样今后即便文章写不好，大家见我是个疯子，估计多数懒得和疯子计较，便不会牵连到我师父，岂不善哉？再一想，"嘻哈"仅为形式，还需附有实体，得，笔名就叫"嘻哈大士"吧！

斗胆以"嘻哈大士"之名连写几篇文章，居然引起"道上"一些关注，有赞、有疑、有骂。

赞的我这里有礼了——说声谢谢！

疑的我就尽量解释——也要谢谢！

至于骂的，疯老爷我就懒得搭理了

但最近又有新问题，回顾我写的文章，却发现虽个别有些嘻哈风格，但确有一些不太嘻哈，有些则完全不嘻哈。例如，某网友评论："看了'嘻哈大士'的文章，却一点也嘻哈不起来。"（此君懂我，谢！）最近写的《畜生》甚至把许多人给看哭了，这可如何是好？于是我就又想着是否应该改改笔名。

改为"不太嘻哈大士""不嘻哈大士""有时嘻哈有时不嘻哈大士"？似乎都不太妥。另外，这个"大士"好像也有很大问题，观音菩萨才是"大士"，我算老几敢妄称"大士"？实在是有辱神灵更加不妥！

那么是否又要改为"嘻哈非大士""不嘻哈非大士""有时嘻哈有

时不嘻哈但肯定非大士"？乱七八糟，我自己都实在是被搞糊涂了！

想来想去，突然发现还是"二傻"这个笔名最贴切、最合适！因为一旦我叫"二傻"，就表示今后不管我写什么文章都是傻子写的，而且还是二等傻瓜，比大傻更傻！那么上下左右、横七竖八、里里外外、胡搅蛮缠都说得过去！对，就应该叫"二傻"！

以上改名字的想法还没有来得及请示师父，我也有点担心"一休"大师会不会看我疯癫来气，还没进师门就将我乱棍逐出？

各位看官意见又如何？希望给我出出主意，我的笔名到底该叫啥？"二傻"？"无名"？"混账"？"王八蛋"？"神经病"？还是暂时叫"嘻哈大士"？干脆由各位说了算吧！哈哈，疯老头这厢有礼——谢了！

喜哈大使？

嘻哈大士

嘻哈大士

农村系列之一：畜生

畜生比人强多了。

从前有座山，山里有个庙，庙里有个嘻哈老头讲故事。讲什么故事呢？讲个"畜生"的故事吧……

引 子

骂人骂"畜生"，已是非常恶毒了。但嘻哈却很不以为然，嘻哈认为骂人骂"畜生"，实在不能算骂人，甚至可能是大大"抬举"了一些被骂者。因为畜生即动物，动物有何不好？

嘻哈从小就与畜生（动物）有不解的渊源和极深的感情，家里养过鸡，养过兔，还养过猪，因此不但学会了劳动，也懂得了爱心、责任和友谊。

至"文革"期间，天天搞运动搞斗争，结果自然人人自危，有些人就不得不采取出卖的方式以求自保。于是"出卖"就迅速成为一种社会"常态"，人与人之间的互信跌到冰点，同事、下属、上司、师长、朋友，甚至亲爹亲娘都可以出卖，任何人都未必可信！而此时唯一可信的反而是——畜生！

接着就是上山下乡。嘻哈刚开始与几个同学被分配到一个生产队，后由于母亲和妹妹早于嘻哈被赶下农村，无法适应农村生活而日益困顿，万般无奈，嘻哈只好放弃所谓"下乡学生"的"珍贵身份"，冒着今后无法回城的巨大风险，搬到母亲和妹妹居住的生产队。恰在这个阶段，嘻哈认识了更多可爱、可信、聪明、忠诚，同时极通人性的畜生朋友。

直至今天，嘻哈依然与许多可爱的动物共同生活，例如马、狗、猫、鹦鹉、海鱼……现在和嘻哈在一起的动物生活实在太优渥了，像嘻哈的一群马，养尊处优、专人护理，连洗澡都要用"飘柔"，真是够腐败；像嘻哈的几条狗，其中一条松狮外号"大腐败"，凡是狗该干的事它一概不会，它自己都根本不认为自己是狗，饱食终日就在嘻哈书房"博览群书"（实为呼呼大睡），可见糟糕！因此实在乏善可陈。嘻哈要讲的，是几只与嘻哈患难与共的动物。

傻白（兔子）

嘻哈的第一个动物朋友是一只纯白色的兔子，叫"傻白"。当年母亲刚从城市被支边到西北当小学教师。西北物质极贫乏，许多老师家里都会饲养一些鸡鸭或兔子来改善生活。嘻哈家看着眼馋也想试试，母亲就从集市买了几只兔子。

这下嘻哈可高兴坏了，跑前跑后帮着母亲用捡来的废砖头砌了个兔子窝。小兔子中有一只白色的公兔，红眼睛、长耳朵，一身雪白的长毛，憨憨傻傻非常漂亮，嘻哈给它起了个名字叫"傻白"。

有了兔子，嘻哈和妹妹就有活干了，母亲给嘻哈和妹妹各自准备了一个小筐和一把小铲子，天天要到学校附近的田间地头割青草喂兔子。兔子越长越大，所需青草也就越来越多。兔子繁殖得很快，"傻白"有了许多后代，嘻哈和妹妹挑草的任务和责任也就日益繁重。

有一年暑假，母亲带着妹妹回老家探亲，故意把嘻哈一人留下照顾兔子（时年嘻哈八岁）。一月后母亲回来，发现嘻哈光着脚、赤着膊，头发又长又脏，浑身晒得黝黑，已与野孩子无异。但一群兔子却非常健康，不但一只不少，还多出了一窝，这当然是"傻白"的功劳。母亲大喜，着实夸奖了嘻哈一番！

有个让人头疼的问题，兔子善打洞，尤其是"傻白"更是个中高手，一开始只是在兔窝下面打个大洞，洞里温暖潮湿、冬暖夏凉，"傻白"就和它的妻妾子女待在洞里享受，直到嘻哈和妹妹割来青草时，它们才会争先恐后跑出洞外吃青草。

如此倒还相安无事，问题是"傻白"打洞越打越大、越打越深，最后竟然打穿了院墙，它带着它的妻妾子女——成功越狱了！

嘻哈全家大吃一惊，赶紧发动大家帮忙找回兔子，然后赶快设法把洞堵住。不成想"傻白"根本不在乎，堵一次它就会从其他地方"另辟蹊径"。嘻哈全家不断防堵只是徒劳！但"傻白"并不傻，每当嘻哈和妹妹割来青草，站在院墙边大声呼唤，不一会儿"傻白"就会领着它的全体家族成员回到窝里吃草。

然而这样"和平相处"的局面没有维持多久，"傻白"很快发现外面多的是青草，根本无须回来吃，于是就不再回家，它们成了一群名副其实的野兔子。嘻哈全家和"傻白"朝夕相处，早已有了感情，根本舍不得吃掉它们，跑了也就跑了，倒也并不懊恼。

从此嘻哈就只能在学校附近的野地里看到"傻白"，或许是因为"傻白"的品种使然，又或许是因为野外的生活无拘无束，总之"傻白"越长越大，变成一只比一般兔子大得多的"大傻白"，当年的小嘻哈根本抱不动它了。嘻哈和妹妹呼唤它，它就会一蹦一跳地跑过来，和嘻哈玩耍一阵，然后再带领它的妻妾和兔子兔孙们扬长而去。学校的老师和附近的村民都认识"傻白"，因此"傻白"全家倒也安全。

嘻哈曾经多次看见"傻白"为保护自己的"妻妾子孙"而与村里的狗儿搏斗，以至于附近村里的土狗都不敢轻易惹这个巨大而凶悍的"大傻白"。也曾经看见"傻白"发现天上有老鹰时，迅速带领兔群刹那间消失得无影无踪……

直到三年自然灾害来临，嘻哈再也没有见到过"傻白"……

嘻哈人生中最早懂得的道理中，有许多是与"傻白"相处时学习和感悟的：

1. 懂得了劳动和勤奋的重要，并付诸实践！

2. 明白了责任和承担的分量，并挺起双肩！

3. 感悟了自由的可贵，并需以生命去争取！

4. "傻白"教嘻哈"领袖"的职责与风范！

嘻哈衷心谢谢"傻白"——嘻哈童年的挚友、伙伴，嘻哈人生的启蒙老师！

朝天望（老牛）

"朝天望"其实是一头老黄牛。在西北农村，牲口是集体饲养的，因此每个生产队都有一个牲口棚和饲养员。农村牲口不外乎马、骡（马骡及驴骡）、牛、驴。马和骡子最金贵，是拉大车用的，只有生产队的"车把式"才有资格和能力驾驭。一般农活如犁地、耙地、送粪、运粮、拉磨等都是由驴和牛完成的。

牛和驴的体力、性格自然有区别，有的强壮、力大、有耐力、驯服，有的瘦弱、力小、无耐力。因此村民下地劳动，当然希望选择强壮、力大、有耐力、驯服的牲口，这样干活又快又不累，能够早些回家吃饭休息。

嘻哈所在生产队里牲口能力排名倒数第一的是一头老黄牛，外号"朝天望"。"朝天望"体形硕大但瘦骨嶙峋，走起路来慢慢腾腾四平八稳，你急它不急。最大的问题是，这头老牛有一个非常令人憎恶的习惯，每当干活干到紧要处，就会突然间扑通一声卧下，再也不肯起来。此时任凭你鞭打脚踢呵斥责骂，"朝天望"两只眼睛直勾勾地望天，就是一动不动！什么时候歇够了它才会自己起来。"朝天望"的外号便由此而来，这头死牛简直可以用"声名狼藉、神憎鬼厌"来形容。

村民都不愿意被分配到它，因为一旦不幸与"朝天望"合作，就意味着必然不能按时收工。如果有村民被分配到"朝天望"，往往就会舍弃赶牛的皮鞭而换上一根杯口粗的棍子，以便"朝天望"卧下时暴打它。因此"朝天望"的身上，尤其是屁股上总是被打得皮开肉绽血肉模糊，久而久之"朝天望"的屁股就变成一大片黑褐色厚如树皮的"铠甲"，上面早已没有一根牛毛！

一次，嘻哈不幸被分配使用"朝天望"，当日的农活是用小车向地里送粪，因此必须"多拉快跑"，以便尽快完成任务休息吃饭。在嘻哈气喘吁吁正干得紧张卖力的紧要关头，"朝天望"扑通一声卧下了，嘻哈急得满头大汗，围着它又踢又骂，却完全无济于事，想来"对牛弹琴"应该与"对牛叫骂"是同一个效果。村民们一个个赶着小车从嘻哈身边过去，幸灾乐祸地大叫：哈哈，"朝天望"又朝天望了！

嘻哈看着老牛一筹莫展，骂不听、哄不动、踢无用，又实在不具备村民们的"暴力"天赋。无奈之下嘻哈干脆与它并排躺下，两只眼睛也看天，嘻哈想看看"朝天望"究竟在看天上的什么，然而天上什么也没有！没有玉皇大帝，没有耶稣，没有任何神灵助嘻哈，这才是叫天天不应、呼地地不灵……

俄顷，"朝天望"歇够了，自己翻身起来继续工作，嘻哈喜出望外，赶紧跟在它后面继续干活，但此时主次关系显然已被颠倒：它为主，说了算；嘻哈服从，跟着干，还要不时小心翼翼地表扬它，哪里还敢打骂……那天待嘻哈回到家里，别人早已吃过饭了——倒霉！

一次嘻哈又被分配到了"朝天望"，心中暗暗叫苦。果然，活干到一半"朝天望"又故技重施，轰然倒地、抬头望天。嘻哈心中早已打定输数，明知打也白打、骂也白骂，于是干脆省点力气，直接和它一起躺下看天。"朝天望"似乎有点奇怪：这傻小子今天怎么不打我？嘻哈也不理它。

闲极无聊就从田边拔了一些青草放到它嘴边，牛吃草、嘻哈看天，各得其乐。没想到"朝天望"似乎有点不好意思，提前翻身站了起来，这次可真轮到嘻哈朝天望了：太阳从西边出来了？啥也别说了，赶紧干活！那一天嘻哈只比别人晚了一点点时间回家——幸运！

从此"朝天望"就认识了嘻哈，每次到牲口棚领牲口，它就会主动跑到嘻哈跟前，嘻哈也乐意要它，只是每次嘻哈都会事先准备一些青草或一把黑豆（问饲养员老刘头要的），以备"朝天望"卧下时喂它。而从此"朝天望"越来越少赖皮卧倒——当然，只有嘻哈用时不卧，别人用时卧得更厉害！于是它干脆就成了嘻哈的"私家专用牛"。

几年后（嘻哈在农村共生活了5年10个月零29天），嘻哈终于离开农村被分配到县里的工厂，而嘻哈的母亲和妹妹依然待在农村。一日嘻哈从厂里回家，一进村就听见村里的孩子大声告诉嘻哈快到队部去领牛肉，今天分牛肉！嘻哈心中一凛，立即意识到可能是"朝天望"出事了。

西北农村牲口是非常重要的劳动力，绝对不会轻易宰杀，宰杀牲口必须经人民公社一级批准，除非实在老弱得不能继续劳作才会被批准宰杀，而嘻哈知道当时村里最老的牲口就是"朝天望"了。

赶到村队部，只见从临村请来的屠户正在分肉（特别说明：

当年西北农村屠户一类是杀猪宰羊屠狗者，此类屠户十分寻常，基本村村都有；一类是专门宰牛的屠户，十分难找，其主要原因是西北农村特别敬重牛，认为牛有神护，一般屠户绝不肯宰牛，怕遭天谴报应。宰牛者只能由无儿无女的"绝户头"承担，而且还要这个"绝户头"肯宰、会宰，因此十分难找）。嘻哈远远看到树上搭着那张熟悉的牛皮，便已确定是"朝天望"无疑。

村民们多数派各家小孩来领肉，他们围着临时用门扇架起的肉案，大呼小叫、兴高采烈领取了属于自家的那份牛肉，便作鸟兽散。

据说，那天上午"朝天望"正在地里吃草，孩子们听说公社批准宰杀"朝天望"，便大呼小叫高喊：杀牛了，要杀"朝天望"了……"朝天望"听见人群喧闹，似乎早已明白大限已到，并不逃跑，静静地跟着去拉它的饲养员老刘头一步一步走回来，然而满眼都是泪水。走到嘻哈家门口，便站住不动，伸着脖子哞哞直叫，母亲和妹妹出来，给它一些青草，它不吃，摇摇头继续跟着老刘头走，泪水洒了一路……

人走光了，饲养员老刘头独自蹲在一边一个劲地抽旱烟，看见嘻哈，只说了一声："朝天望"找过你，你不在……嘻哈追悔莫及、泪如泉涌……

天黑了，案板上只剩下两小堆红得发黑的牛肉，非常恶心和恐怖，一堆是老刘头的（他从不吃牲口肉），一堆是嘻哈家的。嘻哈看看老刘头的脸，竟与"朝天望"屁股上的牛皮和那两堆牛肉一个颜色！许久许久，嘻哈和老刘头拿铁锹挖了个坑，把两堆肉和残存的牛头牛骨埋进坑里。

突然，嘻哈和老刘头发现牲畜栏里在骚动（其实骚动早已存在）。马和驴还相对安静，而所有的牛已全部集中在牲畜栏门口，大有欲冲出围栏的架势，用木棍绑成的栅门已经被挤得快塌了！

老刘头神情一凛，立即喝令嘻哈：快，打开牲畜栏！嘻哈飞速跑到栏口，栅门已被牛群挤压得根本无法解开，情急之下嘻哈抓起一把铁锹，几锹把栓栅门的木棍砍断，牛群便像疯了似的从嘻哈和老刘头身边冲出……

牛群迅速直奔埋葬"朝天望"的地方，它们逐渐围成一个圆圈，不断地闻着留有"朝天望"血迹和体味的泥土，然后仰天哀号：哞哞……哞哞……所有的牛都在不断地流泪！

许久许久，牛群又做了一个让人匪夷所思的举动：它们全部转过身去，每一头牛都开始向埋葬"朝天望"的地方拉粪！不一会儿，埋"朝天望"的地方竟然高高堆起了一堆用牛粪筑成的"坟头"！（此现象后来持续了十几天）牛群才慢慢散去，回到牲畜栏里……

嘻哈跌坐在地，早已被眼前情景彻底惊呆。老刘头过来拉起嘻哈，说："不奇怪，畜生也会伤心，'朝天望'辈分大，畜生也重情义、懂规矩，畜生比人强！"

老刘头突然以秦腔之调仰天大吼："'朝……天望'，走……好了！人世间……太苦了！神牛啊……莫……回头！你走……啊！"吼声随着阴风、残月在旷野中回荡，夹杂着牛群的悲号，又惊动了村中的土狗，不停吠叫，悲凉、凄惨、阴森、恐怖……

老刘头又从怀里掏出一瓶白酒，自己喝了一大口，把酒瓶递给嘻哈，嘻哈喝下了此生第一口白酒——辛辣、苦涩，非常难喝！

嘻哈突然醒悟，"朝天望"没死，它已魂化、与嘻哈相融，嘻哈其实已是"朝天望"！嘻哈再次抬头望天：愿"朝天望"在天之灵安息，嘻哈谢天、谢地、谢苍生！

坦克（乌龟）

乌龟，俗称"王八"，骂人骂王八，已十分难听，嘻哈却因缘际会，养过一只十分巨大的"大王八"。

那时是改革开放初期，一次嘻哈与几个朋友上街。忽听前面有人喧闹，走近一看，原来是管市场的几个治安员（当年还没有城管）抓住了一对江湖卖艺（吞剑、喷火、翻跟头、卖丸药）的父女，男的身材健壮，三十多岁，正在苦苦哀求治安员放过他们，女孩约七八岁，满脸惊恐，抱着其中一个治安员的大腿哭，治安员一抬脚，小女孩便飞了出去，江湖汉子急了眼，便欲动手。

嘻哈一看事情要闹大，立即赶过去向几个治安员说好话：兄弟，得饶人处且饶人，何必认真？看在大家面子上放了他们。人群中许多人高声附和，还真有点路见不平齐声吼的架势。几个治安员见势不妙，也便借坡下驴悻悻然走了。

嘻哈也就一路回家，突然感觉似乎有人在跟着嘻哈，一回头，没人。再走，还是感觉不对，猛回头，赫然发现那两个江湖父女不紧不慢地跟在嘻哈身后。嘻哈愠怒，走过去质问：为什么跟着嘻哈？江湖汉子满脸赔笑，回答倒是十分简单：看您就是好人，我们实在是饿了，想跟您讨口饭吃……

这倒简单，嘻哈二话不说带他们去小餐馆吃了个肚儿圆，当晚这父女俩就在嘻哈家的客厅蜷缩着住了一晚。一路聊天，嘻哈得知江湖汉子乃陕北人，姓张，女儿叫"丑丑"。丑丑大眼睛，眉清目秀根本不丑，老张说他们乡下有个习俗，娃娃起个粗点的名字阎王爷不注意，因此好养活，名字起得太娇贵反而不好……

要说丑老张才丑，后来嘻哈干脆就叫他"老丑"。三十多岁一脸沧桑，活人倒更像个死鬼，笑起来像哭，尤其是晚上在嘻哈家路灯底下突然"闪现"时，活脱一具僵尸！嘻哈老骂他：生得丑不是你的错误，但你总咧着个歪嘴怪笑，突然跑出来吓唬人就是你的不对……

此后这父女俩继续行走江湖，来无影去无踪，但只要到嘻哈家附近，便会不客气地找嘻哈蹭顿饭吃，再在客厅借住一宿，再山南海北、海阔天空一通闲磨牙，倒也开开心心相安无事。

话分两头，嘻哈有个朋友，忽一日急匆匆跑来找嘻哈，说他有三个兄弟在家乡被人欺负，逼急了，仨人一天晚上把那幕后主使的狗官给打了个满地找牙，半死不活的扔在医院门口，连夜出逃投奔了他。朋友家上有老下有小，家中实在无法收留这三个"绿林好汉"，无奈之下只好跑来求嘻哈。

嘻哈当时孑然一身、光棍一条，住着一套二室一厅，条件已算相当不错。嘻哈说住可以，房间只有一间，且无床铺，管住不管吃。朋友一听喜出望外：可以可以，他们打惯地铺绝对没问题，吃饭他们自己解决！一高兴就语无伦次：要不这期间你嘻哈的伙食也归我解决？嘻哈飞起一脚：去你的！当嘻哈是要饭的？

当晚朋友就带着三条大汉来到嘻哈家，领头一个身材高大十分彪悍，向嘻哈一抱拳，说了声谢谢便退在一边；另一个同样身材高大，但体形略瘦，显得十分精干灵动，同样抱拳道声谢谢就不再说话；第三个身材略矮，肩上背了个十分奇怪的大肚子乐器。一看便知，三个都是练家子。初次见面，都不免有些尴尬。

嘻哈首先打破僵局，主动过去指着那个奇怪的乐器问第三条大汉：这是什么？答：吉他。吉他？那是嘻哈生平第一次见到这种洋乐器。他见嘻哈感兴趣，横过吉他用手一拨弄，吉他发出叮叮咚咚的声响，美妙的乐曲立即萦绕客厅，大家脸上有了笑容，紧张而生疏的气氛顿时缓解。

此后这"三剑客"便在嘻哈家住下，相识之后知道三人均祖籍山东，领头的老大外号"老狼"，第二个叫"楞子"，第三个善弹吉他，嘻哈就直接叫他"吉他"。三人很少出门，十分安静，晚上会喝些啤酒，弹着吉他唱歌，但怕影响嘻哈休息，一般 12 点前就会停止，因此也是相安无事。

有时丑丑父女过来投宿，嘻哈家便俨然一个"小江湖"！人多自然热闹，三剑客与丑丑父女非常投缘，简直是惺惺相惜、相见恨晚。尤其是丑丑，极乖巧，只要她一来，所有房间就会立即从"猪圈狗窝"变得"窗明几净"，端茶倒水更不在话下。大家相处非常和睦。

忽一日嘻哈开车回到小区门口，值班保安对嘻哈说：你快去看看吧，那父女俩又来了，还扛了一只大乌龟！乌龟？嘻哈一头雾水、莫名其妙，嘻哈急忙来到家门口，果见丑丑父女站在嘻哈家门前，地上趴着个灰乎乎的大家伙，走近一看，还真是一只巨大的乌龟！

老丑兴冲冲地把乌龟搬进客厅，嘻哈这才仔细打量它，只见龟壳有几处明显的破裂，色彩灰暗，十分难看。嘻哈问老丑怎么回事，老丑说它倒腾了几只大乌龟卖给餐厅赚点钱，剩下这一只实在太难看，餐厅老板还怕是只病龟，所以卖不出去，就想着送来孝敬嘻哈。哈哈，嘻哈只听说"滴水之恩当涌泉相报"怎么变成"滴水之恩当以龟相报"？

老丑开始滔滔不绝地讲了一大堆吃乌龟的好处，什么延年益寿、长生不老、理中补气、包医百病的一大堆废话，甚至还说能够增加性欲。嘻哈心想老子连女朋友都没有，增加性欲岂不是英雄无用武之地，简直没事找事？气得嘻哈狠狠踹了他一脚，直接就骂他是个——乌龟王八蛋！

再说了，嘻哈家只有下方便面的小锅，连这乌龟的半个爪子都盛不下，怎么炖这只巨龟？简直是异想天开！嘻哈越想越气，继续破口大骂，要他立即把这只丑得要命的死乌龟拿走。气不打一处来，又去踹他。老丑拼命躲，一边赔着笑脸：不要就不要，我拿走就是，别踹了……

丑丑在一边直乐，还帮着嘻哈假装也踹她爹，说乌龟多可怜，叫她爹别贩他偏要贩……三剑客见状也出来跟着起哄，围着乌龟评头品足，老狼建议不能要，楞子说应该留下，吉他说干脆放生，又猜这乌龟的品种，又猜这乌龟的年龄，有说五十的、有说五百的，还有说起码八百……简直是乱了套！

老丑终于拿走了乌龟，家里恢复平静。但万万没想到第二天这个天杀的老丑居然敢冒天下之大不韪，又扛了一只乌龟回来！只是此龟不同彼龟，这只乌龟龟壳乌黑锃亮，十分漂亮！

嘻哈大吃一惊，问老丑：你从哪儿又弄来一只乌龟？想找死呀？跑过去又要踹他。老丑边躲边解释：不是不是，这还是昨天那一只，马上就送走了！

嘻哈更加奇怪，两只乌龟截然不同，怎么可能是同一只？一问，老丑才说了实话，原来昨天老丑见嘻哈不要乌龟，心想还是得把它卖掉，但乌龟太丑怕没人要，忽然发现门后嘻哈的一管黑鞋油，就顺手"顺"走了。分几次打在乌龟壳上，结果嘻哈一管鞋油统统被用光，乌龟却脱胎换骨，变得乌黑锃亮！

嘻哈立即对老丑肃然起敬，这叫"龟别一日当刮目相看"！这真是天生我材必有用，啥人就会琢磨啥事——简直太有才了，亏他老丑想得出来！

老丑说乌龟经过"整容"，果然在街上被一个餐厅老板看中，要他晚上给送过去。嘻哈心中顿时一沉，当机立断：乌龟既已送嘻哈，便不许再卖，留下！

自此这只乌龟就留在嘻哈家，整天伸着个长长的脑袋，雄赳赳、气昂昂、神气活现到处爬，活像一辆坦克车，嘻哈干脆给它起名叫"坦克"。

大家都喜欢"坦克"，每天喂它一些鲜肉，"坦克"吃得津津有味，吃饱了就继续开动、满屋乱爬，爬累了就找个地方睡大觉。三剑客力气大，每天把"坦克"抬到浴缸里给它洗澡游泳，如果丑丑在，就会干脆跳进浴缸帮"坦克"洗，那时浴室就会上演一出"金童戏龟""水漫金山"……

再说丑丑。丑丑年纪不大，但手劲却出奇的大，大概是练把式练的，因此还有一手"绝活"——按摩捶背！因此只要父女俩在嘻哈家，晚上丑丑就会轮流给大家捶背揉肩。一天，丑丑给嘻哈捶背，嘻哈正舒服得昏昏欲睡，偶一抬眼，从厕所镜子里忽然发现丑丑两只大眼睛一开一合地忽扇——这小家伙累极了在打瞌睡！

嘻哈大吃一惊，一下子跳起来，丑丑倒被嘻哈吓了一跳，睁着两只大眼睛不知所措。嘻哈揪着她的后脖领，几乎半拖着把她拉到平时睡觉的角落，大声呵斥：不许再捶背，赶快睡觉！

三剑客见客厅有动静，早已闪现，但一脸莫名，不知发生啥事。嘻哈指着三剑客凛然斥告：今后谁再敢让丑丑捶背，嘻哈就捶谁！三剑客此时已知状况，自然连连允诺退回房间。自此丑丑的按摩捶背工作就算彻底完蛋——被迫失业下岗了！

但自此丑丑就多了同坦克玩耍的时间，坦克也特别喜欢丑丑，有时坦克在前面爬，丑丑就跟在后面爬；有时丑丑在前面爬，坦克居然就跟在后面爬；有时丑丑就抱着坦克一起满屋子爬……

爬累了，丑丑就回到客厅一角睡觉，奇怪的是：平时丑丑父女不在时，坦克晚上会自己在厨房角落睡觉，而丑丑一来，坦克就会守在丑丑身边睡。丑丑逗坦克，坦克伸着长长的头直晃，逗着逗着丑丑睡着了，坦克就缩回头也睡……

一天吉他突然宣布当天是他的生日，说要庆祝，大家自然高兴，到外面买了各种吃食凉菜、生日蛋糕和几箱啤酒回来为他祝寿。

喝得兴起，吉他开始弹奏，老狼和楞子就用嘶哑的嗓音干号，十分苍凉。此时丑丑父女也加入了进来，一开声便举座皆惊！原来老丑陕北人，父女俩的信天游出神入化，绝对专业，一个豪放悠远，一个婉转甜美，简直是余音绕梁、技惊四座！

吉他遇到知音，便抖擞精神，房间太小凳子不够，他居然看中了坦克，跑过去一屁股坐在坦克背上弹吉他，嘻哈吃了一惊，怕坦克受不了，不成想坦克不但不反抗，反而缩回四个爪子，一副满不在乎、甚至非常享受的样子，伸着个脑袋东张西望听大家唱歌。

该吉他吹蜡烛时，大家自然让他许愿，吉他闭目沉思片刻，却突然放声大哭！众人大惊，一问，吉他说他想家了，说他自己是混蛋，不孝顺，对不起爹妈……

这一下可就坏了事，所有的人开始动容，歌声变成哭声！吉他哭得最凶，坐在坦克背上干号；其次就是丑丑，说想娘了，这还了得，哭了个梨花带雨、惊天动地；嘻哈也早已鼻涕眼泪齐飞……

还好老狼及时清醒，擦一把眼泪大声呵斥：好好过生日嚎个屁呀，统统给我收声！走过去照吉他的屁股就是一脚，吉他一个跟头从坦克背上翻了下去……你别说这一脚还真灵，哭声停了。那一晚，除丑丑外，全部大醉！

第二天大家陆续醒来，却发现坦克似乎有些不对劲，平时它早已到处"巡视"，今天却一动不动。嘻哈大惊，围着坦克翻过来倒过去检查，结果发现坦克在"打呼噜"！哈，这死乌龟是睡着了！

再仔细观察，嘻哈恍然大悟，地下横七竖八倒了一大堆啤酒瓶子，其中一些没喝完流了一地，结果让坦克给"咪西"了！哈哈，这死乌龟是喝醉了！（许多动物都会喝啤酒，如马、牛、狗、鹦鹉）

半年后，三剑客打的人犯了事，被抓了起来。危机既然解除，便又应了那句老话："天下无不散之宴席。"三剑客该走了（此三人现在美国），那一晚自然又是一夜无眠、一醉方休。三剑客一个个过来死命搂（箍）着嘻哈不放，嘻哈几乎窒息，当时心想坦克的"马甲"能给嘻哈穿上就好了……

三剑客啰啰唆唆对嘻哈讲了一大堆两肋插刀、生死相依的废话。吉他那一晚不再坐坦克了，反而躺在地上让坦克坐在他肚子上，搂着坦克也说了一大堆肝胆相照、惺惺相惜的废话……

老丑自然也是感慨万千、不胜唏嘘，说了无数感谢不尽、来日方长的废话……丑丑大哭，众人又是百般劝慰，又是慷慨承诺……

不久，丑丑父女也回了老家，嘻哈又变成一个人，自然无法照料坦克，于是就想把它放生。

离嘻哈家约50公里处有一座山，山里有个庙，庙里有个老和尚，嘻哈认识。山脚下有个大湖，是善信们放生选择的绝佳之地。

嘻哈找到老和尚，把坦克的故事以及放生坦克的想法告诉了老和尚，老和尚自然欣然同意。于是嘻哈开车把坦克送到庙前山脚下的湖边，老和尚轻抚坦克，告诉嘻哈此龟年纪已经不小，故相当有灵气。

老和尚和嘻哈一起把它送到水边，坦克一头扎进水里，便向湖中游去，但很快它停止游动，回过头来凝望嘻哈，嘻哈向它挥手，它便再次向前游去，但不一会儿又再次回头凝望，如是多次！嘻哈满眼泪水，什么都看不清楚……

此后嘻哈经常拜访老和尚，自然顺便也想看看坦克，但嘻哈却再也没有见到它。老和尚告诉嘻哈坦克并不喜水，因此一直隐在山中，他和徒儿们进山，说有几次见过坦克。

一日嘻哈与老和尚在湖边品茶，老和尚忽然心有所动，凛然告诉嘻哈：坦克走了。嘻哈并不确信，但深感无尽的惆怅……

愿坦克走好，愿坦克用它那无比宽大的脊背——普度众生！

九命（猫）

嘻哈下乡时，隔壁不远住着生产队的一户活宝村民，男的外号"没屁眼儿"，他老婆姓董，外号"董烂子"。这两个活宝光听外号就知道是啥货色，"懒、馋、贪、蠢、凶"五项全能。

他们家闹老鼠，于是不知从哪里弄了只小花狸猫养在家里。但这两个吃货连自己都管不好，哪有本事管猫，而且猫太小还不会抓老鼠，"董烂子"就更加不待见它，小花猫经常挨饿挨打，于是常常"离家出走"跑到嘻哈家。

母亲看它可怜，给它一些吃的，想不到这只小猫居然就赖着不走了。这下可难为了嘻哈，别看这小猫可怜，但也是"贫下中农"的家庭成员，嘻哈哪敢收留？于是一次次给"董烂子"送回去，但这只猫的"阶级立场"似乎不太坚定，送一次它跑回来一次。

最后一次"董烂子"把它暴打一顿，用麻绳绑在家里柱子上，结果它半夜咬断麻绳又跑到嘻哈家，不敢进门，就在大门口喵呜喵呜叫。母亲开门一看，小猫咬绳子咬得满嘴是血，脖子上还有一个箍得很紧的麻绳圈，浑身是伤，有几处连毛都没了，躺在门口奄奄一息……

母亲大惊，立即去找"董烂子"进行"商务谈判"，说给她白做两件衣服（母亲在农村"摇身一变"已经从教师成为"裁缝"）作为换猫的代价。"董烂子"早已烦透了这只死猫，一听还白给做衣服，立即眉开眼笑，满口答应把猫送给我们。

俗话说"猫有九条命"，嘻哈绝对相信！这只半死不活的小猫在嘻哈家没几天就又活蹦乱跳活了过来，真是命大！嘻哈全家高兴，给它起了个名字叫"九命"。

但嘻哈对"九命"却有戒心。其一，"九命"成分好，出生于"贫下中农"家庭，严格来说嘻哈这些"知识分子"家庭可不是和它一伙的，不知道哪天它会突然"觉悟"，估计就会舍我们而去；其二，俗话说"狗忠猫奸"，看来是有些道理，"九命"舍其原主而投奔我们，似乎更加证实"猫是奸臣养不家"的说法。

然而嘻哈错了，"九命"终其一生都没有离开嘻哈家！"九命"对嘻哈全家好，但最好的绝对是嘻哈的母亲。

"九命"很快长大了。一天半夜，嘻哈突然听见"九命"发出一种非常急促而兴奋的叫声，急忙点亮煤油灯，吃惊地发现"九命"居然抓了三只老鼠回来，整整齐齐摆在地上。显然，它呜呜叫是让我们看看它的"战利品"，哈哈，"九命"会抓老鼠了！嘻哈大声表扬它，母亲让它赶快吃掉这些老鼠。

谁知母亲吹灯之后，"九命"叫得更厉害。母亲再次点灯查看，"九命"居然把地下的老鼠用嘴叼起，跳到炕上往嘻哈母亲手掌里送……嘻哈这才真正恍然：天哪，"九命"在报恩！"九命"要报恩！那一夜，母亲不撒手地搂着"九命"直到天亮……从此"九命"在家里的地位至高无上！

一般家猫多数待在家里，或自己到处玩耍，但"九命"则完全不同，它实在是更像一条忠实的狗。母亲下地干活，"九命"必然跟随左右，天气暖和时"九命"就在母亲身边的田间地头嬉戏玩耍，冬天则会自己找一个背风的土坡瑟缩成一团，直到母亲收工回家，"九命"就会一个箭步窜上母亲的肩膀，舔着她的脸一起回家。

母亲有时会在家替村民做衣服以换取工分，"九命"就会乖乖在家陪母亲，天气暖和时它会围着母亲转，冬天天冷时"九命"会跳上母亲的头顶，盘成一个毛茸茸的、非常漂亮"帽子"。时间一长母亲受不了，就要"九命"下来，"九命"就会跳到母亲的肩膀，用一种非常舒适而奇怪的姿势，把自己变成一条长长的围脖，围在母亲的脖颈——不离不弃！

一年冬天冷得出奇，嘻哈家那时被安排居住在一户村民家搭建的柴房里，柴房四面透光（承日月星辰光照）、八面来风（受东南西北风啸），冬天自然形同冰窖，为御寒我们就尽量把火炕烧得烫一些。

不想有一晚烧得太烫，半夜把褥子给点着了，嘻哈全家睡着，哪知大祸将临。此时忽听"九命"发出声声刺耳的怪叫，用爪子拼命扒拉我们，被惊醒的我们赫然发现火炕一边已经是火光熊熊！

此时的"九命"居然开始用爪子拼命扑击火苗，其速度之快令人匪夷所思！嘻哈反应最快，立即扑向水缸舀起一盆水就向着火的被褥泼去……火灭了，"九命"的猫毛给火苗燎糊了好几处，还被嘻哈浇成了个"落汤猫"，着实狼狈。事后回想实在后怕，试想，嘻哈住的是村民的柴房，四处都是易燃物，干柴烈火加月黑风高，再晚一点后果不堪设想！乖乖我的老天，"九命"居然救了嘻哈全家！

又一年冬天，嘻哈家分配的玉米秸用光了，做饭没有柴火，母亲只好到野地里划拉一些枯枝回家烧灶做饭，野地里的枯枝越划拉越少，母亲就不得不越走越远，一次母亲走了很远的路找了一些枯枝回来，发现始终跟在身边的"九命"无精打采、浑身发抖，好像是病了，四个柔软的爪子已经磨得鲜血淋漓……

"九命"是病了，走不动，也不吃，天天依偎在母亲身边，我们束手无策，只能尽量守护着它。一天傍晚，已经几天不吃不动的"九命"突然摇摇晃晃站了起来，冲着母亲喵呜喵呜叫了几声，竟然一个跟头栽下土炕，摇摇晃晃、跌跌撞撞、挣扎着朝屋外爬去——"九命"……死了……

嘻哈以生命证实：许多时候畜生比人强多了！强多了！！
强——多了！！！

后 记

行文至"朝天望"时嘻哈已无法自持，写至"九命"报恩，嘻哈竟号啕！嘻哈太太惊慌失措，竟不知如何以劝，因为结婚至今，她从未见嘻哈流过泪！

是日嘻哈有私宴，近百宾朋齐聚，嘻哈身为主人，却始终无法集中精神待客，"傻白""朝天望""坦克"和"九命"的身影、魂魄始终萦绕于嘻哈！至今亦无法平复。如此情感失控实为多年来之仅见，但嘻哈想，为它们悲哭，值！它们当得起一哭！

谢上苍眷顾，愿它们在天之灵顾己、顾我、顾人心！

阿门……

嘻哈大士

农村系列之二：小偷

从前有座山，山里有个庙，庙里有个嘻哈老头讲故事。讲什么故事呢？讲个"小偷"的故事吧……

引　子

"偷"者——贼也，鸡鸣狗盗之辈，如过街老鼠人人喊打，为人所鄙夷与不齿。

但嘻哈的看法则有所不同，嘻哈认为小偷需分类：坏小偷、好小偷和不太坏的小偷。

坏小偷如翻墙撬锁、扒窃钱包及扒坟盗墓者——缺德带冒烟，令人憎恶；

好小偷如鼓上蚤时迁及专业间谍者——侠义神秘，令人敬佩；

至于不太坏的小偷呢？在下嘻哈就曾经属于这一类，且有两段不短的偷窃史。

"文革"时期：物质匮乏，更主要的是没书读，整天无所事事，闲则生事，于是千方百计琢磨着——偷！

上山下乡：至上山下乡，繁重的劳动消耗了嘻哈极大的体力，常常又饿又累，于是"业余时间"主要的活动依然是——偷！

偷窃团伙：偷窃最好是"团伙作案"，嘻哈也有团伙，还是"三剑客"！当年下乡时嘻哈同学4个被分配到同一个生产队，但不久其中一个被调到自治区（省）文工团，便只剩3人，除嘻哈外，其一姓高，天生一眼大一眼小（俗称"二五眼"），小眼视力差，外号"高瞎子"；另一姓张，心思缜密，寡言少语，当年所有行动方案均出自此君之手，外号"老鬼"，但其有轻微夜盲，真是要命。三剑客中只有嘻哈是健全的，因此每次行动嘻哈都要瞻前顾后，否则就必然出状况。别看嘻哈团伙有点歪瓜裂枣不咋的，但偷窃目标明确、计划周密细致、行动配合默契，故"战绩"相当辉煌。

偷　书

有道是"偷书不为贼"，绝对认同！嘻哈就偷过书，而且偷过很多书。那是在"文革"武斗时期，嘻哈早已没书读，整天游手好闲无所事事，东游西逛忽然发现县图书馆早已"人去楼却不空"，这个发现简直不亚于哥伦布发现新大陆！半夜从窗户翻进图书馆偷书，带头的老大姓钱，高嘻哈三级，自然见多识广，知道哪些是好书，于是中外文学、天文地理、文史哲学、诗词歌赋……那段时间嘻哈夜以继日，简直就让书给埋了！只是有些书看得入迷，有些似懂非懂，有些则完全不懂，但不管三七二十一照单全收，看了再说！

还有唐诗宋词，李白杜甫自然不在话下，最有感触是李清照的"才下眉头，又上心头"——写绝了，真符合嘻哈的心情，是啊，刚偷完书（下眉头），饿了，又得琢磨着偷（上心头）……

当年看得最多的是前苏联小说，如屠格涅夫的小说、契诃夫的小说、果戈理文集、马卡连柯的《教育诗篇》、高尔基的《海燕》、托尔斯泰的《战争与和平》，嘻哈一直在琢磨《战争与和平》中提出的问题："统治者的权力是谁给的？"谁给的？我给的？反正我肯定是没给！那么是你给的？他给的？在什么时候什么地方用什么方法给的？直到今天嘻哈也没琢磨透……

还有儒勒·凡尔纳的《海底两万里》，如果真有尼莫船长，嘻哈绝对入伙！还有杰克·伦敦的《雪虎》，嘻哈要有这么一条好狗，天天放出去咬死那帮坏蛋！

最有价值的是：嘻哈发现图书馆有非常完整的从初一到高三全套教科书，就顺手拿了一套回家，万没想到这套书居然成就了嘻哈的妹妹。她比嘻哈更倒霉，小学没毕业，没上过一天中学就遇上"文革"，连下乡学生都不算。但就是依靠这套教科书，后来不但考上大学，当了医生，并且成为医学（骨科）硕士、博士、博士后、博士后导师，直至高级研究员，专门研究骨头（见另文：《我的妹妹》）。有道是无心插柳柳成行，嘻哈是无心偷书帮妹，竟然成就了一个国际知名的科学家。嘻哈总觉得国际骨研组织应该给嘻哈发一个"偷书造就科学家大奖"才对，否则如何体现嘻哈的贡献？

结果，前不久嘻哈妹妹带着什么国际骨研协会的几十个大专家到嘻哈的马术俱乐部开会，不但没奖励，神差鬼使嘻哈还请他们吃烤全羊，这帮平时斯斯文文的大教授当晚全部狼性大发，手撕嘴啃一下子把嘻哈的三只烤全羊吃得只剩下皑皑白骨！如此教授真是吓人！吃完了、喝高了，还拉着嘻哈的手直晃：说如此吃饭终生难忘！下次烤羊记得提前通知——再远也还来！

看守老头发现丢书太多，居然在窗户上拉了根铁丝，还挂了个警告牌：有电！我们一时不敢进去，但很快发现是假的，于是照偷不误，只是把警告牌换了：没电！偷书的人越来越多，偌大一个图书馆基本被偷空。奇怪的是唯独没人偷政治类的书，这些书整整齐齐一本不少，连灰尘都是"原装"的。

说实话，嘻哈此生看书最多的恰是这个阶段。感谢这段时光，阿门！

偷西瓜

中国西北土地含沙且干旱，特别适合种西瓜。西瓜分两种：一是西瓜，西瓜一棵瓜秧只留两个瓜，根部是"头瓜"，尾部是"尾瓜"，头瓜大尾瓜小，都是脆沙瓤，极清甜，但种西瓜既费体力又需技术，因此极辛苦；二是懒瓜，懒瓜基本无须打理，一棵瓜秧爱结几个结几个，个头自然就小，勤快的农民不种懒瓜，认为丢人，因此都不承认这是西瓜，其实懒瓜只是小了点，但同样好吃。

每年秋天西瓜就成为我们偷吃的首选。其实西北农村极淳朴，任何村里的瓜地都会遵守一种传统习俗：无论是否认识，来的都是客，西瓜、香瓜管饱，只是如是"种瓜"则需留下瓜子。但不知为何我们只喜欢偷瓜吃，并坚定地认为偷来的西瓜才好吃！

为了偷瓜往往惊险百出，我们的技术也就突飞猛进，发展到后期，干脆先悄悄把看瓜老头窝棚的门用树棍反插上再偷瓜，即便被发现，看瓜老头也只能在窝棚里叫骂，我们偷着乐，只当听不见！

然而新的问题又出现了，西瓜体积大，每人只能抱两个，老鬼力气大，心也贪，怀里抱两个，上面再加一个，他用下巴顶住往回跑。你想，月黑风高之夜，心惊肉跳之时，怀抱沉重的西瓜，行走于田间地头，容易吗？绝对高难度！好在我们想起了毛主席的教导："红军不怕远征难，万水千山只等闲。"我们是："偷瓜不怕行路难，七高八低只等闲！"

问题是，这两个活宝眼神都不咋的，因此总摔跤，西瓜一摔就破了，只能停止前进就地吃掉，摔一两个还吃得下，这两个冤家总摔，怎么吃得下？结果还没回到家，我们已经肚子比猪八戒还大，眼都吃直了。有一次老鬼摔得下巴磕在西瓜上，下巴肿了，还把脖子扭了，好几天两个肩膀一高一低，上面扛了个好像让门挤了的歪西瓜——着实狼狈！

但皇天不负有心人，时来运转的机遇终于出现：一次高瞎子又摔了，西瓜滚到水渠里，不但没破，还晃晃悠悠往下漂，而下游正是我们的住处，这一下真是一摔点醒偷瓜人，我们恍然大悟，并且大喜过望！从此就发展到"水路运输"，偷瓜后先运到水渠边，再通过水渠让西瓜漂到住处附近捞上来，我们则大摇大摆轻轻松松往回走，一条龙作业，效率大大提高！

西瓜太多吃不完，我们就把屋里的土炕掏个洞，里面藏满西瓜。还有，大量的瓜皮是"罪证"，不能被发现。有办法！晚上把瓜皮悄悄送到猪圈，可爱的肥猪能够在转瞬间帮嘻哈将罪证消灭！生产队长开始怀疑我们，便突击搜查，我们则一个个盘腿坐在炕上面无表情，一副非常老实兼无辜的模样，还背毛主席语录："革命不是请客吃饭……"他做梦都想不到，我们屁股底下藏满了西瓜，他一走就准备——请客！

偷大枣

偷枣可是嘻哈偷窃生涯中的"滑铁卢"，实在是吃了大亏！西北大枣极好吃，又脆又甜，每到成熟时挂满一树，通红通红的非常诱人，自然又成为我们的目标，于是白天踩点晚上行动。

一次我们三人刚爬上一棵大枣树，连摘带吃正起劲，想不到百密一疏，是日正值十五，明媚的月光出卖了我们！村里正在开会学习"最新指示"，有人出来撒尿发现树上有"魅影"，立即报告生产队长，队长的指示更新：抓！

村民们背语录已经背得五迷三道七荤八素，因此巴不得有事，一呼百应冲出来抓我们。好在村民老实，抓贼并不专业，他们大呼小叫倾巢而出（悄悄地我们就完了）。我们立即下树逃窜，此时真是"祸不单行"，原来枣树多刺，上去时小心翼翼可以避开，往下逃窜，如何顾得？瞬间便被无数刺儿扎了个"体无完肤"。

但后悔已迟，说时迟那时快，刚蹿下树追兵已到眼前！三人立即分头逃窜，嘻哈速度最快，蹿进一大片玉米地安然脱险。进了玉米地，便有千军万马已奈何嘻哈不得了！

惊魂甫定回到住处，吃惊地发现原以为"必死无疑"的高瞎子居然早回来了，探头探脑地在等我们。原来高瞎子眼瞎，自知无法跑脱，急中生智横向连绕几棵大枣树，竟与村民混在一起，结果他混同村民一起追我们，自然安全脱险。真是天才加混蛋！

最惨是老鬼，过了好久才回来，浑身湿透，已经没了人形，身上还透着一股怪怪的骚味。一问，原来夜盲看不清路，逃跑时一头栽进水沟，干脆全身藏在水里，只露两个鼻孔，好在水沟边多有杂草隐蔽。他说月光下清楚看见一个个村民在他头顶飞跃而过，实在惊心动魄！居然未被发现。

但倒霉的是村民后面还跟了一群小孩瞎起哄，跑到沟边跳不过去，只好站在沟边看热闹，不想其中一个尿急，便掏出"小鸡鸡"向水里"扫射"，其他小萝卜头受到感应，居然开始集体扫射！老鬼说这帮萝卜头七高八低，但排列甚是整齐，一个个头大脖子细，月光下一排小"机关枪"清晰可见，你想当时那个情况，老鬼哪敢动，只能照单全收……

说来也怪，经此一役，老鬼的夜盲居然好了！嘻哈和高瞎子一致认为是童子尿的功效，而老鬼则坚决否认，认为此论严重缺乏科学依据！

事后清点战利品，只有嘻哈连包带枣没损失，其他二人丢盔卸甲包早没了。第二天生产队长拎着两个军用书包，一脸严肃找我们认领，我们矢口否认！队长也不废话，扔下两个书包，从中摸出一把大枣，扔一个进嘴里，丢下一句话：吃枣用竿打（俗语：有枣没枣打三竿），哪有上树的？——笨！

偷水果

西北水果主要有苹果和大梨，自然也成为嘻哈的目标。偷苹果时嘻哈已换到另一个生产队，因此需组织新的"团伙"。新团伙很快组成，还是"三剑客"，成员一个姓曹，十分精干，一个姓刘，武斗时被弹弓打瞎了一只右眼（总有瞎子，奇怪），但偷窃水平却有增无减。苹果和梨不同于西瓜，非常耐放，秋天成熟，能吃一个冬天。

县里有个国营大果园，非常大，只是四周有很高的围墙，必须翻墙进入。刚开始采取"搭人梯"的方法，小曹最轻，大刘最高，大刘当梯先送小曹上墙，再拉嘻哈上去，但这样翻墙实在笨拙。

之后嘻哈从武侠小说中获得灵感，尝试自行翻墙，方法是从35度角助跑五步，然后三步飞身上墙，这叫"八步飞跃法"！练成"飞檐走壁"之轻功之后，已把书包换成了麻袋，从果园里半袋半袋地往回偷，而且尽偷优良品种（黄元帅、红元帅、国光等）。进了果园不忙装袋，先逐棵品尝，吃到好的才下手！

后来偷得实在太多吃不完，西北冬天需腌制咸菜，腌菜瓦缸高可及人，十分巨大，便被嘻哈看中，问村民要来几个裂了口不能用的破缸，作为装苹果的"仓库"，上面掩盖一层稻草，居然十分理想。最多时嘻哈有八缸苹果！足可供应其他生产队的学生，既大方，又拉风！

但问题是苹果好藏，苹果的香味如何藏得？八缸苹果放在屋里，那股香味弥漫全屋，还"绕梁三日"经久不散，真是要命！村民来嘻哈家串门，总问：你家怎么这么香？嘻哈赶紧解释：哪里哪里，买了几块"香胰子"（西北管肥皂叫胰子，香皂即香胰子）！

生产队长可不好糊弄，比鬼都精，也来嘻哈家串门，还不紧不慢废话连篇跟嘻哈瞎唠：香胰子哪儿买的？怎么是"黄元帅"的香味？嘻哈回答：是……黄……不是……（舌头都直了）；走到一溜破缸边，他又问：腌咸菜用破缸，不怕漏？嘻哈：是……破……漏……（再说就漏了）；还问：腌菜压石头，哪有压稻草的？嘻哈：是……轻……石头……（冬天直冒汗）；还没完没了：你家三口人，吃八缸咸菜？你把卖盐的给打死了？

嘻哈定定神，决定破釜沉舟背水一战，努力把舌头捋顺：队长您先回去歇着，要不待会儿嘻哈给您送半缸"咸菜"过去？队长就是队长，不废话了，从稻草底下抓出个"黄元帅"，咬一口，丢下一句话：这缸是问我家婆姨（老婆）要的吧？找人给我抬回去！嘻哈如释重负：是！

偷鸡鸭

鸡鸭属于食之"极品"，岂能放过？我们偷鸡最多，自然最有经验：夜半接近鸡窝，轻轻搬开鸡窝口的砖头，伸手慢慢往里摸，一定要顺着鸡胸摸到鸡头，果断一把拉出，迅速把鸡头塞到鸡翅膀底下，鸡便不动也不叫，否则一窝鸡被惊动，行动自然失败。

嘻哈所在公社有个刘秘书，对下乡学生极坏，大家对他恨之入骨。他家住公社大院，老婆养的鸡基本被我们偷光，于是改养了一大筐鸭子。

鸭子长到半大，自然不能放过，半夜按惯例接近鸭子，摸到鸭头往翅膀底下一压，坏了：鸭脖长而细，翅膀短又小，头根本压不住！刚压好一个准备抓下一个，第一个的头一下子钻出来，张嘴就：呱！赶紧再压，又钻出来，呱……屡试屡败，大冬天我们急得满头大汗却无计可施，行藏眼看败露，急中生智干脆连筐抬！然后连夜烧水烫毛，炖了满满一大锅鸭子。

第二天刘秘书老婆在家门口暴跳如雷，一蹦一蹦跳老高，眼睛鼻子都气歪了，大骂偷鸭子的人"缺德带冒烟"，偷鸭子居然连筐都抬跑了！我们还过去安慰她，说鸭子丢了还可以再养……秘书老婆不跳了，还说谢谢，说我们是好人，请我们到屋里喝水，我们赶紧告辞……那次的鸭子，是嘻哈此生吃到最最香的！

偷　猪

县里有个饲养场，养了许多肥猪，猪肉之香无法用语言形容！我们当年偷猪所下功夫最多，可分为三个阶段。

第一阶段：嘻哈曾经非常认真地琢磨：猪耳朵肥肥大大，割下来猪未必会死，它会不会再长一对出来？于是偷着割了吃，长了再割，像韭菜一样岂不善哉？当然，这种想法不切实际——根本白痴！

第二阶段：我们琢磨着干脆直接偷杀猪！嘻哈甚至找了村里杀猪的屠夫"拜师学艺"，但当嘻哈听见杀猪时猪"惊天地泣鬼神"的号叫，已经绝望，杀猪时它声震九霄，连玉皇大帝都能吵醒，岂能得逞？也是馊主意——异想天开！

第三阶段：毛主席教导："下定决心，不怕牺牲，排除万难，去争取胜利。"有道理，得听！绝不能"望猪兴叹"，凡事怕琢磨，冥思苦想又有妙招：麻醉法！

哥几个假装失眠，愁眉苦脸找大队医务室的"赤脚医生"要安眠药，说再睡不着恐怕就活不成了。好在当年赤脚医生都是滥竽充数的，居然相信（脑袋大概让驴给踢了，其实我们睡起来比猪都死），真给我们开，只是一次只给几片，这倒没关系，我们有的是时间，不到一个月，就攒了一大把安眠药。

我们把安眠药混在几个大馒头里，再用整整一瓶白酒泡好，一天半夜喂给了饲养场的一头猪吃，然后开始等待此猪"昏迷"，谁知这头死猪不但不怕安眠药，酒量也实在了得，等了大半夜依然十分精神，哼哼唧唧围着我们希望再给点。时值冬天，我们冻了个半死，猪啥事没有，行动彻底失败！

偷　狗

饲养场还养了条大狗，因为经常有杀猪后的"剩余物资"吃，眼睛都吃红了，出奇的高大凶猛，叫"赛虎"。我们吃胆包天，居然打起了赛虎的主意，经常在它附近转悠，混个脸熟搞关系，慢慢它见了我们从咆哮转为摇尾巴，第一步成功！

于是实施罪恶的第二步：找了一棵歪脖树，准备一条麻绳。一天半夜，我们认为时机成熟，便接近赛虎解开铁链，它果然乖乖跟我们走，引到树下给赛虎脖子套上麻绳，利用树杈就死命拉，没想到赛虎实在太重，我们三个用吃奶的力气才勉强把它吊起，谁知此时出大事了：狗重绳子细（太旧），啪一声绳断了！

赛虎给勒个半死，估计有些犯糊涂：哥几个平时处得不错，今天想干吗？继而清醒，便开始用超低音咆哮：呜……呜……狗眼在月光下发出幽幽的红光，非常可怕！我们早已吓傻，一溜死死紧贴墙边，头皮发麻，根根头发直竖（人说"怒发冲冠"，嘻哈认为吓极了才会冲冠）。

而此时又发现一个致命失误：所选地点是条绝巷，根本没有退路！赛虎一旦清醒，识别出谁是真正的"阶级敌人"，扑过来，我们根本无路可逃！凭我们三人的身板，根本不是它的对手……嘻哈急中生智大叫一声"上树"！说时迟那时快，三人几乎同时蹿上树，速度之快令人匪夷所思！与赛虎来了个对调，俗话说"狗急跳墙"，我们是"人急上树"。赛虎转了几圈，感到此地危险不宜久留，一溜烟跑了，我们这才哆哆嗦嗦下树，连路都不会走了……

几天后我们再试探着去看赛虎，它十分警惕并低声咆哮，但不一会儿，又好像原谅了我们，不计前嫌地开始对我们摇尾巴，这下我们实在是惭愧到极点！巴巴地弄了块猪肝煮熟了孝敬它，从此我们和赛虎关系绝对铁！从此嘻哈也再没打过狗的坏主意，甚至从此连狗肉都不吃了！

偷食堂

那是"文革"期间的事了。我们从《地道战》电影里得到启发，兴高采烈在宿舍地下挖地道，开始仅能容身，继而四通八达越挖越大。

一日，我们突然发现地道通到了学校食堂（嘻哈宿舍离食堂最近），不禁喜出望外！于是精心隐藏好洞口，半夜则潜入食堂，食堂里米饭、馒头、剩菜、生菜、大米白面，直至油盐酱醋无所不有！

不久食堂炊事员发现老丢东西，开始以为闹耗子，怀疑有比猫大的硕鼠，下了好多老鼠药和老鼠笼子，这岂能奈何我们？照偷不误！最后炊事员们疑神疑鬼都有点神经质了，还跑来跟我们唠叨：半夜在厨房里看见像狗熊一样的鬼影……

我们一本正经地与他们讨论：虽然你们是无产阶级战士，要当毛主席的好学生，信马列不信鬼神，但还是小心为上，宁可信其有，不可信其无，晚上最好别去厨房转悠，万一……炊事员千恩万谢连连点头……

那段日子我们简直就在天堂！直到来年开春，地道开始积水坍塌，我们的好日子才算到头，但一个秋冬吃下来，已是一个个脑满肠肥红光满面，走路都摇摇晃晃得有点与众不同！

还是要感谢这段时光——阿门！

嘻哈大士

农村系列之三：食为天

因为吃是命，所以食为天。

从前有座山，山里有个庙，庙里有个嘻哈老头讲故事。讲什么故事呢？讲个"吃饭"的故事吧……

民以食为天——中华民族五千年的传统文化之一。

引　子

中华民族数千年传统文化有两条非常重要的主脉：长江与黄河，由此形成"两河文化"。"两河文化"的实质是"农耕文化"。因此，炎黄子孙历来对"食"的重视甚至到了"敬畏"的程度——民以食为天！

正因此，国人中不乏"美食家"。所谓"美食家"，当然是指尝遍南北大菜、品尽海味山珍，并且对吃颇有心得的饕餮大家。但嘻哈对美食家的理解又有不同，嘻哈认为美食家也需分类：

第一类：用心去研究吃的人；

第二类：用命去研究吃的人。

实话实说，嘻哈绝对更敬重第二类人！

美食家

在中国恐怕是广东人最善吃，有道是：天上的除了飞机，地下的除了板凳，无论两条腿、四条腿，甚至没有腿（肉蛆），广东人都可进嘴！广东有一酒楼名曰"食通天"，好家伙，连天都能吃通，着实了得！

一般人对吃的认知，与美味相关，因此就有了各种烹饪专著，有些极品佳肴如鱼翅、鲍鱼、海参、野味、山珍……

真正的极品佳肴，往往无十数日的准备根本无法品尝。在《红楼梦》中，一道极普通的茄子，其烹调方法实在是令人"叹为观止"！至"满汉全席"，则需穷数年之搜集、数月之筹备、数十日之烹饪，还要花数日时间去吃！诚可谓"大费周章、工程浩瀚"。而这一切匪夷所思的努力只有一个目的——好吃！

而嘻哈对吃的认知，则与生存相关！当年西北农民每年分配的粮食根本不够吃，因此绝对不能老吃米饭、馒头之类的"干粮"，否则粮食过早吃光，接不到来年新粮，是要出人命的！

西北农村人一天只吃两顿饭。吃两顿饭滋味极痛苦，整天需应付极其强大的劳作，自然需大量食物补充。但为节约粮食，只能吃两顿饭！两顿之间的时间（无论是清晨、午间，甚至夜半），你会始终感觉饥肠辘辘，那种饿得前心贴后背的状态，实在是对人意志力的巨大煎熬！

而一到农忙，节气不等人！错了节气播种，就有可能减产甚至颗粒无收（哪怕只差一天，大自然的规律实在是非常奇特而令人敬畏）。而错了节气收割，地里的庄稼就有可能倒伏、脱粒造成减产。因此农忙时各家主妇就要争分夺秒，在最快时间内做饭，家人也要在最短时间内吃完饭立即干活，最紧张时则会把饭送到田间地头吃。

于是，在节约粮食和节省时间两大因素的驱动下，中国西北地区发明了一系列非常独特的食物烹饪法。

"调和"

所谓"调和"，其实就是各种粮食与各种蔬菜的"大杂烩"。具体烹饪方法是：先烧水，再下米；待米煮至半熟，缓缓搅入一碗事先调好的面糊，令饭汤变得浓稠；最后再倒入大量剁好的青菜、萝卜，撒上一把盐即成（如有条件，滴数滴香油）。黏黏糊糊一大锅，基本与拌猪食毫无二致！一家大小或坐或蹲，稀里哗啦吃个肚儿圆！

这种烹饪法能节省大约三分之二的粮食，而且非常符合今天健康饮食理论：多品种、多杂粮、多蔬菜、少油腻、无荤腥。

最重要的是：如遇荒年断了粮，调和饭则可以用麦麸、稻糠、野菜、块根、树皮、树叶等任何能够进嘴的东西取代（也叫"瓜菜代"）。由于无物取代面糊，无奈饭汤就只有变得"光可鉴人"。而这一切挖空心思的努力只有一个目的——活命！

蒸榆钱

中国西北多榆树，榆树耐旱、耐寒、耐盐碱、耐风沙，生命力极强，但生长较缓慢，因此木质坚硬。西北农村多用榆木打制家具，经济耐用。榆树多节，树节处更坚硬，因此西北人往往用"榆木疙瘩"形容和责骂不动脑子的笨蛋。

每到春天，榆树就会长出一串串翠绿嫩黄的"芽儿"，但那可不是树叶，而是榆树的"果实"。其形状很像一串串古代的铜钱，因此人们很形象地叫它"榆钱钱"，榆钱能吃，而且很好吃。

每到此时人们就开始忙碌（尤其是小孩），爬上一棵棵榆树采摘鲜嫩的榆钱拿回家洗净，趁榆钱沾满清水时撒上面粉拌匀，然后上蒸笼蒸约15分钟，拌些细盐麻油，一家大小就能"大快朵颐"。蒸榆钱色、香、味俱全，非常好吃！

春天，榆树会不断冒出一批又一批、一串又一串的榆钱，这种神奇的现象能够持续许多天。各家便会抓紧时间天天采摘，因为榆钱不仅好吃，更重要的是能省下不少粮食！

然而一到荒年，榆钱就成为极其难觅的"珍品"，取而代之的则是野菜、树皮和树叶了，因此许多榆树也就遭了殃——被剥皮！

醋烧肉

西北农村不吃酱油，认为那是城里人吃的"高级货"，其实是因为农村家庭无法做出酱油。因此连"红烧肉"都是用醋做的。

用醋烧肉，对醋的要求自然就高，好醋香而不酸，坏醋酸而不香，绝对不同！用醋焖的红烧肉再用黑瓷瓦罐装好，上面封一层猪油，能保存3～4个月！

农村过年才会杀猪，猪肉做成醋焖红烧肉封罐后置于阴凉处或干脆埋入地下，到春天农忙时一块"锅盔"，一壶清水，打开黑瓷罐挖出几块醋焖红烧肉，送到田间地头那就是极品佳肴！

醋做的红烧肉谁吃过？嘻哈吃过，告诉你，绝对好吃，微酸，一股沁人心扉的清香，比用酱油做的要好吃得多！

锅盔

西北农村每到冬天过年时，还会烙制一种极有特色的食物："锅盔"。所谓"锅盔"，是一种状如车轮的巨型大饼，其大小取决于那个烙饼的特制生铁模子，模子分上下两块，下块有沿（沿高决定饼的厚度），上块只是个铁盖，无沿。一般直径约50～60厘米、厚约8～10厘米，大者可达1～1.5米，厚约10～15厘米。

具体制作方法是：把面粉、玉米面掺南瓜糊和好待用，把烙锅盔的生铁模子底部煨上火碳，把和好的面粉掺南瓜糊放入模子底部，盖上铁盖，铁盖上面也堆满烧红的火炭，这样"上下夹攻"，约一小时后，打开铁盖拿出里面的大饼，一个上下焦黄，香气扑鼻的大锅盔就做好了！

这样做出的大饼有非常重要的特点：干爽。西北农村制作锅盔的真实原因也就十分清楚了：为了农忙的储备——易于保存！

土豆丝

中国西北还有一道"名菜"——炝炒土豆丝（东北也有）。西北土地含沙且偏碱性，非常适宜种土豆。土豆高产，每亩约为粮食作物的 3 倍，是粮食缺乏时的最佳替代品。但土豆煮熟后发沙，不宜下咽，于是西北农村就充分利用他们的智慧发明了"炝炒土豆丝"。

炝炒土豆丝极考验刀工。把土豆洗净后先打出一片片薄如蝉翼的薄片，再用飞刀快速剁出极细的细丝，用清水浸泡，沥干待用；起油锅，放少许葱花及新鲜青红辣椒丝爆香炒锅，倒入土豆丝大火颠炒，待土豆丝刚一变色，立即喷上老醋（时间稍迟土豆丝就不爽脆），再加适量细盐翻炒，出锅，一大盘香辣爽脆的炝炒土豆丝即可上桌，既可当菜，又可代饭。炝炒土豆丝的作用也就十分清楚：好吃又管饱——一举两得！

这里还有一段趣事：嘻哈去香港，四表姐夫（英国人）请嘻哈到一家高档西餐厅吃饭，特意给嘻哈点了该店一道"名菜"（极贵）。须臾菜到，一看，一个精美的盘子，里面一团锡纸，锡纸里是个煮熟的土豆，中间切一刀，填了些肉末……饭后四表姐夫问："味道如何？"嘻哈一笑置之。

第二天嘻哈按西北方法炒了盘青椒土豆丝给大家吃，四表姐夫问："这是什么？太好吃了！"嘻哈答："土豆。"四表姐夫连连摇头："不可能，我吃了半辈子土豆，土豆怎么是脆的？不可能这么好吃！"嘻哈哈哈一笑，幽了他一默："你昨天请嘻哈吃的土豆做法，我们中国人也会，哈哈，不过是煮给猪吃的！"

西瓜泡馍

当年西北农村一种非常奇特的吃法叫"西瓜泡馍"，而且是招待贵客时才会提供。所谓"西瓜泡馍"，其实非常简单，就是秋天西瓜成熟时，在瓜地摘下熟透的西瓜，用指甲在瓜上掐一道沟，用手大力一拍，西瓜即成两半。一人半个，折两根树枝当筷子，先把中间吃个洞，再把事先准备好的馍掰碎泡入西瓜，然后连瓜带馍吃个不亦乐乎——爽！

嘻哈的母亲至今吃西瓜不许切块，一个人抱半个西瓜拿勺用"黑虎掏心"法挖着吃，非常霸道——当年惯的毛病！

西瓜泡馍的特点也就十分明显：当饭、当菜、当汤、当水果——一举四得！

后记

现如今国内众多人群追求奢侈，各类贪腐层出不穷。但有谁知道当年西北农村对"奢侈"和"腐败"的定义仅仅是：

1. 某人家里不喝稀的，天天吃干饭——败家！

2. 某人家里鸡蛋不卖，自己全吃了——败家！

3. 腐败之最：某人吃了种子粮——彻底败家！

（说明：粮食种子是来年农民的命，即便饿死也绝不能动，否则等于找死！）

嘻哈告诉各位：这些都是当年农村判断一个人是否是败家子的标准！恐怕是今天年轻人根本无法理解甚至觉得不可思议的吧！

跑得快

嘻哈从小善跑，一般田径运动员善短跑者不善长跑，善长跑者不善短跑。而嘻哈却无论短跑长跑都着实了得！这一独特本事又与吃有密切关系——吃出来的！

短跑：读初中时，每当距下课时间还有1分钟左右，许多同学（男的为主）就像有特异功能一样受到感应，几乎同时手握饭盆，一条腿跨出课桌外，以便随时准备起跑，铃声一响，便如脱弦之箭争先恐后冲向饭堂。

为什么？因为大家知道，打饭师傅为保险起见，往往会"留一手"，开始打饭时打少一些，以防最后饭不够，因此最后总会多出一些饭。于是最先打饭并最快吃完的人就有福了，他们就可二次排队，多得到一小份"剩余物资"。

当你津津有味享受着那份"剩余物资"，并同时面对众多羡慕、嫉妒的眼光时，那种满足感和幸福感真是油然而生！久而久之，嘻哈便跑得比兔子都快！

长跑：由于吃饭跑得快，居然被市体委主任"慧眼"相中，跳高、跳远、短跑试了一大轮，最后决定让嘻哈练长跑。练长跑极其枯燥辛苦，每日鸡鸣即起，一跑 8～10 千米，每遇比赛，训练量就成倍增加，但嘻哈却始终坚持！

为什么？今日之运动员历尽千辛万苦，往往是为了在国内及国际赛场争金夺银，一可"报效祖国"，二能"光宗耀祖"，三则"财源滚滚"。而嘻哈当年如此辛苦，思想却绝对没有如此伟大，动机非常简单，其一是为了——吃！其二也是为了——吃！其三还是为了——吃！

当年读中学时一旦被选入市体育队，就能参加省运会甚至全运会。每当比赛前夕就会有 1～2 个月的集训，集训期间市体委伙食四菜一汤，盘大、肉多、油水足，米饭馒头管饱！而到正式比赛时更加不得了，省里的伙食简直就可用"极度奢侈"来形容！

这种日子平时想都不敢想。当年这种天堂般伙食的吸引力，绝对不亚于今天运动员的世界冠军梦！因此，为了每年能如愿进入市体育队，从而吃到好伙食，嘻哈简直愿意跑到天尽头！只是鞋子太费买不起，于是常常光着脚跑。这样的好日子一直持续到"文革"终止。但嘻哈却从此善跑，并一直坚持锻炼，带给今天的好处是：

1. 嘻哈从不睡懒觉；

2. 嘻哈至今健壮如牛！

伤　心

人遇美食，自然大快朵颐、兴高采烈，何来伤心？而嘻哈当年面对"美食"就曾经"伤心欲绝"！

时值 1959 年，恰遇三年自然灾害，时年嘻哈 9 岁，与妹妹和母亲相依为命。嘻哈母亲是小学教师，照理全家可吃国家供应的口粮，但当年正大搞人民公社"大锅饭"，于是我们的口粮就统统被送进了食堂。

大食堂里干粮越来越少，天天喝菜糊稀汤，而就是这些稀汤也越来越"光可鉴人"。"饿"的感觉几乎如影随形、不离不弃，那种滋味只有一个词能够形容——煎熬！

忽一日，大食堂不知从哪里搞来几大桶"豆浆"，稠呼呼、白晃晃、热腾腾煮了一大锅！每人还发一个黑褐色的"野菜团子"（其状如牛粪而略小，其味赛鲍翅而过之）。这可是少有的"极品佳肴"啊！

当年每到开饭前夕，嘻哈总是迫不及待最先到达食堂，因此最先发现了这一令人振奋的好消息：今天有豆浆吃！拿出早已提在手中的饭盆（因要尽量多装，是个巨大的铁皮罐罐），就把属于自己家的三份豆浆打到手，兴高采烈一路小跑往回走，那种兴奋简直无法用语言形容！

拎着豆浆走到半路，迎面看见学校一位姓纪的老师（平时对嘻哈极好），正不紧不慢往食堂踱步而来，于是边跑边用吃奶的力气大声呼喊：纪老师！快去呀！今天食堂有豆……

话音未落脚下一拌，只听稀里哗啦……一罐豆浆洒了一地，铁皮罐子叽里咣当滚出去八丈远！嘻哈死盯着逐渐远去的铁罐和白花花一地的豆浆（那一幕嘻哈至今记得极清晰），刹那间时间好像被凝固，耳边连声音都被静止……忽然，嘻哈感到了一种天塌地陷般的绝望……悲从中来，便开始像火山爆发一样号啕——哇！

人们开始围拢过来劝嘻哈，但就是劝不住，小嘻哈越哭越伤心，抽得都快没气了，食堂伙夫头杨红鼻子（酒糟鼻）亲自跑来重新给嘻哈打了满满一罐豆浆，嘻哈还是止不住地哭。哭了个天昏地暗惊天动地，大概当年孟姜女哭长城也不过如此！

最后嘻哈的母亲来了，她一言不发拉起嘻哈往回走，嘻哈才止住哭。此时嘻哈已知闯祸，也自知"在劫难逃"！因从小母亲训诫极严，做错事必然会受处罚。今天洒了全家的豆浆，还惊动了"满世界"的人，肯定大祸临头！

但嘻哈错了，这次嘻哈的母亲非但没有处罚，回家后盛了三碗豆浆，给嘻哈一碗，嘻哈哭岔了气，一时吃不下；妹妹一碗，妹妹大概觉得嘻哈哥有点"莫名其妙"，于是置我于不顾，趁机"大快朵颐"；嘻哈母亲也盛了一碗，只是，母亲的一碗许久也未动……

俗话说"男儿有泪不轻弹，只是未到伤心处"——是的！

饿死了

嘻哈的太太嘻哈婆有低血糖，说饿就饿，立马要吃，否则便如"霜打的茄子"站都站不稳。因此，嘻哈经常听到嘻哈婆说的一句话就是："饿死了！"然而，嘻哈只要听任何人说出"饿"字，心头就会一颤！

一般来说，人们对"饿"的理解和定义是"我想吃了"或"到了吃的时间"，如此而已。但嘻哈对"饿"的理解则完全不同，嘻哈会强烈意识到："饿"的确与"死"相关！

只有经历过从1959至1961年所谓"三年自然灾害"的人，才会有这种完全不同的感知。当年大食堂里干粮越来越少，天天喝菜糊稀汤，而就连这些稀汤也越来越"光可鉴人"。于是大家都拼命多喝以填饱肚子。

因此，当年西北农村吃饭（应该是"喝"饭）所用饭碗也越来越大，最小的叫"蓝边碗"，其容量大约是我们现在常用大号饭碗的一倍（约能装3两米饭或2两面条）；还有一种叫"老碗"，其容量约是"蓝边碗"的一倍；最大的叫"海碗"，其容量又约是"老碗"的一倍——状如一个小号的脸盆！

海碗在西北农村没有，嘻哈是在"大串联"期间走到陕北时看见的。在一个煤矿食堂里，一大群刚刚升井的矿工连脸都来不及洗，个个一张包公脸（不动），两个白眼球（乱转），每人手捧一个巨大无比的海碗，满满一碗玉米糊，再加一大块玉米饼，喝得如"巨龙探海"，吃得似"饿鬼扑食"。那才真正是"风卷残云、狼吞虎咽"，几分钟解决战斗！你还别说，那种吃法真有点"左持海，右擒饼，千骑卷平岗"的气势！嘻哈当年试着端了一下盛满玉米糊的海碗，一只手根本就别想端得动！

而到了饥荒最严重的时候，人们已不用饭碗，开始用比脸盆稍小一些的搪瓷盆喝（或灌）饭了。时间一长，一个个肚子明显凸出，与近年来我们所见到的战乱国家饥民的模样毫无二致——似人似鬼、非人非鬼，十分恐怖！

想当年人们每天脑子里所想唯一的大事就是：吃！只要是能吃的，甚至包括一些不能吃的，都统统想方设法塞进嘴里填肚子。其中吃得最多的就是各种野菜，但野菜往往有毒，吃多了人会浮肿，于是许多人就浑身肿胀，脸色发绿，同样非常恐怖！

然而情况还在持续恶化，到1961年，大地上一切可吃的东西基本都被吃光了，于是开始有人饿死。生老病死乃人生常态，因此相信许多人都曾经直面死亡，但有多少人眼睁睁看见过活活饿死的人？恐怕极少，嘻哈就见过！

饿死之人与病死之人完全不同，其最大的不同，也是最恐怖的地方是：饿死之人并无病痛感，与常人无异，只是精神萎靡、寡言少语、目光呆滞、行动迟缓，并且会很怕冷，于是每每会缓慢移动到南墙根下晒太阳。当年嘻哈也很喜欢这样蹲着晒太阳，但晒着晒着，你会突然发现其中一人头猛一栽……

那就完了！栽一个，死一个！所谓"路倒"实在是形容得非常贴切！嘻哈后来再也不敢和别人一起晒太阳，至今在海边沙滩看见人们享受日光浴，嘻哈总有一丝怪怪的感觉，总有一种想过去翻翻他（她）的冲动……

特别说明：嘻哈保证，本人绝对不是有啥"非分之想"，只是下意识地想去看看他（她）们是否还……有气，是否还……活着……

更恐怖的是三年饥荒刚过，开始有食物时，人们开始恐慌性暴食，结果又撑死了一些人。撑死之人则万分痛苦，因为长期缺乏食物，每天以大量稀汤菜糊为主，导致胃壁极薄、胃室极大，而消化能力极差，因此一旦大量进食米饭、面饼及肉类食物，便根本无法消化。进食数小时后便会剧烈肚痛，开始在床上疼痛翻滚、嘶叫哀号、四肢乱抓、双目炯炯，不到一夜便会死去。

其垂死过程痛苦万分，极其恐怖！此时医生往往也束手无策，极难救治。时年农村有"广播网"，西北农村叫"电匣子"，于是地方政府又通过这些"电匣子"警告人们不要过快暴食，以免丧命！

嘻哈有一个朋友，年纪大嘻哈几岁，他告诉嘻哈，当年饿得前心贴后背，天天喝大量菜糊，肚子越来越大（似鼓），胃壁越来越薄（如膜）。一次遇到吃面条，大喜过望，就拼命吃，吃着吃着，就听见自己肚子里"噗"的一声——胃暴了！拉到医院抢救，差点小命玩完！至今胃溃疡无法根治。此兄目前身家过百亿，说到此事，乃不胜惊恐、无限唏嘘！

正因此，嘻哈从来听不得任何人喊饿，否则嘻哈必定肝颤！

结论

嘻哈终于懂得：

因为，吃——是命！

所以，食——为天！

嘻哈大士
农村系列之四：老地主

如此地主？

从前有座山，山里有个庙，庙里有个嘻哈老头讲故事。讲什么故事呢？讲个"老地主"的故事吧……

　　嘻哈少年时所受教育：地主乃世上最坏之人，因此往往避而远之。生活中真正接触到活生生的地主，是在"文革"之后上山下乡的日子里。嘻哈下乡的生产队过去是个自然村，全村基本都姓刘，打断骨头连着筋，家家户户几乎都有亲戚关系，村里只有一个地主。

　　地主的名字无人提起，全村人均按辈分称呼，我们下乡学生则都奉命叫他"老地主"。老地主身体健壮，所有农活样样精通，但沉默寡言，几乎从不说话。

　　村里人告诉我，解放前老地主是全村最勤快也是最抠门的人，因此置地、盖房、买牲口，成为全村最富裕的人家。但生不逢时，遇上土改被划为地主，这一下可就从天上跌入了地狱，家产全部被没收，妻离子散家破人亡，天天被监督劳动。

　　好在老地主非常能干，倒也不在乎。而且挺奇怪的，全村男女老少对他从不歧视，村里各家每遇红白喜事，照例会去请他，而老地主为避嫌，又照例不去，于是大人就会吩咐自家小孩端上一份吃食给老地主送去。

老地主是村里种瓜种菜的高手。因此每年一到种瓜时节，生产队通常都会派老地主负责种瓜，待满地里香瓜西瓜成熟时，全村的大人孩子就有口福了，大家几乎天天跑到瓜地边转悠，而此时老地主会格外兴奋和勤快，不等你动手，就把成熟的瓜儿摘到田边供大家分享。瓜儿被吃得太多，生产队长就会来驱赶，并且会非常大声地训斥老地主。此时老地主便一声不吭跑回瓜地干活，但嘻哈发现生产队长的训斥其实也只是装装样子而已，并非是真格的。

老地主种菜也是一把好手，因此他家（如果还算家的话）破屋前的各种蔬菜总是全村最水灵的，一次嘻哈路过他家门口，多看了几眼鲜嫩的青菜，老地主一声不吭，快速摘了一大把青菜，放到嘻哈脚前的小路上，又回头继续侍弄菜地。嘻哈开始有些不知所措，继而捧起了这些青菜往住处走，一回头，看见老地主停下手中的活，弓着腰在注视嘻哈，脸上露出一丝非常满足和极其谦卑的笑容，这种怪怪的甚至有些诡异的笑容嘻哈终生难忘！

嘻哈慢慢发现老地主其实根本不怕什么"劳动管制"，因为他根本就是一个最会劳作的人，也不怕村里的人，因为村子里男女老少几乎所有人都对他尊重有加。老地主最怕的是被"批斗"！

然而冤家路窄，老地主人缘虽好，却还是有一个冤家对头：村里有一个"贫协主席"，虽与老地主同宗，但此人游手好闲，什么农活都拿不起来，是个远近闻名的二流子，外号"没屁眼儿"。

坐吃山空家业败光。谁知碰上土改，这一下因祸得福时来运转，评了个贫农，还当上了"贫协主席"，分了不少东西，但很快又挥霍一空，因此总想着能有"二次土改"，于是非常喜欢搞"运动"。

城里一旦有什么"运动"老地主就惨了，"没屁眼儿"就会以"贫协主席"的名义，把老地主绑到县城里参加游街批斗以示积极。而每次被批斗之后，老地主就会像丢了魂一样好多天两眼翻白呆头呆脑，失魂落魄萎靡不振，我隐隐担心：老天保佑，最好别出事……

然而最终还是出了事。一次县里开万人大会，要现场枪毙几个"反革命"，不成想"没屁眼儿"不但没屁眼儿，良心也让狗给吃了，居然"推荐"老地主去"陪靶场"，枪声一响，犯人死了，老地主吓疯了！从此大小便失禁，什么活也干不了。开始时村里人还给他送水送饭，但后来他屋里臭气熏天，浑身腐烂发臭，人都进不去，只能把食物送到他门口（嘻哈也送过），这样前后苦苦挣扎了约有一年，老地主才算解脱——死了！

后 记

嘻哈出生在城市，且生不逢时，平生所遇地主仅此而已，当然不能以偏概全。因此，传说中如"周扒皮""刘文彩"之类十恶不赦的地主或许是有的，只是，嘻哈从未遇到过（周扒皮已知是杜撰，刘文彩家嘻哈去过，并没有水牢）。

警世恒言：

"物竞天择，存强汰弱"——大自然亘古不变之规律。

"勤劳致富，懒惰可耻"——中华民族五千年传统文化。

嘻哈大士

农村系列之五：娶媳妇

从前有座山，山里有个庙，庙里有个嘻哈老头讲故事。讲什么故事呢？就讲个"娶媳妇"的故事吧……

　　嘻哈想问：今天年轻小伙子找对象的审美标准是什么？大概应该是：

　　柳眉杏眼、肩削颈细；

　　丰胸肥臀、身短腿长；

　　杨柳细腰、走路似猫。

　　然而在20世纪五六十年代中国西北农村，这样的女孩恐怕就无法符合那个时代的审美标准，绝对嫁不出去。当年西北农村给自家儿子相媳妇，一般由准婆婆担纲，在媒人引见下去女方家，叫来被相的女孩，"准婆婆"多数只会粗略看一眼姑娘的面部（只要各"零部件"基本齐全在位就行），然后就会叫她——转过身去，开始仔细观察姑娘的"后部结构"。此时的观察才是重点，基本标准是：

　　脖子短、身子长；

　　屁股圆、腰身粗；

腿要短、脚要大。

为什么？原因是当年西北农村相媳妇，主要功能是为了：

1. 下地干活儿；

2. 上炕生娃。

脖短、腰粗、腿短、脚大、膀大腰圆的姑娘，下地干活自然"稳如泰山"；而身长、腰粗，则好生养娃娃；至于面部，只要"零配件"齐全就行，根本不重要。而"柳眉杏眼、肩削颈细；丰胸肥臀、身短腿长；杨柳细腰、走路似猫"的女孩，下地连站都站不稳，怎么干活儿？还有，女孩子如果"腰不盈握"，如何怀小孩？因此如此媳妇自然不值钱，根本没人要，嫁不出去的！当年中国西北这样的审美标准，试问今天谁能接受？

而选媳妇另一个非常重要的标准就是"会过日子"！会过日子的具体标准便与"吃"和"做"紧密相关。

1. 会做饭：尤其是农忙时，生产队长会获准各家媳妇提前约半小时回家做饭。这就要考验各家媳妇的本事了，如果是面条（调和则还需加米），和面、烧水、擀面（擀面需大力气，平时多由男人负责，而到农忙则不得不由女人做）、切面（或揪面片）、洗菜、剁菜、下菜一套紧张而完整的流程，待须臾间家人回来，热腾腾的面条（或调和）已端上炕桌，绝对不容易。蠢媳妇哪里做得？恐怕只有挨骂甚至挨打的分！

2. 懂孝敬：中国传统文化讲究长幼有序。我发现在西北农村并不尽然，西北农村首先考虑的是家中壮劳力（尤其是农忙时），其次才是年老的长辈，再则小孩，最后才是家中的媳妇。因此做好饭后端饭的顺序就错不得。西北农村家里没有桌子，饭好后为节约时间先端给家中"顶梁柱"——壮劳力，他们多数会立即端碗蹲在地上呼呼大吃，然后立即下地干活。其次是孝敬早已坐在炕桌边的长辈。如果错了这个顺序规矩，结果必然是——一顿臭骂！农闲时则不然，各家做好饭后多数不在家里吃，而是端着饭碗到处串门，此时是展示各家媳妇厨艺和生活水准的最佳场合，同时也是非常重要的——社交活动。

3. 巧手艺：会做醋。这在西北农村非常重要，会酿好醋的媳妇很难得，做成好醋会往各家送一碗，得到夸奖就特别荣耀！当然，还要会剪裁、缝制（尤其是缝补）衣服，会用羊毛捻毛线打粗毛背心、会纳鞋底、会绣鞋面、会搓麻绳……

4. 精打算：好媳妇必须能够粗粮细作、瓜菜代粮、养鸡养猪、鸡蛋则积攒换取食盐等生活必需品。家里存粮必须精打细算保证吃到来年新粮打下，否则就是大祸临头——挨饿、挨骂、挨打！

嘻哈大士

农村系列之六：罪罚与善恶

从前有座山，山里有个庙，庙里有个嘻哈老头讲故事。讲什么故事呢？就讲个"罪罚与善恶"的故事吧……

引　子

嘻哈听说过一种观点，说人来到这个世界，就是来接受苦难、经历磨难的，或者是为了偿还前世的孽报。人生不但苦短，人生还要苦度，人生不如意事，十常八九，人生往往伴随着无穷的受罪和无数的惩罚。

嘻哈有些糊涂。那我们来到这个世界所为何来？人生的意义何在？如果人生真的都是苦难，毫无幸福可言，那还不如不来！但嘻哈认为，人生其实并不应该尽是苦难与受罪，还应该有积极向善、幸福美好的一面。而人生中经历一些苦难与受罪，倒也未必不好，所谓苦尽甘来、否极泰来，就是这个道理。

嘻哈又感觉，人世间一切最好的人或事，我们国人往往以"善"来形容或表述。如：善良、善心、善人、善举、友善、亲善、和善、慈善、慈眉善目……真是善哉善哉！

而人世间最坏的人或事，国人往往以"恶"来形容或表述。如：恶人、恶霸、恶魔、恶狼、恶劣、恶毒、恶疾、恶贯满盈、十恶不赦……实在恶哉怕也！

然而嘻哈又发现，人性的善恶之间，往往只有一线之隔，并且善恶之念，往往又同时存在，只是此消而彼长，此长而彼消。因此一旦在善恶之间迷失，一念之差，便会善恶立判！所谓"一心向善"，则"善莫大焉"，而"恶念一起"，便容易"恶向胆边生"，一旦铸成恶果，则已悔之莫及！

嘻哈还发现，罪罚与善恶之间，尽管表面看并无什么关系，其实二者之间却有着一种神秘的、说不清道不明的纽带和关联。

以嘻哈自己为例。认识嘻哈的许多朋友都认定嘻哈是个有善心的好人，但嘻哈自己知道，嘻哈也曾有"恶向胆边生"的经历，此经历足以使嘻哈终身警醒，而嘻哈也亲历并见证了罪罚与善恶之间的关联，这个关联也令嘻哈刻骨铭心。

那么，究竟是啥经历，到底有何关联，且听嘻哈慢慢道来。

罪与罚

嘻哈经历了史无前例的"上山下乡"运动。当年那真是："车辚辚、驴萧萧，下乡通知各在腰，爷娘亲人均莫助，前途不见奈心焦"……

在一阵震耳欲聋、撕心裂肺的锣鼓声中，就把嘻哈等一批青年学生稀里糊涂送到了农村。以至于嘻哈落下毛病：听不得锣鼓声，只要听到锣鼓喧天，立马心惊肉跳、血压升高，第一反应就是拔腿想跑……

嘻哈数十年来会重复做一个完全相同的噩梦，就是梦中听到锣鼓喧天，嘻哈又被抓回当年的生产队……每次都是在绝望中惊醒，全身冷汗湿透，两眼发直，半天都回不过神来……只是随着年月的推移，做这个噩梦间隔的时间越来越长，但从未完全消失，嘻哈估计这个噩梦将会伴随终身！

闲话少说。总而言之，言而总之，嘻哈从一个城市长大的懵懂小子，突然来到了"广阔天地"的农村，要接受贫下中农的再教育。用今天东北的一句土话，当年那实在是"蒙圈"了！

然而更多"蒙圈"的事情接踵而来。嘻哈刚下乡不久，居然像买彩票中头奖一样"幸运"，被所属生产小队队长选中，派送到生产大队集合，去参加"人民公社"组织的挖排水沟的"革命任务"。

农村种地，需要修建灌溉网络。灌溉网络分"渠"和"沟"两种，水渠是灌溉庄稼的，需要高于农田，而水沟是负责排水的，必须低于农田。中国西北乃黄土高原，水土流失严重，因此水渠往往越修越高，而排水沟则需年年下挖，以保持深度方便排水。

嘻哈终生难忘，当年与众生产队所派民工来到一个叫"黑泉湖"的地方集结，受命挖一条当地的主排水沟。此处地如其名，地势低洼、是一片满是黑泥污水的沼泽。

当晚嘻哈与本生产队的几位民工被安排到一个土丘边宿营，大家把土丘一边铲出一个直立面，再在旁边用树枝搭了个棚棚，此时天色已黑，大家累了一天，胡乱吃点干粮喝点冷水，就打开极其简单的行李倒头睡觉。

不料第二天天刚麻麻亮，忽听有人大呼小叫：蛇！蛇！有蛇！嘻哈平生最怕蛇，一听有蛇，一个鲤鱼打挺跳起来，只见几个民工正在追打一条一米多长的蛇，大蛇东奔西窜，很快没入灌木丛中不见踪影。于是众人转而寻找此蛇从何而来，找来找去，终于在嘻哈睡觉的地方找到一个黑黝黝、手腕粗的土洞，用铁铲一挖，里面居然又窜出一条蛇！嘻哈当时从头皮到脚面一阵发麻：原来嘻哈竟与一窝大蛇一晚同眠！清晨其中一条大蛇要出门散步，必然是从嘻哈身上……

一场惊吓，嘻哈已经有点魂不守舍。惊魂未定，便听到通知全体民工集合，听从挖渠工程总负责人、生产大队民兵营长分配工作。民兵营长姓张，五短身材，十分精干，因为是总头目，因此神气十足、威风八面。先带领大家声嘶力竭大声吼叫毛主席语录："我们都是来自五湖四海……下定决心、不怕牺牲……革命不是请客吃饭……"然后才开始分配工作。

挖渠劳作随即展开，嘻哈很快知道原来挖渠有两个不同的工种：一个是背一个"背斗"，从沟底往沟坡上背泥；一个是用铁铲在沟底往背泥者"背斗"里装泥。

西北的"背斗"很有特色，是一个用柳条编织的筐，筐的上沿拴一根粗麻绳，只用一个肩膀斜挎着背东西。嘻哈刚开始感到奇怪，背东西为什么不用双肩？但很快就明白了个中道理，原来双肩背东西适合长途跋涉，而短途频繁往返就极不方便。用单肩斜挎背东西，一手抓住筐绳，一手抓住筐底柳条，到地方歪身、松绳、塌肩膀，就可卸掉背斗里的东西。然后绳子一拉，背斗又立即回到肩上，如此往返，自然简单方便——农民的智慧！

闲话少说。很显然，在沟底负责装泥的人劳作相对轻松一些，第一，他原地劳作不用爬坡；第二，他在为背泥者轮流上泥的空档，会有几秒钟短暂的时间稍做喘息。

而背泥者就大为辛苦，要在沟底与沟坡间不停地来回穿梭背泥，泥浆黑水直流，背泥的人从头到脚浑身全被烂泥臭水包裹浸泡，极其难受。背斗也会因为被泥水浸泡而逐渐沉重，再加上满筐的湿泥，对于力气小、没干过如此苦役的人来说，实在是不堪重负。

随着工程的推进，沟越挖越深，坡面也越来越高、越来越泥泞湿滑，因此背泥的人必须像畜生一样手脚并用，才能挣扎着爬到坡顶，卸下背斗里的泥，再踉跄着下坡回到沟底再次背泥，如此周而复始没完没了——真不是人干的活儿！

按照常规，挖泥者与背泥者需轮换着干，这样才能在劳作强度上取得一些平衡，使背泥者换为上泥者时能够稍作喘息。然而实在是该当我嘻哈倒霉，不知道为什么，这个威风凛凛的民兵营长盯上了我，决心坚决听从革命指示，要给我这个到农村接受改造的"下乡知青"一点彻底改造的"宝贵机会"，于是承蒙他特别关照，我只准背泥，不准装泥！

这一下我嘻哈岂止"蒙圈"，简直就是下了地狱！此次挖沟时间计划为45天，于是嘻哈我45天背斗不离身，肩膀红了、肿了、渗出殷红的血，血与泥水混合，又与衣服紧紧粘连，晚上脱衣擦身，便需咬牙撕开，如此日复一日，肩膀便形成一大片酱紫色的硬块——劳动锻炼的成果。这还不算，每天吃饭，居然也成为一种极其残酷的考验和非常痛苦的折磨。

嘻哈从来听不得有人喊饿，只要有人喊饿，嘻哈会立即心慌意乱不知所措，原因之一，是嘻哈曾经经历1959年～1961年的"三年自然灾害"，整天饿得前心贴后背，看到那么多人因饥饿而魂归"天堂"，因此至今心有余悸。

原因之二，就是嘻哈曾经经历的这次黑泉湖挖沟，45天的苦役，每天从天不亮被民兵营长歇斯底里的吼叫惊醒开始，一直到"金轮西沉、皓月当空"，嘻哈要不停地背呀爬呀、爬呀背呀……到中午及晚上收工吃饭时（每天2顿饭），早已累得筋疲力尽，饿得饥肠辘辘，像鬼魂一样晃晃悠悠走到工地"饭堂"（其实就是露天架起的一口巨型大铁锅），干看着打来一大盆米面混杂的糊糊饭（西北叫"调和"，与猪食差不多），就思想斗争：吃吧，已经连用牙齿咀嚼食物的力气都没有了；不吃吧，下午或明天的劳作力气何来？一个人能够累到如此地步，会有如此纠结而挣扎的矛盾心情，试问今天的年轻人，可有这样的感受？

在这四十多天里，嘻哈曾多次哀求民兵营长，说实在吃不消了，行行好，可否给我换换装泥的工种，以便稍有喘息。而每次换来的都是民兵营长的嘲笑、讽刺和极其恶毒而肆无忌惮的谩骂。以至于嘻哈后来只要看到这个邪恶而该死的民兵营长就怒火中烧，两眼冒火，恨不得活撕了他！嘻哈此生从未恨一个人会恨到如此地步！

善与恶

然而事情总有个结束，随着时间的推移，排水沟终于逐渐成形，用嘻哈的眼光来看，水沟极宽、极深、极长，十分壮观。但嘻哈与民工们已经精疲力竭、浑身恶臭、头发蓬乱、胡子纠结，已基本不成人形。

45 天后，紧张而几近残酷的苦役进入尾声，嘻哈与民工们只是在对大水沟的沟底及沟坡稍作修缮，待公社有关领导来验收合格后就可打道回府。于是民工们有的在沟坡上抽烟、聊天、打扑克，有的在沟坡向阳的一面"晒暖暖"（即晒太阳）。

有些年轻的民工则大呼小叫，兴高采烈跑到附近的汉渠去"耍水"（即游泳），一来放松心情，二来也赶快洗洗身上多日来积攒的污泥浊垢。

说明：西北黄河河套地区乃鱼米之乡，自古以来水网发达，因此有"黄河百害、唯富一套"的说法。故有"塞上江南"之称。灌溉农田的水渠按历史年代命名的有：秦渠、汉渠、唐来渠等，可见历史悠久。

嘻哈从小在黄河边长大，又曾得高人指点，水性倒也不错。此时喘过气来，自然也想游游泳，洗洗浑身的污垢。于是随同众民工跳入汉渠，来来回回游了几个来回，尽兴后回到岸边。

嘻哈上岸后四仰八叉仰面躺在渠坡上晒太阳，嘴里嚼着几根青草，看着天上的蓝天白云，做起了白日梦：想我嘻哈这么可怜，活在世间实在没啥意思，你个该死的老天爷能不能开开眼，把我收到天上，哪怕给弼马温打个下手也行……

嘻哈正在迷迷糊糊梦游天国，忽听有人大呼小叫：快来人呀，有人要淹死了！救人呀！救命呀！嘻哈一惊，一个翻身站起来，只见宽阔的渠水中有一个人在拼命挣扎，载沉载浮向下游漂去，许多民工则在岸边大叫。

别看西北靠近黄河，其实除黄河边靠水吃饭的人家水性很好之外，农村种地的农民则大部分水性并不好，多数只会"狗刨"，自己游游都费劲，要去救人根本不行。而水中救人如果水性不好且缺乏经验就十分危险，往往救人不成，反而会同归于尽。因此只见一群民工大呼小叫直跳脚，却没有一人敢下水施救。

嘻哈顿时清醒，凭本能反应立即飞速冲向水边，准备跳水救人。就在此时，嘻哈突然骤然止步，直勾勾钉在岸边，双拳紧握、两眼发直、浑身僵硬，像被雷击中一样。为什么？原来嘻哈看到在水中挣扎的，正是那个折磨了嘻哈四十多天的魔鬼民兵营长！

哈哈，老天有眼！此人该死！民兵营长对我四十多天的折磨、谩骂我时的狰狞嘴脸，清晰地在眼前掠过……嘻哈心里有一个声音强烈地告诉嘻哈：不救，让他淹死！

然而此时另一个声音也在嘻哈心中响起：恶人再恶，罪不至死！救人要紧！要救，一定要救！

救，还是不救？两个声音在嘻哈心中同时呼喊，嘻哈顿时不知所措，感到一阵晕眩……嘻哈至今都不能确定当时这样的纠结究竟维持了多长时间，10秒，20秒，还是……嘻哈不知道……但最终的结果是嘻哈从小受到的传统教育占了上风：人命关天——救！

嘻哈开始顺着渠边向下游猛跑，然后跃入水中向民兵营长快速游去，等游到跟前，却不见了他的踪影，嘻哈一个猛子扎到水里，终于摸到他的身体，立即把他托上水面。

民兵营长此时已经被淹得半死不活，一见嘻哈，就本能地要来抓我，嘻哈一脚把他蹬开，再游到他身后，托着他的后脖槽向岸边游去。快到岸边，岸上的民工早已站了一大片，七手八脚把民兵营长拖到岸上，只见平日威风八面的民兵营长此时已完全没有了往日的威风，两眼发直、身体抽搐、肚子鼓得像老母猪，往外不断吐黄水和气泡。

众民工在七手八脚地施救，嘻哈此时反而无事，坐在旁边发呆，心里还是回不过味来：我嘻哈这样干，蠢不蠢？脑袋让驴给踢了？救这个畜生，对，还是不对？值，还是不值？

就在嘻哈晕头晕脑胡思乱想之际，意想不到的情况发生了，只见这个刚刚喘过一口气的民兵营长突然爬向我（根本还站不起来），满脸的眼泪鼻涕，磕头如捣蒜一般，嘴里一边吐水一边还大声号叫。嘻哈听不清他在嚷什么，大致就是说他不是人，不该欺负我，实在对不起我等等之类的废话。

民兵营长经此一事，居然性情大变，在之后嘻哈与他交往的许多年里，倒是再也没有见他欺负过人。而嘻哈也与这位民兵营长成了朋友，后来还认识了他的哥哥。

民兵营长的哥哥是当地一个颇有才华的"能人"，其人识文断字、精通易理，吹拉弹唱样样来得。与其弟弟不同的是，哥哥待人接物极有礼貌，性格谦和宽厚。

嘻哈曾经把这段经历告诉其哥哥，他听后只是沉默，并无表态，只是拍了拍嘻哈的肩膀。自此之后，他哥哥待嘻哈极好。嘻哈明白，农民通常不善言辞，但其实际行动已经说明了一切。嘻哈与这哥俩的友谊保持了很多年（尤其是哥哥），直到嘻哈出国之后，回国探亲时还会去看看他们。

后　记

这件事足以让嘻哈经常反思、反省，并且终身警醒、警惕。嘻哈明白，每个人心中都有善恶两面，人心之所以能够向善，多数是因为正确的家庭和社会教育，以致树立了正确的价值观。人心向恶，则往往是因为没有受到良好的家庭教育，以及受到恶劣的社会环境影响。人心向善，则家庭美满、社会和谐；人心向恶，则家翻宅乱、祸起萧墙，甚至刀光血影、天下大乱。

嘻哈认为，一个人即便处于非常恶劣的社会环境，也要始终保持清醒，洁身自好，万万不能迷失本性。否则恶念一起、善念无存，一念之差，便会逐渐堕入罪恶的深渊，最终万劫不复！

又后记

嘻哈发现，近年来国内悲天悯人、忧国忧民的有识之士似乎越来越多，他们都在讨论着一些国家大事，例如中国何时可以超过美国成为世界老大；当然还有国内的改革问题、楼价问题、环保问题、雾霾问题、贪腐问题、医疗问题、教育问题……

嘻哈对这些有识之士实在是肃然起敬。但嘻哈自己却有自知之明，想我嘻哈是个什么东西，自然没有资格和能力来对这些国家大事说三道四，因此只有闭嘴。

另外还有一些社会问题，也同样引起许多有识之士的关注与兴趣，于是报纸、杂志、电视、网络甚至街头巷尾在热火朝天地讨论着一些大家认为很有意义的社会现象，各执己见、争论不休。

嘻哈生性愚钝，且胸无大志，因此于这些意识形态方面的高深问题也只有听的分，并无发言的资格。但嘻哈听着听着众人的高谈阔论，却开始有些犯糊涂，因为嘻哈认为，有些问题可以讨论，有些问题是根本不能讨论的！

为什么？有些问题表面看似乎讨论讨论无伤大雅，甚至也好像很有意义，但其实一旦触碰，并引起社会层面广泛的大讨论，就好像嘻哈当年思想纠结到底该不该救人的问题一样，意味着人们已经在最起码的道德底线和价值观上产生困惑甚至迷失。例如：

为什么总有人和汽车闯红灯？

为什么国人买东西不喜排队？

为什么不能在公共场所喧哗？

捡到财物后该不该设法归还？即便归还，该不该要索回报？

老人跌倒后到底该不该扶？

公共汽车上该不该主动让座？

打捞溺水者该不该索要红包？

读书考试的目的是什么？

为官之道的职责是什么？

经商开厂的原则是什么？

慈善捐助的意义是什么？

…………

上述问题为什么不能讨论？试问，上述问题是需要讨论的，还是早有定论的？如果还要讨论，那么我们是否可以把问题延伸一下：今天的非洲是否可以讨论"能不能吃人"的问题？美国是否可以讨论"买卖黑奴"的问题？南非是否可以讨论"种族隔离"的问题？德国是否可以讨论"种族灭绝"的问题？全世界是否可以讨论"地球是圆的还是方的""地球和太阳到底谁绕着谁在转"？……人类发展的历史与文明岂能倒退？

嘻哈认为，嘻哈当年的迷失只是一个人的、并且是一瞬间的迷失，因此微不足道。但我中华民族穷上下五千年的历史走到今天，如果也开始玩迷失，连这些最基本的问题都搞不清楚了，或者是早已搞清楚过，现在又犯糊涂不清楚了，于是全社会热火朝天讨论和争论这些问题，这样的讨论意味着什么？

嘻哈认为，恐怕是意味着整个民族的迷失，意味着这个民族已经开始缺失最基本的普世价值观！

救命！

再后记

嘻哈假设，有一天国际上某些国家在给到中国旅游或工作的国民在做入境须知时，有以下警告：

1. 到中国后如遇到老人跌倒、有人受伤等类似情况，千万不要尝试帮助，因为那很可能是一个敲诈的陷阱。

2. 在中国过马路，千万不要看红绿灯及斑马线，你只能依靠判断，在确保能够通过马路时，不管什么灯，迅速闯过马路。

3. 在中国购买物品及等待交通工具时，千万不要尝试排队，那只能浪费你的时间，唯一正确的方法就是：拼命挤到最前面。

4. 在中国的电梯内等公共场所，千万不要对陌生的中国人微笑或问候，因为那会被认为是一种怪异的举动。

5. 在中国，不必考虑环保及垃圾分类之类的事情，你可以随地吐痰、抽烟、丢垃圾。

6. 无论在中国或世界任何地方，如果遇到大声喧哗、蛮不讲理、无视法规、浑身名牌的中国人，千万要躲避，因为那可能是在中国身份地位都很高的人。

7. 在中国请客吃饭，所点酒菜越贵、越多、越浪费，越能表示主人的诚意，否则会被视为寒酸及失礼。

8. 在中国，不要轻易相信任何中国人说的话，因为他（她）的真实意思可能完全相反。

9. 在中国，人情的作用远远大于法律，因此不要幻想依靠法律解决问题。

10. 在中国，购买物品，尤其是食品时，千万要小心谨慎，因为假冒伪劣被认为是很正常的经商手段及致富之道。

11. 在中国，不要与人谈论道德、诚信，以及信仰方面的话题，因为他们只相信金钱。

12. 在中国，不必相信他们是"龙的传人"，而要深入了解另一种怪兽叫"貔貅"，因为了解了貔貅的特性，就能了解许多中国人的特性及价值观。

13. 在中国如遇到贪污和腐败现象，请不要大惊小怪。

…………

嘻哈实在不想耸人听闻，但如果真有那么一天，不知是否意味着中国国际地位和国际形象的飞速提升？

嘻哈大士

江湖系列之一：大哥

从前有座山，山里有个庙，庙里有个嘻哈老头讲故事。讲什么故事呢？就讲个"江湖大哥"的故事吧……

引　子

何谓江湖？恐怕见仁见智，众说纷纭，并不容易说得清楚。一提江湖，寻常百姓往往心存恐惧，认为江湖人士都是些身怀绝技、武功盖世、月黑杀人、风高越货的强人。

嘻哈糟老头一个，却结识了不少黑白两道、三教九流之辈，因此与江湖有些缘分。这里且听嘻哈介绍所遇江湖中的几件见闻，或许各位对江湖会有不同的认识。

大　哥

嘻哈因缘际会，多年前认识一位江湖大哥，当年嘻哈一听江湖，也与寻常百姓一样，多少有些恐惧。然而接触下来，嘻哈感觉这位大哥却与常人无异，大哥身材高大、体魄强健、行走如风、声如洪钟，但为人处事并不鲁莽，多次交往并无异常，且对嘻哈十分尊重，慢慢嘻哈便消除了恐惧。

相处一久，嘻哈便慢慢了解了大哥的一些背景，大哥乃民国时期国内某大军阀之子，但非正室之出，因此母子均不受待见，反而备受欺负，最终全家逃离。大哥实在是生不逢时，当年接连遭遇战争。全家四处逃难，颠沛流离，尝尽无数人间困苦，却也养成了大哥独立自主、刚正倔强的性格。

大哥全家最终逃难到现在所居城市，母亲帮佣，自己只能在街头做些散工混口饭吃，但总算全家安定。大哥因缘际会，遇到一位在当地开馆授徒的武林高手，见大哥体魄强健、性格豪爽，于是收为徒弟，练得一身好功夫。

忽一日半夜，大哥的一个师兄弟惊慌失措来找大哥，说因争执打架，不想出手太重，竟然将人打死，现家中老母年迈病重、老婆怀孕待产，一旦事发必然家破人亡。大哥一听，也不废话，与师兄弟赶到现场，将死尸直接扛回自己家中！由是，大哥一肩扛下大祸，替师兄弟坐了十几年牢（所幸没判死刑，否则……）。

监狱大学

据大哥说，他在监狱并未受苦，不但极受狱警尊重，还结识了不少"绿林英雄"、各路"豪杰"。他说监狱里不受待见的是偷鸡摸狗的盗贼、强奸妇女的人渣、拐卖妇幼的畜生，最不受待见的是那些贪官，经常会被打个半死。

大哥曾经告诉嘻哈许多他在监狱的亲身经历。说监狱其实是个好地方，堪称社会大学，坐牢一年比在社会上十年学到的人生知识都多，因此对坐牢绝不后悔。

嘻哈有个中学同学，之后入了建筑行，还成为当地小有名气的包工头，曾经承包了一个修建监狱的工程。不成想监狱盖好之后，这个同学却被抓了起来，居然还被关在他自己亲手盖的监狱里，真是造化弄人，让人哭笑不得。

江湖规矩

一日，嘻哈的一位朋友来嘻哈所居城市旅游，知道这里有赛马，嘻哈于是求江湖大哥，大哥爽快答应，约定次日上午大哥直接去酒店带嘻哈朋友去马会消遣。

次日中午，朋友家中忽然来电找他，朋友并无手机，嘻哈知道朋友与江湖大哥在一起。于是立即致电大哥，说要找这个朋友。不料大哥不假思索立即回答："不知道！"嘻哈非常奇怪，问大哥："他不是约好今天与您去马会吗？"大哥并不直接回答，只是反问嘻哈："你要找他吗？我帮你找找。"随即挂断电话。

不到两分钟，嘻哈朋友就回了电话，嘻哈问朋友："你在哪里？"朋友答："我在马会，与大哥一起，大哥告知你找我，用的手机就是大哥的。"嘻哈不解，甚至有些来气，这大哥开的是啥玩笑？明明人在一起却说不知道，唱的是哪一出？

当晚大哥请吃饭，嘻哈自然质问大哥白天之事，"是否耍嘻哈？"大哥微微一笑,告诉嘻哈:"这是江湖规矩,我们与你们不同,道上会有恩怨,打打杀杀乃家常便饭。如与朋友兄弟一起,万一有人查询,我们第一反应一定是不知道,然后再告知对方,回不回答是对方的事。否则,万一是仇家探听消息,你告知实情,须臾仇家杀到,谁负责？"

嘻哈恍然大悟,然而也颇有感叹：真是啥人琢磨啥事,啥道有啥规矩,这样的反应与忌讳,寻常百姓如何会有？不与江湖大哥结识,便不知个中道理,嘻哈长了见识！

如此齐家

大哥是否有老婆？此问应该多余,但大哥一共有几个老婆？嘻哈却说不上来,因为嘻哈没数过来！但仅嘻哈知道的,也有七八个。

老婆一多,麻烦自然就多。据统计,"七"是一个巧数,许多事情往往会与七相关。社会学家的研究表明,一个小老婆(情人),对于一个老爷们在精力和财力上的消耗,大约等于七个老婆。但在大哥这里却有些特殊,大哥老婆虽多,但基本相安无事！

为什么？原因之一,大哥财力不缺,对个个老婆都有情有义；原因之二,大哥精力充沛,把个个老婆都照顾得舒舒服服；而最重要的是原因之三,大哥的原配(大老婆)精明强干,说话办事甚有杀伐决断,实乃女中豪杰。因此,只要大哥众位如夫人一闹矛盾,大老婆就会出面摆平,而众位如夫人也个个怕她、敬她！

大哥曾对嘻哈说："下辈子哪个老婆都可以不要，唯独大老婆不能没有！"嘻哈则对大哥说："我嘻哈家里只有一个嘻哈婆，就够嘻哈头疼的了，你娶那么多老婆干吗？不嫌麻烦？"

谁知大哥却说："我娶这么多老婆完全是你嘻哈教的！"嘻哈大惊："胡说，别冤枉好人，我嘻哈什么时候教你娶这么多老婆的？"大哥哈哈大笑，说："你嘻哈多年前就说过，男子汉大丈夫，不能虚度一生，要'齐家、治国、平天下'。"

嘻哈想想，倒是记得确实对大哥说过，但与娶老婆有何关系？大哥此时振振有词："既然男子汉大丈夫先要齐家，然后才能治国和平天下，那么齐一个家算啥本事？太小家子气了！自然要有本事先能够齐很多家，之后才能够大展宏图，治国平天下！"嘻哈听闻大哥如此解读，实在是哭笑不得！

大哥嫁女

嘻哈与大哥相识相知数十年，时光荏苒、光阴似箭，忽一日大哥有女初长成，居然到了出嫁的年龄。女婿与大哥女儿青梅竹马，又是大学同学，真是郎才女貌，天造地设的一对。

婚礼自然又是一次极其隆重的大场面，大哥的四海兄弟、八方宾朋、各路英雄、远近亲戚，甚至还有达官贵人、江湖大哥纷纷到贺，是日衣香鬓影、欢声笑语，场面自然极其热闹。

轮到女方主家发言，司仪大声请大哥上台，台下掌声雷动，大哥神采奕奕地走上台，一番发言笑翻了场下所有的宾客，内容大致是："今日小女出嫁，多谢各位捧场道贺。我想在此告诉我女儿，出嫁后一定要孝敬公婆、早生贵子。对老公要温柔体贴、相敬如宾，绝对不准有外遇！否则，我在这里当众授权我的女婿，可以马上休了她！"台下众人哈哈大笑。

大哥接着又说："在此我想告诉我女婿，你结婚后我允许你娶二奶、三奶、四奶……娶多少个都行！但有一条原则：记住，我女儿永远是你大老婆，这个位置雷打不动，否则我就立马废了你！"新女婿一脸尴尬，不知如何应对，台下宾客个个笑弯了腰！

江湖见闻

嘻哈与江湖大哥相识多年，自然少不了认识一些形形色色的江湖中人，知道一些千奇百怪的江湖中事，在此试举几例。

剁了

大哥曾经告诉嘻哈一件多年前发生的事，说有一次大哥与另一个江湖老大发生争执，当时人少吃了亏，好几个兄弟受了伤，大哥手上也挨了一刀。

晚上一班兄弟吃饭喝闷酒，越想越憋屈，越想越来气，众人喝得五迷三道，不断叫骂泄愤。大哥也喝高了，用裹着纱布的伤手提溜着个酒瓶，高声叫骂："老子总有一天把他的手给剁了！"

大哥手下兄弟自然群情激奋，七嘴八舌骂得更凶。其中有一个兄弟，平时就少言寡语，此时更加一言不发，不吃不喝，面无表情，坐在角落一动不动，忽然站起身来就走了，当时谁也没有在意。

过了不久，这个兄弟又静悄悄回来了，一屁股坐在大哥身边，开始大块吃肉大口喝酒，依然一言不发，众兄弟也依然没有在意。倒是大哥感觉有点不对，于是喝止众人吵闹，低头问了此兄弟一句："你刚才干吗去了？"这兄弟一口喝下一杯酒，回答倒也简单，就俩字："剁了！"

大哥及众兄弟大惊，原来这个兄弟听大哥发誓要剁仇人的手，还就当了真，认为光叫骂屁用没有，做兄弟就应该替大哥出力办事，出去直接找到仇人，对方猝不及防，真就把人的手给剁了！之后自然是一场更大的纠纷……

大哥对嘻哈感慨："通过此事得一教训，当大哥也必须谨言慎行，在兄弟们面前也不能图一时之快、信口开河、胡说八道，否则……"

感慨

大哥兄弟朋友众多，每日吃饭多在酒楼，往往三五个人去吃饭，陆陆续续就会变成十几甚至几十人，因此几家相熟酒楼只要看到是大哥来吃饭，周围就会预留几张桌子不再上客，否则必然挨骂。点菜倒是比较简单，大哥桌上点了啥菜，其他桌子照葫芦画瓢就是。

一日，大哥为一个兄弟过生日，一大帮兄弟自然齐聚，当晚嘻哈也在受邀之列。兄弟们一个个兴高采烈，喝得不亦乐乎，寿星老兄更是喝得酩酊大醉。

嘻哈就坐在寿星旁边，寿星喝得舌头都直了，满嘴酒气对嘻哈说："嘻哈，你虽然是读书人，但你是大哥的朋友，所以你最了解我们，我们在江湖上混，过的是刀头上舔血的日子，容易吗？平时还要受警察的欺负，委屈呀！"

寿星突然紧紧搂住嘻哈，万分感慨对嘻哈又说："嘻哈呀，这个世界要是没有警察该多好啊！"嘻哈大吃一惊！因为嘻哈从未听过如此的"高论"！再看众兄弟们的反应，似乎个个感同身受，频频点头。

由是嘻哈也有一番感慨，虽然不能认同这位老兄的观点，却也感悟到了江湖中人的无奈和愤懑，以及他们独有的价值观。

如此江湖

嘻哈与这些江湖大哥相处数十年，相安无事，倒是学到不少知识，悟出一些道理。真正的江湖其实并不可怕，所谓"混江湖"中人，多数学历不高，出身贫贱，正当职业做不了，也没人请，于是做些灰色的边缘营生，即所谓"偏门"。至于哪些行当属于偏门，嘻哈无法一一细数，请各位自己领悟判断。

嘻哈认为，真正的江湖需从根本上区别于街头巷尾打架斗殴、无事生非的混混，那叫流氓；不同于横行霸道、欺行霸市的混蛋，那叫地痞；不同于偷鸡摸狗、拿摸钱包的鼠辈，那叫贱人；不同于打劫银行、贩卖毒品的团伙，那叫畜生。

嘻哈还认为，真正的江湖不会欺男霸女、拐卖妇幼、坑蒙拐骗。真正的江湖有其严格的规矩——帮规，有其明确的信用——道义。然而，这恰恰是今天我们所谓的文明社会严重欠缺的！

嘻哈以切身体会认为，在这个世界上，真正的江湖并不可怕，也并不如想象的那么肮脏。最脏的恐怕是唯利是图、尔虞我诈的商场，而最最肮脏的，则是表面上满腹经纶，一肚子男盗女娼、权钱交易、贪赃枉法的人。

而嘻哈多年来所致力的工作之一，就是尽可能帮助这些江湖人士逐渐摆脱偏门，走入正途。嘻哈与这位江湖大哥交往数十年，大哥早已转入正行。公司颇具规模、业务蒸蒸日上，已经成为这个城市的太平绅士、著名慈善家，社会头衔一大堆。嘻哈打心眼里替大哥高兴，并且深感欣慰。真是老天有眼、皇天不负有心人！

忽一日，大哥找到嘻哈，说有事要嘻哈帮忙，嘻哈自然全力以赴，于是又引出一段难忘的经历与故事，什么经历，什么故事，且听下回分解。

嘻哈大士

江湖系列之二：少林

从前有座山，山里有个庙，庙里有个嘻哈老头讲故事。讲什么故事呢？就讲个"少林"的故事吧……

引　子

上回说到江湖大哥找到嘻哈，说有事要嘻哈帮忙，啥事？原来大哥有个社会活动，其中一场法事指定要到河南嵩山少林寺去做，知道嘻哈国内人脉广，因此要嘻哈出面联系。

缘结少林

当年，少林寺已因电影《少林寺》而轰动全国，名声在外，平常人等并非能够轻易接触。于是嘻哈托朋友辗转找到少林寺一位僧人，再联系到少林住持，获住持（后升为方丈）同意后，便按约定时间与大哥及其助手一行4人奔赴少林接洽法事。

少林寺派出当年武僧队队长H师父负责接待，H师父身材不高，但体魄强健，待人接物由始至终笑嘻嘻，高兴时更是经常哈哈大笑，显然是一个非常爽朗乐观的人。

奇怪的是 H 师父浑身并无像健美先生那样一块一块的肌肉腱子。混熟后 H 师父告诉我，练武与健美不同，练出肌肉反而会妨碍反应和发力，因此真正修炼武功的高手会刻意避免练出肌肉，浑身上下反而是软绵绵的，嘻哈又长了见识。

午夜推车

在少林寺盘桓数日，相关法事活动顺利接洽完毕，于是众人便需下山。谁知上山容易下山难，上山时从郑州包出租车上来，下山时哪里去找出租车？此时 H 师父又是哈哈大笑说："没关系，我有辆汽车，你们开我的车下山，到郑州后让我在郑州的徒弟开回来就是。"众人自然大喜，连连道谢。

当天傍晚 H 师父果然开来了一辆汽车，我们一看可就傻了眼，只见这辆汽车要多破有多破，车身残缺不齐、锈迹斑斑，车底破了几个大洞，甚至能够看到路面，前后车灯各缺一个，两头都是"独眼龙"。据说这车叫"昌河面包"，是 H 师父一个徒弟家送给他的"礼物"，当年在少林寺众兄弟中是唯一的宝贝，那还真是"蝎子的粑粑——独一份"！

与嘻哈同行的几个人都会开车，其中一个还是职业赛车手，他们都围着这辆破车发怵——实在没见过这么破的车！此时 H 师父不慌不忙，耐心告诉我们如何驾驶它，一番解释之后，江湖大哥自告奋勇开车，大家勉强挤进车厢，一个个缩头缩脑，才知道车厢内也非常狭小，但有车总比没车强，于是勉强开车上路。

破车开出去没多远，就熄火了，怎么打也打不着，于是打电话给 H 师父，H 师父在电话里哈哈大笑，说马上就到，不到 10 分钟，坐着一个徒弟的摩托车来了，只见他坐上驾驶位，让徒弟用力一推车，轻而易举就把破车发动了，众人大喜，H 师父笑嘻嘻再次与我们告别，我们则继续上路。

此时为谨慎起见，换了赛车手开车，嘻哈坐在旁边，只见赛车手着实不同凡响，换挡手势极其纯熟专业，把嘻哈看得羡慕不已，于是连连夸奖。赛车手自然更是扬扬得意，稀里哗啦不断用各种手势换挡给嘻哈看。不知不觉眼见路程走了一半，此时天已全黑。

然而真的是祸不单行，正在赛车手扬扬得意之时，破车突然又熄火了，我们想起 H 师父的方法，于是让赛车手坐在车上，我们三人推车，哪知此时无论我们如何反复推车，就是发动不起来。无奈，只好再打电话给 H 师父，谁知此时他已关机睡觉，根本联系不上。这下麻烦可就大了，我们四人轮流推车，推到筋疲力尽也发动不了汽车。

时值深秋，当地的夜晚已经非常寒冷，结果我们四人在这小破车里整整冻了一晚。四人无可奈何，对着满天的星星聊天解愁，此时江湖大哥助理的老婆突然来电话，说祝他生日快乐！原来当天是他的生日。众人皆哭笑不得，于是翻出几块 H 师父给的大饼，点了整盒的香烟当蜡烛给他祝寿，他说一辈子都不会忘记这个难忘的生日！我们则祝他"年年有今日，岁岁有今朝"……

次日天刚亮，我们终于打通了 H 师父的电话，电话一通，嘻哈就大骂 H 师父，说他的破车又熄火，根本推不着，害我们推了半夜，又冻了半夜，现在又冻又饿，狼狈不堪！

谁知 H 师父在电话里还是哈哈大笑，说："对不起，我马上来救！"约一小时后，H 师父坐了一辆同样破烂的汽车到了，笑嘻嘻也不啰唆，一屁股坐进驾驶座，让同行的兄弟一推，汽车就打着了！

众人大惊，说："奇怪了，我们四人费了吃奶的力气推了半夜都推不着，你怎么一推就着呢？" H 师父还是哈哈大笑，说忘了告诉我们，原来这辆汽车熄火后一定要挂上一挡，把车推动后一踩刹车，再加油，一推就着！

我们在家所开汽车都是自动挡，不会熄火，赛场赛车虽是手动挡，却也根本无须也无法推动，因此根本不知个中奥妙，傻乎乎挂空挡推了半夜，如何能够打着！众人恍然大悟，且懊悔不已。然而 H 师父由始至终笑嘻嘻，干脆陪我们一路回到郑州。

H 师父

之后我们均对 H 师父的性格极为赞赏，一个人无论喜乐忧愁，都能保持乐观豁达的心态，实非常人所能！H 师父简直就是一尊活弥勒！正因此，嘻哈之后便与 H 师父逐渐成为莫逆之交。

此后不久，嘻哈又数次上少林与 H 师父相聚，并终于有缘得见少林寺辈分最高的老和尚，嘻哈不会武功，老和尚却挺待见嘻哈，结果在众人撺掇下，老和尚破天荒答应收下我这个没有武功的"劣徒"，在完成皈依仪式后，嘻哈排"德"字辈，也因此结识了更多寺中大德高僧，如德高望重的Y师父等。Y师父到嘻哈这里，不住酒店，就住嘻哈马场，Y师父素食，在嘻哈马场聊天、打拳——快哉！

一次嘻哈上少林，H师父请吃饭，在武术馆门前的一个小凉亭摆下一桌饭菜，凉亭没有电灯，于是就点了一圈蜡烛照明，约了几个师兄弟，侃大山……

兴起时，H师父下桌打拳。当晚皓月当空，清风送爽，H师父借着月光，一趟少林长拳打得虎虎生风，抬脚跺地，振得地动树颤，出拳生风，扇得烛光摇摇晃晃。

是晚众人皆极尽兴……

嘻哈打架

嘻哈糟老头一个，半点武功不会，平时人模狗样在各大学、企业讲课混饭吃，好歹也是个滥竽充数的"文化人"，怎么也会和人打架？不会吧？怎么回事？且听嘻哈讲讲这段有趣的经历：

话说某年大年三十前一晚，嘻哈与H师父的几个师兄弟一起吃饭，饭后各自回家，嘻哈开车送H师父其中一个师兄弟Y师父回家。Y师父也是少林寺武僧队队员，少林十二路谭腿踢得出神入化，曾出版教学光盘。近年来拍摄多部电影，已经是在国内有不小知名度的影视明星。

途中突然一辆汽车疾驰而来，差点撞到我们的车，把嘻哈和Y师父都吓了一大跳，幸亏躲得快，否则必然相撞。之后那车又在路上歪歪扭扭直晃，一看就知道，这开车的小子肯定是喝高了。

嘻哈驱车上前，摇下车窗警告对方赶快停车，否则非常危险。谁知这小子喝醉了犯浑，居然一打方向盘，把嘻哈的车逼停在路边，下车后晃晃悠悠朝我们走来，嘴里骂骂咧咧说要教训我们。

嘻哈心中暗笑：我车里做着一个打架的祖宗，这小子真是瞎了狗眼，居然主动找上门来讨打？于是拉开车门下来，此时Y师父也已从另一边下车，紧跟在嘻哈身后。醉汉摇摇晃晃直奔嘻哈，嘻哈没练过武术，却并不怕事，此时来不及多想，准备应战。

谁知嘻哈身后突然一阵风，飞来一条长腿，一脚踢中醉汉手腕，醉汉应声摔了个四脚朝天。当晚皓月当空，醉汉手上的手机被踢得一条直线直冲云霄，嘻哈借着月光看得十分真切，好半天才落回地面，啪一声摔得粉碎。不用说，此腿自然出自"十二路谭腿"，来自Y师父！

此时醉汉酒已醒了一半，翻身爬起来就跑，嘻哈与Y师父左右包抄追了过去，谁知这小子此时居然跑得飞快，一下子就跑到马路对面的小树丛中。嘻哈与Y师父也并未真追，因此也就作罢，缓步退回，准备离开。

谁知醉汉此时却不依不饶，嘴里骂骂咧咧，不知从哪里捡了一块石头，追过来做状要砸我们，嘻哈与Y师父立即反身追去，醉汉掉头就跑，如是者数次。嘻哈与Y师父对他大喊："有种你过来！"这小子也不含糊："我就不过来！"逗得嘻哈与Y师父哈哈大笑，却也奈何他不得。

此时嘻哈突然发现这小子车门没关，也没熄火，车钥匙还挂在车上。嘻哈大喜，于是立即过去，拔下他的车钥匙，当着醉汉的面，大声喊道："你小子喝醉了，不能开车，老子把车钥匙给你留下！"说罢嘻哈奋力一挥，把醉汉的车钥匙远远甩向路边，车钥匙在月光下划出一道弧线，落到乱草灌木丛里不见踪影。

此时醉汉一边大喊大叫，一边急忙扑向路边找车钥匙，哪里还顾得了与我们纠缠。我们这才施施然驱车扬长而去，嘻哈告诉 Y 师父，估计这小子起码要十几分钟才能找到车钥匙，到时酒也就醒得差不多了！嘻哈与 Y 师父在车上相顾大笑，好半天都合不拢嘴！

第二天嘻哈将此事告诉 H 师父等人，皆大笑不已，都说可惜昨晚未在现场，否则能够看到醉汉的表演，一定十分有趣，还纷纷猜测这小子会用多少时间找到车钥匙。

如此打架，对于 Y 师父他们来说，简直是微不足道，甚至不能算是一次正式的打架。但此次有嘻哈参与，便当别论。嘻哈虽无机会动手，却也是个直接参与的胁从者。嘻哈平时人模狗样，在各大学府、企业讲课，好歹也算是个斯文人，居然会参与打架，实在让人匪夷所思，如果被嘻哈的学生们知道，不知是否对嘻哈会有新的认识——讲师，学者，还是土匪？

H师父出走

嘻哈与H师父熟悉之后，反而诚心建议他离开少林，一来认为他在少林发展已经有限；二来少林已逐渐为世俗所围，与晨钟暮鼓、青灯古刹渐行渐远。

H师父对嘻哈所劝深已为然，不久即离开少林，远赴他国。一日到东欧某国，当地朋友带他去特警训练基地参观。恰好有一帮特警在练习搏击，听说来了个中国的少林武僧，非常好奇，纷纷围过来问长问短，请教功夫，H师父只得略略说了些拳法腿法功夫要领。

几个特警见H师父貌不惊人，便有些不太服气，嚷嚷着想与H师父过过手。H师父再三推辞，眼见特警们已经有些出言不逊，便对他们说："过招就不必了，刚才见你们在练踢腿，我示范一次给你们看吧。"

H师父要一个特警右肘持一个护垫，弓步准备，再找两个特警双手紧紧抵住第一个特警的腰部，同样弓步准备，H师父不慌不忙，慢慢走向三个特警，口中说道："准备好，我要踢了……"说时迟，那时快，只见H师父侧身一个鞭腿，呼的一声巨响，三个人高马大的特警全部向后飞了出去，最后一个摔得最远！全场特警无不吃惊！

H师父气定神闲，向特警讲解：刚才看你们练踢腿，只是在踢护袋而已，而正确的踢法是要集中意志力踢穿最后一个人，也就是出腿就要"踢透"。三个特警个个身高体重，最后一个所受到的冲力要再加上前面两人的重量，当然摔得最远。

该国特警一直在练空手道及散打，于是又有几个练得最好的特警提出要与 H 师父比试。结果无人能够坚持 10 秒，基本都是一经接触就瞬间被撂倒，众特警无不心服口服。嘻哈当时自然不在现场，但同行朋友却将当时情况录了下来，嘻哈事后看到录像，也着实吃惊佩服。

之后不久，该国特警部队破天荒决定，增加中国功夫为正式训练科目，聘请 H 师父为总教官。一年后，H 师父又被聘为该国总统卫队教官。H 师父终于凭一身本事，在异国他乡站稳脚跟，嘻哈替他高兴！

之后 H 师父曾在休假时去日本游玩，遇一日本空手道黑带大师级高手挑战，同行朋友用手机录下当时情况。此段录像曾在网上流传，但因是手机所录，因此十分模糊。嘻哈无意间看到，只凭身影便知是 H 师父无疑。

视频中日方高手以惊人的速度连连进击，H 师父却绕场快速后退，只消不打一一化解。突然 H 师父以匪夷所思的速度转守为攻，只出了一招，日方高手已从视频上消失！可见当时进攻速度之快之猛，连录像者都未能及时做出反应。

莫逆之交

出国站稳脚跟后，H 师父第一次回国就来看望嘻哈，住在嘻哈家数日。一日天下微雨，二人在屋外散步聊天，嘻哈说，现在已有太多人在少林周边学武之后浪迹社会，不但自己没混出个人样，倒给少林抹了不少黑，打着少林的旗号吃少林，最后必然两败俱伤。

因此嘻哈提请H师父，虽出身少林，却应超脱少林，并给了H师父两个具体建议："第一，少林乃佛门寺院，你在国外遇其他宗教信仰者，必将令他们因信仰不同而却步，发展自然受到局限；第二，少林真正的精髓在于禅而不在武，嘻哈送两句话给H师父：'禅为魂、武为神！'"

嘻哈认为，禅学所诠释的是东方的哲学和智慧，自然超脱佛家宗教。因此，建议H师父应以禅学、禅修为核心，在国外宣扬东方智慧和东方文化。如此，任何宗教信仰者都可接受、接纳。嘻哈还建议H师父要成立相应的正式机构和组织，H师父又深以为然。此时雨势渐大，而我们却浑然不觉，待回到家中，已浑身湿透，二人相对大笑。

之后，H师父在所居国家注册成立"国际禅武中心"，后又发展为"国际禅武联盟"，目前该联盟分支机构已遍布世界各地，致力于传播东方智慧和文化，受到H师父所居国家及更多其他国家的欢迎和嘉奖，影响越来越大，嘻哈更加高兴。

H师父回归

H师父每年回国必然来找嘻哈，已然成为规律。数年前，一次 H 师父回国，嘻哈与之聊天，谈到中国道家的理论非常科学，道家理论强调"均衡"，万物均衡则风平浪静、风调雨顺，一旦失衡就是灾难，严重失衡就是死亡，失衡之后又会恢复均衡。因此，我们应该向大自然学习，同时对大自然要有敬畏之心。

如此，嘻哈认为 H 师父应该遵循中国道家理论，人生轨迹应该往复循环，才能生生不息，螺旋式上升。过去嘻哈建议 H 师父走出去，今天嘻哈则建议 H 师父返回来。H 师父根在故土，应该适时回来落叶生根。H 师父再次深以为然，不久在国内某城市注册成立"中国国际禅武联盟"。

"中国国际禅武联盟"成立后，便致力于搭建中西方文化交流的平台，每年有计划地安排一批批国外相关人员赴国内参观、考察、学习和培训。同时，为促进世界各国与中国反恐部队的专业训练与交流，提供极大帮助及促进。H 师父在国内外日益受到重视，并且获奖无数，嘻哈高兴！

忽一日，H 师父来找嘻哈，说有一事相求。何事相求？且听下回分解。

嘻哈大士

江湖系列之三：彪子

从前有座山，山里有个庙，庙里有个嘻哈老头讲故事。讲什么故事呢？就讲个"彪子"的故事吧……

引　子

上回说到，H师父来找嘻哈，说有一事相求。何事相求？原来H师父有个徒弟，到处惹是生非，外号"彪子"，H师父出国后无人能管，居然想把这匹没了笼头的"野马"交给嘻哈……

彪　子

彪子，东北人，属马，姓李，倒是有点梁山好汉李逵的禀性，生性顽劣、脾气暴躁、胆大包天、极其好斗，一旦动手，状如癫狂，出手极重，每每伤人，于是人送外号"彪子"。（"彪"乃东北土语，意指鲁莽、暴躁、缺心眼。）

彪子自幼在家中便顽劣异常，打架斗殴如家常便饭，即使大他许多岁的孩子，也常被他打得头破血流。被打者父母自然找彪子父母理论，彪子父母每每需赔礼道歉，还要赔汤药费，真是苦不堪言。

一旦遇到更大的孩子或一群孩子报复，彪子自然吃亏。但无论人家怎么围殴，彪子就是不服输，遍体鳞伤、浑身是血，却犹如困兽，死缠烂打、状如疯癫、极其彪悍。于是方圆几十里的大小孩子都不敢惹他，而彪子的父母却经常被其所累，家翻宅乱、焦头烂额。

《少林寺》电影轰动全国，时年彪子 8 岁，看后便如打了鸡血一般，更加兴奋癫狂，便执意要去少林寺学武。父母见彪子要走，却也松一口气，乐得顺从。只是彪子太小，又常无事生非，终究放心不下。

少林寺乃千年古刹，禅宗祖庭、佛门重地，且已声名远播，震惊中外。故寻常人家岂能轻易入寺？当年全国成千上万青年因电影蜂拥而至，却鲜有如愿入寺学武者。彪子与几个同乡小兄弟一起来到少林，自然不得其门而入，只能与多数孩子一样，在少林寺周围的一些武校瞎混。

彪子来到少林，癫狂彪悍的禀性非但未改，反而变本加厉。少林周边的武校，当年便是打架斗殴的道场，人与人打、校与校斗、帮与帮殴、群与群掐，于是便打了个不亦乐乎、天翻地覆！

彪子终日练武，更加疯癫，天热好办——光着膀子，冬天冻得实在受不了，就拼命练拳，结果武功大长！渴了喝冷水，饿了四处找食，到乡间街头要饭，或到小饭馆候着，等有人吃剩后冲上去……

彪子以其癫狂的本性，加之癫狂地练武，打架的功力自然倍增，于是逐渐在众武校中打出一点名头，受到当年少林寺武僧队时任队长 H 师父的注意。

彪子终于如愿以偿，获 H 师父安排，进入少林寺武僧二队习武。由此彪子如鱼得水，夜以继日练武，加之受到少林正宗传统的严格训练，武功自然大进。

少林寺乃佛教禅宗祖庭，然而彪子进入少林，却始终与佛和禅无缘，佛理禅修一窍不通，生性好斗本性不改。随着武功的精进，惹是生非的本事也就与日俱增，遂成少林寺周围著名的一条恶棍。

彪子二十几岁终于离开少林走入社会，这一下可是狼入人群，打架斗殴便如家常便饭，前后跟了几个"江湖大哥"，专门负责打架。打赢了，大哥赞赏；打伤了，自己养养；打出问题，彪子坐牢，大哥逍遥。

彪子跟一个江湖大哥去过西藏，为大哥与藏民打架。藏民如何是对手，打不过，叫来公安抓了彪子。

一次，彪子的一个兄弟在外与人打架吃了亏，鼻青脸肿跑来找彪子帮忙报复。彪子是个无事都要生非的主，何况有事，一见兄弟被人欺负，自然比打了鸡血还要精神，让这个倒霉兄弟领到仇家家里，进门不由分说连砸带打。仇家只有两夫妻在家，猝不及防自然吃亏，所有房间、家私被砸了个稀烂，男的被打了个半死，女的被吓了个半死。

彪子打够了，照理应该尽快撤退，谁知此时彪子打累了，晚上又还没吃饭，肚子饿得咕咕叫，居然不肯走，逼着被打到半死的男人，拉起吓得半死的女人，到厨房给自己做饭吃。

厨房早已被砸了个稀巴烂，女主人只好用瘪了的锅做饭炒菜，饭碗早已成为一堆烂瓷片，没有一个囫囵的，彪子与兄弟倒也能将就，各拿另外两个瘪锅，几拳将瘪处大致砸回原形，连饭带菜吃了个不亦乐乎，外带两瓶青稞酒。酒足饭饱，彪子才与兄弟摇摇晃晃，施施然扬长而去！打人打到如此猖狂嚣张，又如此潇洒淡定，够彪！够疯！

彪子在西藏爬过雪山、看过天葬、进过寺庙、吃过藏粑，混够了，于是回到中原，继续四处流浪，到处惹是生非，为兄弟哥们出头，为江湖大哥利用，为社会群体摒弃。多少次进出监狱，斑斑劣迹，留下案底，多少次浴血奋战，身受重创，伤痕累累。

彪子见嘻哈

彪子天王老子都不怕，除了H师父，谁也不服，谁也难管。然而此时H师父早已远赴他国，彪子就更像一匹没了笼头的野马，完全失控，到处闯祸。彪子每次祸闯大了，自然会找H师父出面解救，H师父虽不厌其烦，但身在国外鞭长莫及，忽然想起嘻哈，居然认为只有嘻哈才有可能收服这匹彪子。

于是H师父便找嘻哈商量，要把彪子安排到嘻哈处。嘻哈早知彪子的名头和劣绩，便推辞道："想我嘻哈无半点功夫，糟老头一个，凭啥本事降伏这匹野马？H师父又凭啥认为我嘻哈能够当此重任？"

H师父说："武行中我实在想不出有何人能够降伏彪子，如让他再在社会上瞎混，再被一些江湖大哥利用，万一捅出什么大娄子，彪子这辈子就完了。"H师父认为，"武管"已肯定不行，只有试试"文管"，文管只有嘻哈合适！

嘻哈一听，知道已无法推辞，只得答应，但告诉H师父："有言在先，不能保证成功。"H师父："OK！"于是商定某日带我去他禅武基地参加一个活动，顺便领彪子回去。

嘻哈按时来到禅武基地，活动完毕后进了H师父的房间，只见一个敦敦实实的汉子规规矩矩地站在H师父身后，看着嘻哈却一言不发。H师父拉他向前，告知嘻哈这就是彪子，彪子此时倒是恭恭敬敬，向嘻哈抱拳问候。

嘻哈知道此时多说无用，便开门见山问彪子"是否愿意跟我走"，彪子说早已听H师父说起过嘻哈，这几日H师父也千叮嘱万吩咐，要彪子今后必需听从嘻哈管教，因此愿意跟嘻哈回去。就这样，彪子被领到嘻哈的马场住下。

彪子到马场

嘻哈心里清楚，面对彪子这样的人，红口白牙的说教无异于对牛弹琴，必须在现实生活中慢慢让彪子切身感受、自我思考、主动改变。于是二话不说，带彪子到嘻哈马场，交给马场马房主管，只说来了个新员工，住宿舍、吃食堂、当马夫、学马术，一切无特殊。

不料彪子刚到马场没几天，当地公安局就来了电话，查问嘻哈马场是否有彪子这个人。嘻哈心一沉，立即找来彪子，问是否有案在身？彪子告知嘻哈，过去虽犯案累累，但件件结案，并无犯案潜逃之事。嘻哈稍稍放心，告知当地公安分局来电要他去，彪子爽快答应，还安慰嘻哈："没事，我去去就来！"

果然，不到一小时彪子就回来了，嘻哈急忙问情况，彪子说："像我这样屡次犯案的人，全国公安系统都有网上记录，您一让马场给我办居留证，我就知道公安必会找我，早有准备。但因所有案件都已结案，因此只是备案，不会有事。"

彪子还向嘻哈炫耀，说一进公安局，干警就问："是否是彪子？"答："是！"问："是否犯过案？"答："是！"问："什么案子？"答："伤人！"问："重伤轻伤？"答："小看我？都是重伤！"干警直乐，吩咐彪子："站过去拍照！"彪子马上站好，正面一张，左边侧面一张。干警叫彪子过来按手印，彪子说："还有右边侧面没拍呢。"干警更乐了，说："你倒比我们还熟悉业务！"彪子扬扬得意："咳，这些年我进你们公安大门比进我自家家门都多，当然熟悉，到你们这里就算是到家了！"把一帮干警乐得前仰后合，之后还与彪子成了朋友，经常找彪子出去吃饭聊天。

闲话少说。彪子初到马场，一切新鲜。彪子属马，见到如此多的骏马，自然打心眼儿里喜欢。于是整天在马房洗马、喂马、铲马粪，倒也十分卖力。马房主管又教彪子学习骑马，彪子自然高兴。马场员工好几十，知道彪子武功了得，于是又有人缠着彪子学功夫，后来连主管都来求彪子教功夫，彪子自然更加高兴。

嘻哈马场最多的是纯血马，马大身高，速度极快，没有一定的训练基础极难驾驭。彪子别说骑，见都没见过这样的骏马，仗着一身武功，信心十足就往马上跨。

谁知一上马，可就傻了眼，双脚一离地，多年武功就算是废了个精光。马一走，彪子还扬扬得意，大呼小叫满嘴吹牛；马一改快步，彪子就被颠得有点招架不住，吹牛的嘴早已闭住；马一跑，彪子立即被抛得上下左右直晃荡，哪里坐得稳，很快就被摔了下来。

彪子哪里肯服，待众人帮助抓住马，彪子又爬上去，很快又被摔下来，再爬上去，再被摔下来……彪子被摔了个七荤八素，已经筋疲力尽，摇摇晃晃往回走，满身满头都是沙，连嘴里都有，噗噗直往外吐。一班马场兄弟自然哄堂大笑，彪子着实狼狈。（说明：嘻哈马场铺有 50 厘米厚的沙子，因此堕马并无太大危险）

彪子心里自然不服，于是每天在马房工作更加卖力，干完之后就缠着主管让教骑马。功夫不负有心人，几个月后，彪子马上骑功逐渐进步，已经能够轻松在马背上驰骋，这段时间，彪子有吃有喝，有住有穿，又有马骑，自然十分安稳，一时倒也太平。

彪子发飙

然而好景不长，彪子在马场逐渐熟悉之后，疯癫的本性也开始恢复。除马场员工外，还在周边村镇结识了不少狐朋狗友，见了男的就是兄弟，见了女孩就是表妹。许多年轻人知道彪子武功了得，自然慕名来找，有求教武功的，有请吃饭喝酒的，每天晚上应酬不断，在当地江湖地位已经确立，俨然小头目一个。

很快嘻哈发现，彪子不能喝酒！只要喝酒就会乱性，多数打架闹事都是酒后发生。然而彪子嗜酒，有酒便喝，一喝就醉，一醉就疯，一疯就出事。彪子白天在马场并无问题，但一到晚上出去喝酒，就会不大不小闹点事情出来。嘻哈几次规劝，彪子表面认错，事后依然故我，规劝并无效果。嘻哈知道时机未到，也就不再劝。

一天半夜，嘻哈忽然接到彪子电话，彪子嘴里含含糊糊，嘻哈根本听不清说什么，大致判断是他在镇里某条街边，已经受了伤。嘻哈立即叫来几个马场员工满镇子搜寻，很快便发现彪子躺在一条街边，浑身酒气、一身泥水、头上有伤、满嘴是血、胡言乱语、神志不清。于是立即将他送到医院救治，经检查为脑震荡、多处软组织挫伤、两根肋骨折断、满嘴牙齿松动（其中两个脱落）……

事后知道彪子当晚出去喝酒，与人发生争执，骑摩托车回家路上，突然被一辆从巷子里冲出来的汽车拦腰撞飞……

彪子在医院躺了一个多月，嘻哈婆紧着张罗，找陪护、送吃喝、加被褥、添衣服，还让自己的牙医为彪子镶了满嘴的烤瓷牙，反而比之前更洁白整齐——因祸得福。

嘻哈找到肇事车主，对方自然不会承认是故意，嘻哈只要他们赔钱道歉了事。彪子伤好之后回到马场，嘻哈告诫彪子：不许报复！立即戒酒！下不为例，否则滚蛋！

彪子出走

然而彪子毕竟是彪子，岂能轻易被降伏。老实一段时间之后，便又渐渐故态复萌，暗中还是偷着喝酒，嘻哈假装不知。一日，马场主管突然报告嘻哈：彪子昨晚喝酒发疯，结果打伤马场一个员工，还砸烂马场宿舍几扇门窗。嘻哈叫来受伤员工，自然鼻青脸肿，派人带去医院包扎上药。再去看宿舍，只见有两间宿舍的窗子玻璃全被打碎，两扇门中间被打了个大洞，已经完全毁坏无法修复。嘻哈看就是用大铁锤也要砸好半天，但据说是彪子用拳头砸的。

嘻哈叫来彪子，只问一句："怎么办？"彪子此时早已清醒，自知闯祸，倒也真是条汉子，并不分辩，也只回一句："我走！"当天即收拾行囊离开马场。嘻哈立即致电 H 师父，告知情况，并说嘻哈无能，最终未能收服彪子，H 师父也是无奈。之后 H 师父还是安排彪子去了他的禅武基地，嘻哈倒也稍稍放心。

彪子受伤

如此过了三个多月，忽然有一天嘻哈婆接到彪子电话，说在马场附近的医院，不敢找嘻哈，要嘻哈婆去看他。嘻哈婆自然立即告诉嘻哈，嘻哈一听便知不妙，立即命人带嘻哈婆赶赴医院，医生告知，彪子腰椎尾骨骨折，需立即手术，否则可能导致下部瘫痪。

嘻哈当机立断，一边立即派车将彪子转往当地最好的骨科医院；一边致电禅武基地主管，告知彪子莫名其妙腰椎骨折受伤，躺在我马场附近医院，嘻哈已经安排转院，既然彪子现在是基地的人，因此希望基地赶快来人照顾彪子，并且接手处理善后之事。

谁知基地主管告诉嘻哈，彪子到基地后并不安生，几次惹事，主管根本无法管束。一次一言不合，竟然要打主管，自然无法久留，已于一个月前离开基地，去向不明，因此彪子已经不是基地的人了。嘻哈大惊，立即致电H师父，H师父说知道他离开基地，但怕麻烦嘻哈，故未告知。但彪子在我马场附近受重伤，受伤原因不明，H师父也颇感意外。

嘻哈此时明白，这块"狗皮膏药"恐怕又已经贴回嘻哈身上。于是派人送钱去医院缴费，准备让彪子做手术。此时嘻哈婆已十分紧张，亲自去医院看望，送饭送水送衣物，又张罗找相熟的医生做手术……

嘻哈知道，此时彪子最怕见的就是我，因此故意不去医院，同时也好让彪子有个反省的时间。手术倒是很成功，彪子没瘫痪，也没啥后遗症。一个月后彪子出院，嘻哈婆安排他暂时住回马场宿舍。两个月后，彪子基本痊愈，于是便到了决定去向的时刻。

彪子回来

嘻哈先与H师父通了电话。H师父告诉嘻哈，这段时间彪子几次致电给他，说思前想后，感到懊悔万分，如果嘻哈能够再给一次机会，如果再犯混，任嘻哈往死里打，除非嘻哈赶彪子走，否则彪子一辈子也不再离开嘻哈！彪子还说嘻哈婆最好，连爹妈都没有对他那么好过！嘻哈婆知道后竟然高兴得眼泪汪汪。

嘻哈叫来彪子与之谈话，嘻哈还是问："怎么办？"彪子站立不安、手足无措，只回嘻哈一句："听您的！"嘻哈笑笑，告诉彪子："嘻哈无戏言，最后一次机会，绝无下次！这次留下，不放你在马场，跟着嘻哈回家，但必须戒酒！是否能够做到，自己想清楚。做得到，留下；做不到，走人！"彪子自然连连答应。

自此彪子住在嘻哈家，清晨开车陪嘻哈去马场骑马，有时陪嘻哈四处钓鱼，陪嘻哈婆外出买东西。其他时间闲来无事，就在嘻哈家院子里开了一块菜地，与家中保姆一起种菜。种的青菜绿油油，无论清炒、涮火锅均极为鲜嫩。

彪子在嘻哈家一住数月，虽然基本安定，但其叛逆的性格也时有显露。一日，不知为何事竟将家中保姆骂得哇哇大哭，向嘻哈婆吵着要辞职。嘻哈一边让嘻哈婆安抚保姆，一边叫来彪子，问："你把保姆骂走，谁给我们做饭洗衣？谁去打扫卫生？谁来照顾两条狗？嘻哈与嘻哈婆经常出外讲课或云游，谁来看家？"问得彪子哑口无言。

于是嘻哈告诉彪子，家和万事兴，对待保姆也要和和气气，不能粗鲁霸道，平时还应该主动帮助保姆做些家务，最要紧以德服人！嘻哈告诉彪子："今后你只要一犯混，我说一句'以德服人'，你就必须立即安静！"彪子又是连连答应。

以德服人

之后嘻哈只要一见彪子稍稍犯浑，大喊一句"以德服人！"彪子立即老实。后来彪子一旦想犯浑，不等嘻哈喊，彪子自己就先大叫："以德服人！"现在"以德服人"已经成为彪子说得最多的口头禅，实在是非常有趣。

嘻哈的一个朋友专做茶叶生意，也是彪子的师兄弟，因此送来许多好茶。嘻哈闲来喜喝茶，彪子泡茶功夫倒是十分熟练，因此家中泡茶基本都是彪子的责任。结果茶叶消耗极快，于是嘻哈开始囤积好茶。彪子不许喝酒，喝茶自然不受限制。

嘻哈婆每天晚饭会喝一小杯红酒，一次给彪子也倒了一杯，彪子看看嘻哈，不敢伸手。嘻哈告诉彪子："今后晚饭，红酒、黄酒（嘻哈喝黄酒）可喝一杯，白酒依然严禁！"彪子大喜。现在彪子已能大致品出红酒的优劣，着实有出息！

之后嘻哈告诉彪子，"之所以喝酒闹事，是你心里有一股邪火，平时还能克制，一旦借酒乱性，往往失去控制。因此，戒酒只是治表，治本之道还是要消除心中的邪火、邪气、邪念。心无邪火、胸间磊落，便是喝酒也无妨。心胸坦荡，便会如嘻哈一样，一旦酒醉，昏睡而已。到那时，嘻哈陪你一醉方休！"彪子连连称是，说盼着那一天早日到来，今后一定以德服人……嘻哈大笑！

嘻哈喜欢钓鱼，谁知彪子却是个中高手，于是嘻哈让彪子去选购了全套的渔具，闲来嘻哈与彪子到周边池塘、水库钓鱼，经常满载而归。好在嘻哈马场每天七八十人吃饭，钓鱼再多也能吃掉。

一次彪子认为购买鱼饵太贵，说他自己会配，用马场饲料就行。嘻哈马场有的是各种饲料，于是彪子兴冲冲到马场找来几大包饲料配鱼饵。配鱼饵要用白酒，彪子跑到嘻哈酒窖，翻来翻去找到一瓶茅台，咕咚咕咚就往饲料里倒。

嘻哈婆一见赶紧制止，彪子手快，哪里来得及，自然埋怨彪子暴殄天物。谁知彪子眨眨眼，说："论白酒我彪子最懂，问题是我在酒窖找来找去，最差的就数这瓶！"

嘻哈回来知道后问彪子："让鱼喝茅台？你也太有才了，亏你想得出来！"彪子只是傻笑。此事嘻哈说给许多朋友听，尽皆哈哈大笑！期间有人调侃："茅台假酒多，万一是瓶假酒怎么办？"嘻哈说："那就把鱼喝坏了！"众人皆乐翻……

彪子不飙

嘻哈有空也与彪子喝茶聊天，让彪子自己想想多年来与他一起学武的兄弟，凡是今天还在江湖上瞎混，用拳头吃饭的，有几个混出名堂的？彪子想想，还真是一个没有。嘻哈再让彪子想想，类似 H 师父这样已经不靠拳头吃饭的，现在情况又如何？彪子一个一个数，有开公司做生意的、有拍电影当明星的、有出国留学的、有考上公务员的、还有一个当了某寺院住持……

嘻哈告诉彪子，自古武官打天下，文官坐天下，亘古不变。一个人武功再高，难敌人多及少壮。因此学武只是为了强身健体，不能当饭吃。嘻哈问彪子："这么多次为江湖大哥及兄弟们出头打架挨打坐牢，有哪次你彪子认为是值得的？"彪子想想，说："没有！"

一日，彪子的几个师兄弟来嘻哈家吃饭，席间谈及拳头与脑子的问题，二者哪个更厉害，彪子认为各有各的厉害，嘻哈不下结论，告诉彪子："我嘻哈动脑筋讲明了骗你，你会不会上当？"彪子："都讲明了怎么可能骗到我？我彪子虽彪，但不傻，不信！"

嘻哈告诉彪子："你现在站到桌子上，我嘻哈有本事把你骗下来，但你不要上当，行不行？"彪子立即跳上桌子，站稳脚跟等嘻哈骗。嘻哈改口说："你听错了，是你站在地下，我嘻哈把你骗到桌子上去，赶快下来站好！"彪子立即跳下桌子站好。

此时嘻哈不再说话，对着彪子阴阴冷笑，彪子瞪着嘻哈说："好了，你开始骗吧！"嘻哈哈哈大笑，众兄弟突然明白彪子已经上当，于是也开始大笑。

彪子一头雾水，半晌才回过味儿来，立即重新跳上桌子，对嘻哈说："这次不算，重来！"嘻哈笑着对彪子说："你想想我第二次说的是什么？"此时众人已经笑弯了腰，彪子站在桌子上，下也不是，不下也不是，抓耳挠腮、十分尴尬。

嘻哈告诉彪子："我讲明骗你，依然在转瞬间骗了你彪子两次，你次次上当。但此乃雕虫小技，并非大智慧。嘻哈生性磊落，平时并不骗人，今天只是给你一个启发，告诉你用脑子的好处和作用。"

嘻哈进而告诉彪子，今非昔比，如今已不是当年占山为王、

126

插旗保镖的年代。今天的社会已经不能靠拳头，要用脑子和智慧吃饭。你彪子在少林多年，却与禅修毫无缘分，实在可惜。今后一定要痛定思痛，重新做人——以德服人！彪子连连点头。

彪子天性急躁，因此办事毛糙，丢三落四、搞坏东西是经常的事，嘻哈及嘻哈婆多次提醒，无济于事。一日，管理处来电通知说有一个快递送到，让派人去取。嘻哈要彪子去取，彪子应声而去，不到 10 分钟便拿着快递回来。

嘻哈问彪子："你来回一趟，看到和听到什么？"彪子一愣："看到两个保安，给我一个快递，其他啥也没有。"嘻哈笑笑，领彪子出门，再次慢悠悠缓步走向保安亭，一路左顾右盼，并不着急。彪子莫名其妙，倒也跟着嘻哈左顾右盼。待回到家中，用了大约 30 分钟。

嘻哈再问彪子："你这次看到和听到什么？"彪子："蓝天、白云、大太阳，路边有花也有草；树上有鸟叫，路边有狗叫，一个老头遛狗，地上有泡狗屎。"嘻哈："为什么第一次没看到也没听到？第一次这些东西都没有吗？"彪子："有，但我跑得太快，没注意。"

嘻哈哈哈大笑："对呀，太快了，就啥也看不到、听不到了。人生也是一个道理，啥事都想快，快做事、快赚钱、快发达、快……结果该看到、听到、想到的，都没有看到、听到、想到。欲速则不达，甚至适得其反。人生的脚步能够慢下来并不容易，甚至是一种近乎奢侈的理想境界。"

嘻哈告诉彪子，在尽可能的情况下要适当放慢速度，多看、多听、多思考，做事的效果会更好、更有效。当然，也不是无原则的慢，该快的时候也必须要快，例如：老婆突然要生孩子……鬼子进村了……路边窜出条藏獒……游泳时身后有条鳄鱼……

一日，嘻哈去东欧探望H师父，同时要学习一个专业的马术舞步课程，前后约需一月，嘻哈婆自然陪同。嘻哈叫来彪子，问："我们离家一月，把家交给你和保姆，可有把握？"彪子一拍胸脯："家中如有差错，你宰了彪子喂狗！"嘻哈再问："会不会与保姆吵架？"彪子回答："我现在都管保姆喊姐了，以德服人！"嘻哈与嘻哈婆均大笑。

临走时嘻哈婆不免还是唠唠叨叨，千叮嘱万吩咐，并留下足够家用。彪子最听嘻哈婆的，自然满口答应。结果嘻哈与嘻哈婆离家一月，彪子每天用微信向嘻哈婆报平安。嘻哈只顾与H师父在东欧各国周游，之后潜心学习马术，家中之事无须嘻哈操心，乐得省心。

后　记

终于有一日，嘻哈告诉彪子："你会与我嘻哈结下长久的缘分，但未必一辈子跟着嘻哈，今后应有自己的前程。至于前程何在，则要靠你自己的努力与准备。"彪子有些迷糊，说不愿离开嘻哈。

嘻哈大笑："天下无不散的宴席，我嘻哈一介书生，只有朋友，没有仇人，因此不需要保镖护卫。嘻哈身体健康，与嘻哈婆都会开车，因此也不需要司机跟班。你彪子一身武功，在我嘻哈这里无用武之地，暂时在我嘻哈身边，为的是学习、领悟、改变、过渡而已，长期在此并不适合。"

彪子终于离开了嘻哈……

嘻哈不能保证彪子今后一定不"犯飙"，但真心希望彪子能够逐渐改变，有幸福的家庭、快乐的人生。

说明：

1. 江湖系列中所有人、事均为虚构，但也可能并非虚构；
2. 嘻哈为避免不必要的麻烦，文中所有人士均隐去真名。

朝闻道，夕死可矣。

嘻哈大士

文化系列之一：感恩

晚上你们自己找地方住。

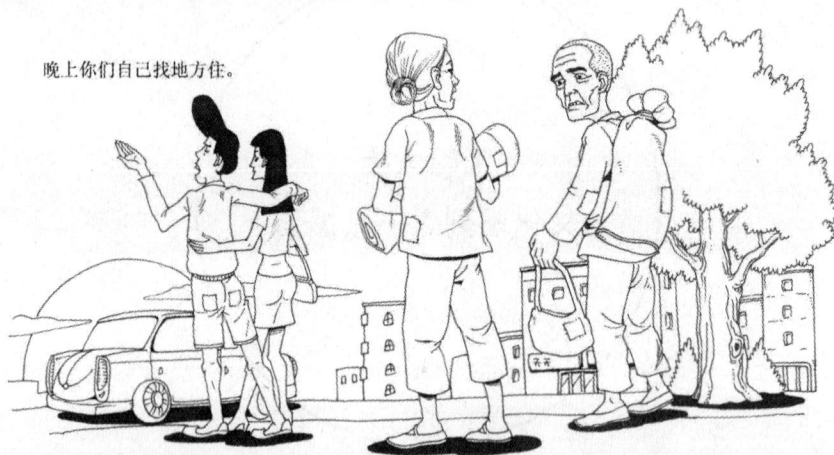

从前有座山，山里有个庙，庙里有个嘻哈老头讲故事。讲什么故事呢？就讲个"感恩"的故事吧……

引 子

某日，嘻哈给美国一位老朋友发了封邮件，一天都不见老朋友回复。嘻哈觉得有些反常，于是又发邮件催问，老朋友还是没有回复。嘻哈急了，再催，朋友终于回复，却是劈头盖脸一顿臭骂：你嘻哈不当官真是白瞎了，摆啥臭官架子？这几天是西方的感恩节，此节与圣诞节同等重要。我们为过节忙得不亦乐乎，邮件回晚一点，你三番五次催命鬼似的催，过分不过分？

嘻哈吓得赶紧连连道歉："嗨，对不起，敬个礼！嘻哈我哪知道你们过的这些洋鬼子节日……"

事过之后，嘻哈不禁有些感慨：感恩节竟与圣诞节同等重要？进而又想：何谓感恩？嘻哈认为应该是人们对人或事所抱持的感激之情，这种感觉由心生，发自肺腑，并能够影响人们的思想、行为和价值观。在一些宗教团体里，有些感恩之心甚至会达到"虔诚"和"敬畏"的程度，实在非同小可！

人如能常怀感恩之心，自然就会充满爱心。爱心达己及人，进而胸怀宽广、心情舒畅。而人与人之间一旦能够相互理解、互爱互助，这个世界自然就会变得充满友善而和谐。

然而，嘻哈不禁又想到一个问题：感恩之心既然如此珍贵和重要，那么，我们国人是否常怀感恩之心？细思量、百考究，竟得到一个令人十分吃惊的答案：国人其实不善感恩！也不喜感恩！我们的传统文化中似乎是缺乏感恩"基因"的。真的吗？为什么？

感　恩

有一首歌叫《感恩的心》，旋律极佳，歌词更好，近几年唱遍华夏大地。既为"感恩的心"，演唱者自当发自肺腑、用心去唱。

嘻哈却发现，许多人唱此歌时往往面无表情，敷衍塞责，只用嘴而未用心唱。为什么？嘻哈认为这首歌所表达的内容，好像并不符合中华民族五千年的传统文化及价值观。

西方哲学及文化体系认为：先有个体（你、我、他），后有群体（团队、社团、国家），因此个体至上、人人平等，团体必须尊重个体。基于这样的价值观，西方社会强调人权、博爱、自由、平等。

例如，西方的教会，强调大家都是"兄弟姐妹"，彼此平等，相互照顾，感恩的基础由此产生。既为感恩，感由心生、心存感激，未必需要等价（或不等价）的物质回报来衡量感恩的程度，感恩的表现始终不离理性范畴。

中国传统文化则认为：先有群体（圈子、山头、种族），后有个体（在下、卑职、奴才），所以群体至上，个体必须依附并服从群体。基于这样的价值观，中国传统文化讲"君君、臣臣、父父、子子"，以及"三纲五常"，强调的是非常明显的等级观念。

正因此，中国传统文化中人与人之间是不平等的。大欺小、老压少、"官大半级压死人"成为普遍现象。结果是：为尊、为上、为大者，有权羞辱为卑、为下、为小者，既有上下、大小、尊卑之分，何需感恩？因此，感恩的基础便荡然无存。

而为卑、为下、为小者只能盲目服从、逆来顺受。心怀不满、敢怒不敢言还来不及，何来感恩？因此，感恩的基础同样缺失。由于人与人之间的不平等关系，必然很难产生真正的感恩之心。

大欺小：为大者认为天公地道，为小者只得逆来顺受。

老压少：为老者认为天经地义，为少者只能低眉顺眼。

因此，长者的一切行为都是天公地道的，是施恩者。施恩者关注的是"图报"。受恩者必须报恩，仅仅感恩而没有实质的报恩行动，如何能够过关？

相反，小吃大呢？如同孩子吃母亲的奶，同样顺理成章！

我们吃父母（啃老）——吃！

我们吃集体（侵占）——吃！

我们吃公家（贪污）——吃！

同样吃了个理直气壮！吃了个天公地道！吃了个气壮山河！

俗话说"授人以鱼不如授人以渔",就是希望鼓励人们自尊、自爱、自立、自强。但国人往往不喜"渔"而只要"鱼",吃救济、吃补助、吃津贴、杀鸡取卵,吃完了没关系:手心向上——讨!

结果吃出了"有权不用过期作废"的权钱交易;吃出了"光怪陆离"的官场现形;吃出了"不患寡而患不均"的大锅饭;吃出了"越穷越光荣"的价值观;吃出了"贪污当道、腐败横行"的大场面。

如今,我们吃补助、吃救济、吃公款、吃善款、吃回扣、吃被告、吃完被告再吃原告……同样吃了个不亦乐乎,甚至吃了个变本加厉!感恩?——扯淡!

在西方,慈善是全社会公民普遍的责任和义务。据统计,美国约70%的捐赠来自社会普罗大众,慈善成为一种社会常态。例如,在西方的一些教会,神职人员拿一个布袋走向大家,各人按自己的意愿把一些钱财放入布袋,十分自然和正常。

此举在国内恐怕就行不通!因为中国传统文化强调等级制,在慈善及捐赠问题上也绝不例外。捐赠随心所欲,可以不捐,无须理由。如果一定要个理由,那就是你的捐赠模式"不够档次",有损该富豪的身份地位——不屑一顾。当然也可以捐,前提往往是必须"名利双收",于是拼命上电视、上报纸、搞宣传、强作秀,否则图啥?

还有,嘻哈担心此举如在国内实施,万一有人伸进布袋的是空手,出来时反而"捞"了一把……(恕嘻哈可恶,纯粹小人之心)

另一个非常奇特的现象是:如果在一个群体发起捐赠,这个群体的所有成员必须严格按等级捐赠。首先必须打听清楚各级领导及平级们的捐款数额，才能决定自己的一份。决不能出现下属所捐金额高于上司的现象，那是犯上，是大不敬！

有个非常简单而经典的案例：全世界航空公司都会告知乘机者，如果发生意外，氧气面罩会自动脱落，请先戴好您自己的面罩，再帮助别人⋯⋯

还有一种现象其实在国内屡见不鲜：好心行善，或见义勇为，却往往引火烧身、自讨苦吃、自找麻烦、受尽委屈、百口莫辩，甚至恩将仇报⋯⋯

我们往往把这些现象归结为受恩者个人素质的低下，但嘻哈认为其实深层次的原因，恐怕还是一些不正确的价值观在起非常重要的潜在作用：

小吃大——顺理成章。

穷吃富——天公地道。

给我吃——多多益善。

给不均——据理力争。

吃完了——手心向上。

给不够——争抢辱骂。

不给了——拔刀相向！

凡此种种，嘻哈终于发现，国人不善感恩，也不喜感恩，最终导致越穷越光荣的价值观，甚至导致仇富现象日益严重！社会反而因此趋于不稳定。嘻哈也终于发现，国人真正重视的其实是——报恩！

报　恩

在传统文化的影响下，国人重视的是"报恩"！报恩思想本身并无不妥，知恩图报，应该的。例如孟郊的《游子吟》：慈母手中线，游子身上衣。临行密密缝，意恐迟迟归。谁言寸草心，报得三春晖。动人心弦、传唱千古！

问题是，当报恩思想受到圈子文化和等级观念的影响和左右时，麻烦就会出现。尽管国人推崇"知恩不图报"的理念，但很矛盾，我们同时又认定"知恩不报"是卑鄙。

既然一定要报恩，就容易失去理性的判断。为报恩铤而走险，甚至舍身相报，其结果很可能导致无视道德和法制的束缚，最终走向极端。这样的实例在中国历史上层出不穷，俯拾皆是。

最典型的就是"侠义文化"，各路"大侠"在中国历史舞台"你方唱罢我登场"。他们杀富济贫、打家劫舍，往往超越了法制，甚至干脆就代表法度和正义。而法治的缺失及政权的腐败，又恰恰为"侠义文化"提供了丰沃的土壤，滋养和助长了"侠义文化"的存在。

嘻哈认识一位江湖大哥，这位大哥忽一日喝得大醉，居然搂着嘻哈肩膀，万分感慨地说：嘻哈呀，这个世界要是没有警察——该多好啊！嘻哈目瞪口呆！

问题：假设你的一位好友涉嫌犯法，逃到你家躲避，你会怎么办？举报？不仗义！不符合中华民族传统价值观。此时人情的力量已远大于法治力量。而你的朋友也就因此会欠下你一大笔人情债——一笔往往永远也算不清，还不得不还的债！

国人往往最怕欠的就是"人情债"，一旦欠下就不得了！欠债还钱，好算！人情债怎么算？那也得算——"滴水之恩当涌泉相报"。乖乖，一滴水就这么贵，那一桶水怎么办？更多的水呢？怎么还得起？如何报得了？

如果比水更金贵呢？甚至救了你的命呢？恐怕就变成"无以为报""终身难报"。如果一定要报，那就只有"两肋插刀""以身相许""终身为奴"和"以命相报"了。

既要报恩，报恩的种类有哪些？嘻哈总结大致有以下几种。

父母之恩

针对父母，自然是指养育之恩。此恩初期不必报，"小吃大"天公地道，成年之后才考虑。但东西方情况截然不同。

西方社会主要靠社会承担赡养问题，子女主要以精神层面关怀作为回报。这种模式嘻哈认为有利有弊，利在社会福利起主导作用，个人压力减轻；弊是家庭亲情关系纽带松散。

而中国传统观念强调子女责任，因此需物质层面的实质性回报。嘻哈认为同样有利有弊。利在家庭亲情关系纽带紧密；而弊是各种家庭纠纷往往因此而起，甚至造成人伦悲剧，社会福利体系也相对缺失。

师长之恩

针对师长，主要是指教育之恩。俗话说"一日为师终身为父"，这个恩就十分沉重，如动真格的，就不太好报。好在此话也就是说说而已，不必太过当真，必要时可以——耍赖皮！

上司之恩

针对上司，主要是指知遇及栽培之恩。俗话说，"千里马也需遇伯乐"，所以此恩非同小可，必须要报。如何相报却可大可小，而且此恩风险也最大。请客送礼尚属小事，拜码头、进圈子、入团伙、共贪腐，才是大事。但万一拜错码头、站错队，或上司倒了怎么办？——一窝端！

朋友之恩

针对朋友，主要是指相助及相救之恩。此恩最难报！往往需"涌泉相报""两肋插刀""以身相许""来生相报""世代为奴""做牛做马"……如果不报呢？"忘恩负义""薄情寡义""过河拆桥""无赖小人""猪狗不如"……统统都是从这里来的——真能要命！

救助之恩

针对救助，主要是指捐助和救急之恩。此恩最多麻烦。老者跌倒去扶，却被讹为撞人者；被救助学生学成毕业，为逃避报恩杳如黄鹤；身患绝症社会捐助，病愈后多余之钱如何处置？万一是假的又如何？某直接向被救助者每人发放数百元现金，不料当天即被"上级部门"没收，说要"重新分配"！嘻哈实在认为：真正急需救助的，恐怕是我们的全民素质和社会价值体系，以及……

帝王之恩

针对帝王，主要是指"皇恩"和"天恩"。或列土封疆，或高官厚禄，因此皇恩如山、天恩浩荡，根本没法报。好在"天高皇帝远"，此恩历来与老百姓没啥关系，完全可以忽略。

菩萨之恩

针对菩萨，主要是指"了愿"之恩。此恩最有趣，因为嘻哈发现拜菩萨乃全世界最合算、性价比最高之事。嘻哈早已想好死后一定要做两件事：

1. 找关二爷聊聊天，问问他，人世间警察也拜您，强盗也拜您，您到底帮谁？难为不？两头都能落好？那关二爷您也太有才了！

141

2. 找南海观音等诸位神佛，也问问：世人花几块钱请炷香，然后求升官、求发财、求添丁、求平安……到底给没给？没给？您啥意思？在人间这叫"不作为"或"消极怠工"。给了？供您几块钱，您给这么多？呸呸，恕嘻哈对菩萨大不敬，但嘻哈实在是糊涂！

（说明：嘻哈敬研道、佛，但从不求！）

与"报恩"相对应的，是更加危险的价值观——"报仇"。恩要报，仇自然更加要报："有仇不报非君子""君子报仇十年不晚""以牙还牙、以血还血"，自然还要"以命还命"，甚至还要"血洗""杀光""灭门""鸡犬不留"……

当理性的感情一旦被感性的火焰吞噬，我们在恩、仇之间将怎样取舍？会如何平衡？其结果是，人的思想和行为必然大大超出理性范畴。感恩之心变成难以控制的报恩之举，或因报仇心切最终铤而走险……如果人们越来越背离理性及法治的约束——会是什么结果？

写此文时嘻哈发现已涉及一个非常巨大而深邃的课题——中华民族传统文化。事实上，传统文化在我们国人的血液里、骨髓里无处不在，我们每个炎黄子孙都会潜移默化地受到传统文化影响。但必须清醒的是：许多优秀的传统我们一定要传承（我们却未必传承），当然也有一些不能够与时俱进的传统和价值观，非常值得我们警惕和商榷。有哪些？且听嘻哈下回分解。

道家的理论

大自然之精要在于均衡；

一旦达到均衡就风调雨顺；

而一旦发生失衡就是灾难；

严重的失衡就是——死亡！

失衡之后又会达到均衡——

大自然如此循环、生生不息！

嘻哈大士

文化系列之二：国学

从前有座山，山里有个庙，庙里有个嘻哈老头讲故事。讲什么故事呢？就讲个"国学"的故事吧……

引　子

　　嘻哈曾听到这样一个故事：某科学家做了个实验，把五只猴子关在一个笼子里，笼子顶端装了个自动喷淋花洒开关，开关上绑了几根香蕉。

　　猴子爱吃香蕉，见到香蕉自然争先恐后去抢，这必然会触动自动喷淋花洒开关，结果香蕉没吃到，五只猴子统统被淋成了"落汤猴"。试验选在冬天，猴子冻得浑身发抖……

　　俗话说：猴精猴精。几次失败后，五只猴子明白了：香蕉碰不得，否则一起倒霉。于是，只要其中任何一只猴子企图去抢香蕉，其他四只猴子就会立即冲上去将其暴打一顿。最终谁都不敢去抢香蕉了。

　　此时科学家用一只新的猴子去换掉五只猴子其中的一只，新猴看到香蕉马上去抢，结果立即被原先的四只猴子冲上来暴打一顿，新猴被打却莫名其妙，但挨打多了，自然也不敢去抢香蕉。

此时科学家又拿来一只新猴替换其中一只，第二只新猴看到香蕉自然又去抢，结果遭到一顿暴打，其中第一只新猴打得最凶——它实在太委屈太郁闷了！第二只新猴同样莫名其妙，但被打得多了，也就学乖，不去抢了。

科学家如此重复，最早被关进笼子里的五只猴子陆续被置换出去，笼子里的五只猴子全部是"新猴"。此时有趣的是：五只新猴同样谁都不敢去抢香蕉，谁抢，其他四只猴子就会去暴打它一顿。

问题是：猴子的行为被传承下来，但本质的区别是五只老猴统统知道为什么挨打，而五只新猴都不知道！

此故事引发的问题是：我们每个炎黄子孙都不同程度地传承了中华民族五千年的传统文化，这些传统文化潜移默化于我们的血液和骨髓里，影响着我们的思想、行为和价值观。

但是否只要是炎黄子孙就一定了然中华民族传统文化的内涵和精要？恐怕未必！也就是说，随着历史和时间的推移，我们中间的许多人对中华民族传统文化其实是知其然而不知其所以然的，也就是糊里糊涂变成中国传统文化的——新猴？

嘻哈又想到最近几年国内国学大热，国人学国学，天公地道、顺理成章，自然是大大的好事。问题是：我们是否真正学到和领悟了国学的真谛？还有，到底什么是国学？

国 学

这年头啥事都兴一阵风，近年来，全国各地到处都在大办各种各样的"国学班"。于是就有人也想请嘻哈出山，凑热闹讲讲国学，赚点外快，也来蹚蹚这个"肥水"。

这倒使嘻哈想起十几年前的一件事，当年嘻哈的一位朋友说有家跨国公司想找我。嘻哈当时就奇怪，本人无权无势、又穷又蠢，堂堂跨国公司找我干啥？

满腹狐疑前往，原来该公司希望找一位对中国传统文化有相当了解，同时又对跨国企业有一定认知的人，给其企业中、高级管理者设计一门课程，题目早已拟定——"中国传统文化与现代企业管理之关系"，通过朋友居然找到嘻哈。

一听题目，嘻哈腿一软，差点从凳子上栽下去……这个题目怎么敢接？我嘻哈何德何能敢揽这个瓷器活？赶紧摇头摆手连连推辞，几乎夺门而逃，然对方拳拳盛意，反复慰留，并承诺如果事成，许以丰厚"束脩"。

俗话说，人穷志短。实在有道理！嘻哈当时精穷，一听"束脩"丰厚，便来了精神，实在经不起诱惑，壮斗胆答应接下这个"烫手山芋"。

一见嘻哈答应，该公司便不再客套，顿时收起笑容、板起面孔、在商言商，亮出对课程设计的具体要求：

1. 阐述中国传统文化之要义（如儒、佛、道）；

149

2. 阐述东西方文化之差异，共性及冲突；

3. 阐述传统文化对现代人群的具体影响；

4. 如何通过传统文化有效管理在华员工；

5. 怎样构建具中国特色的企业文化（不违背原文化）。

嘻哈腿又一软……

文　化

俗话说"书到用时方恨少"，真对！嘻哈平时懒惰成性兼不学无术，实在就应了那句老话："病急乱投医，急来抱佛脚。"既然要讲文化，就必须整明白：啥叫文化？于是嘻哈去问老百姓，老百姓说：简单，读的书多就叫"有文化"——有道理！（狭义论）

但转念一想，恐怕不妥。有些人倒是读了一肚子书，万一是满嘴仁义道德却一肚子男盗女娼，连畜生都不如怎么办？也算有文化？不对吧？（广义论）

嘻哈百思不得其解，于是"上穷碧落下黄泉"到处寻找"文化"的定义。功夫不负有心人，最后终于找到一种最简单、清晰、直接，甚至相当震撼的解释：

文化——人类生存和繁衍的模式！

哈哈，愚钝如嘻哈都明白！

传统文化

"整"明白了"文化"的定义，还必须"整"明白什么是传统文化。但这就好办多了。文化既然是"人类生存和繁衍的模式"，那么不同的民族、不同的历史时期，文化的表现形式就会有所不同，甚至会完全不同。所以，就有古代文化、现代文化、东方文化、西方文化、大河文化、海洋文化……

嘻哈进而明白：优秀的文化将支持一个民族的生存和繁衍，反之，则与这个民族一起消亡。大量残酷的事实早已表明：历史上已有太多的民族由于文化的衰落和不能够与时俱进，因此消亡……

而另外一些民族，则因为他们的文化在不断发展并充满活力，所以至今仍然生存、繁衍，并且日益强大……

嘻哈也发现，在人类史上，一个民族千方百计企图改变另一个民族的文化的情况，屡见不鲜。一个民族干脆企图消灭另一个民族的文化的现象，也司空见惯。

此后嘻哈废寝忘食、夜以继日，穷数月时间，设计结构，构思内容，查阅史籍，引经据典。经反复探讨，几易其稿，课程总算设计完成。一试讲，想不到甚受欢迎，结果连续讲了两年。其他一些跨国企业居然也纷纷预约采购，嘻哈着实赚了不少……

回想起来，嘻哈大概是中国改革开放以来最早靠讲传统文化赚钱的人。后来国内讲传统文化简直是风起云涌、遍地开花，并且给传统文化戴了顶高不可攀的大帽子——国学！

国学？乖乖，嘻哈腿又软……

"大师"

这几年国内国学实在是热得发烫，甚至有点发疯，四里八下不知从哪里冒出无数"国学大师"。或西装领带、人模狗样，或装神弄鬼。不管肚子里是什么牛黄狗宝，反正满嘴都是孔孟道德、礼义廉耻。无论野史正史，总之是口若悬河、滔滔不绝，一个个故事讲得活灵活现，好像都是在他们家发生的一样，结果搞得所谓国学好像就是讲历史故事。

到底何谓"国学"？嘻哈实在才疏学浅、孤陋寡闻，因此至今都整不明白。问老百姓，老百姓的回答还是十分简单：不知道——干我屁事！嘻哈只好斗胆去问一些据说是"如假包换"的"国学大师"：

请问：何为国学？

请问：哪些范畴属于国学？

请问：数学算不算？不算。勾股定理《周髀算经》算啥？

请问：工科算不算？不算。《天工开物》算啥？

请问：天文算不算？不算。农历、二十八星宿算啥？

请问：儒、佛、道算不算？算！佛教哪儿来的？

某学术大家被人们尊为"国学大师"，但他自己至死都不肯承认。嘻哈又有点犯糊涂：为什么越像大师的越不承认自己是大师，而越不像大师的反而越厚颜无耻地拼命自称大师？

还有，到底什么是大师？大师的定义是什么，标准又是什么，众"大师"们能否给嘻哈一个准确的解释？嘻哈认为，当一个人群趋于不成熟，以及产生信仰危机时，就会拼命"造神"以寄托他们的信仰。

嘻哈一直认为那些没有生命的神并无不妥，可怕的是那些"活神"。而"造神"运动中非常典型的表现就是"制造"和"自造"——"大师"。大师自非凡人，但事实亦非神，于是就成为"人"与"神"之间的一种产物——"妖"……

曾无意中听到某天体物理学家（诺奖获得者）讲课，当日主题是"论宇宙不守恒定律"。一听这个主题，老百姓绝对吓跑（自然包括嘻哈）。但嘻哈居然听进去了，而且还听得挺入迷、挺来劲。

并非嘻哈突然也成了什么天体物理学家，原来是该大师并无高深理论，而是讲起了中国古代的玉器（包括石器）琮、珮、璜、圭、璧、璋。他考证这些玉石器不仅仅是装饰用的，根据一些玉石器的特殊形状及相互关系，可以推论有些是当初中国古人观测天象用的，并且穷数年时间和学生们一起复原这些玉石器，去求证他的推论，还有一系列研究数据，与现代天体物理学理论成果相比对。

一个研究现代化学科的人，居然如此用心去研究中国古代文化，无论其立论是否成立，其严谨而认真的治学精神，是否足以令许多所谓的"国学大师"汗颜？

文化——人类生存和繁衍的模式！

国学——家国民族生存繁衍的学问！

大师——某领域集大成者，德高望重！

此定义是否正确？嘻哈希望各位有以教我。如此论成立，何人敢自称"国学大师"，站一个出来！

嘻哈大士

文化系列之三：模糊

从前有座山，山里有个庙，庙里有个嘻哈老头讲故事。讲什么故事呢？就讲个"模糊"的故事吧……

引　子

有位朋友告诉嘻哈，说有一种方法叫"人力资源测评"，十分神奇。只要你回答一系列看似无关紧要、乱七八糟、缺乏逻辑，甚至莫名其妙的问题（例如：你挤牙膏习惯从牙膏的前、中、后哪一部分开始挤？苹果、香蕉、榴梿你选哪样？你妈和你妻子同时掉河里，你先救谁），就能够把你的性格特征、价值取向、职业方向、家庭状况……都测评出来。据说准确度非常高，比算命还灵！

众所周知，这个世界上人是最复杂的。俗话说，"林子大了什么鸟都有"，嘻哈非常认同。如果真能用一种方法把人的性格和思想都测出来，当然太有用了。

但嘻哈发现这里面有个要命的大问题：中国人恐怕是世界上最难测的。例如：一个男孩和一个女孩谈恋爱，男孩问女孩：你愿不愿意嫁给我？假设女孩心里已经愿意，试问：中国的女孩通常会怎样回答？中国式的回答很可能是：你这个人讨厌！

真是要命，中国人实在测不得，测出来往往也是反的！不同意叫"研究研究"、不高兴叫"没什么"、明明知道叫"不太清楚"、点菜叫"随便"……笑里会藏刀、绵里能藏针，难怪我们老祖宗说："高深莫测。"都叫你别测了，还瞎测个啥？

嘻哈发现，我们的传统文化中饱含"模糊"的基因而缺乏"精准"的基因。国人说话做事往往不喜准确，甚至会刻意含糊。因此说话难以捉摸，态度非常模糊——不靠谱！问题是，为什么国人说话模棱两可，做事不太靠谱？

模　糊

嘻哈认为，中国传统文化是以"模糊"为最高境界的。国人往往认为：凡是说得清、道得明的事情都不高明，凡是说不清、道不明的事情才高明！"道可道非常道"，什么道？——不知道！

国人又往往认为：任何事情以看明白但不说透为高明。因此强调"大智若愚""高深莫测""话到嘴边留三分"，事后诸葛亮在国内多如牛毛。

事情办成，就证明他的表态是对的：我说差不多吧！事情要是没办成呢，就更证明他是对的：叫你当心你不当心！

中国古代官场还有个奇景：凡大官审阅下属报告后，往往会在文件上签个"阅"字。啥意思？就是说这个文件老子看过了，至于啥态度，那就要靠你小子的悟性：猜！

西方哲学的认识论是"二元法"：黑的和白的。东方哲学的认识论却是"三元法"——黑的、白的，中间还有一个灰的！嘻哈认为东方哲学的这种认识论有利也有弊，好处是我们的思考比西方人更全面、更系统，坏处是我们的思想比他们更复杂、更模糊、更难以捉摸。国人在日常生活和工作中用得最多的词语恐怕就是：可能、也许、大概、尽量、争取、差不多、试试看……

我有个亲戚，你只要叫他去做任何事，他都会非常干脆地回答：我知道了！结果你明明要他往东，他却往西，你告诉他走错了，他又回答：我知道了！结果他在南……嘻哈每次听他这个回答就糊涂：你知道了？我怎么倒不知道了？知道之后会怎样？还是不知道……

嘻哈看到某中央某权威机构下发给上海世博会组委会的一个指令性文件，共六条，抄录如下：

一、确保场馆设施建设和布展如期完工。

二、确保运营服务保障全面到位。

三、确保安保工作万无一失。

四、确保外事工作落实到位。

五、确保新闻宣传有声有色。

六、确保社会氛围文明祥和。

请仔细看看这个指令，这六条中除第一条合格，第三条勉强合格外，其他四条按现代管理标准统统都是——无效指令！"全面到位""落实到位""有声有色""文明祥和"全部是模棱两可的形容词——无法制定标准、无法采集数据、无法绩效评估、无法奖惩激励。这还是中央文件的水平，那么地方上的呢？敢不敢想象？

但嘻哈认为这个文件已经是进步"大大的"了，因为如在唐宋明清，文件的形式恐怕、大概、可能、也许、差不多、估计应该是这样的：

奉天承运皇帝诏曰：

着尔等务必办妥此次世博，不得有误。否则满门抄斩！

钦此！

包括中国的其他领域，模糊文化的身影也无处不在。例如，中国诗词："三千尺""万重山"……例如，中国国画："大写意""大泼墨"……这与西方的诗歌、油画、雕塑风格迥异。

不过，有学者认为，西方的油画和雕塑为何会登峰造极，是因为他们当时没纸，没办法，只好拼命涂麻布、玩命刻石头……嘻哈认为此论也有道理！

模糊文化的核心表现就是悟文化，凡事要看你的悟性。因此可大可小、可高可低、可深可浅、高深莫测、极难把握，同时又非同小可。悟文化在国人世界随处可见：

"做好上级交办的各项工作"，到底是啥工作？——自己悟！

领导今天说他看了套房子还真不错，啥意思？——自己悟！

领导说他和老婆的日子没法过了，啥意思？——自己悟！

领导说你说话要当心、做事瞧着办，啥意思？——自己悟！

领导啥也没说，啥意思？……

"负增长"啥意思？

"打酱酒"，啥意思？

"你妈让你回家吃饭"，啥意思？

"我爸是李刚"，啥意思？……

嘻哈有个亲戚，瑞典人，来中国之前知道嘻哈善烹饪，给我带来个礼物。打开一看，是一套八九个从大到小的不锈钢勺子，嘻哈哭笑不得，告诉他中国人做菜如果用这些玩意，除非脑袋进水了……

全世界都知道中餐好吃，但外国人看我们国人编的菜谱，恐怕立马就会昏过去：酱油少许、味精适量、调料若干、大火爆炒、小火慢炖……老外打死都看不懂！中餐也因此难以规模化和集团连锁化。

还有，老外点饭菜按"克""盎司""公斤"算，我们呢？菜按"盘"算、饭按"碗"算、饼按"个"算、酒按"壶"算，钱按"随便"算，老外又昏倒……

而悟文化的更高境界是顿悟。顿悟最吓人！最典型的案例是：某人从娘胎里出来就饭香屁臭不分——傻的。糊里糊涂过了几十年，不知道哪天突然天上哗啦啦打一个炸雷，劈在这傻小子头上，于是任督二脉通，头顶天眼开——一代大师诞生！哈哈，嘻哈发现中国许多"大师"好像都是让雷给劈出来的……

当然，嘻哈并不否认人的悟性，但过度和盲目强调所谓的悟性，则会失去判断事物的标准。而且每个人的悟性也不可能一样，你有你的悟、我有我的悟、他有他的悟，今天这么悟、明天那么悟，这悟来悟去，恐怕就变成另外一个字——"误"！结果"悟文化"往往变成了"误文化"，如何是好？

精　准

与模糊文化相对应的当然是精准文化，然而嘻哈认为精准文化并不符合中华民族传统文化的价值取向。

有一个故事是国人取笑老外的：某国某超市搞优惠活动，一条鱼卖5元，买两条8元。某中国人要买3条，问：多少钱？收银员斩钉截铁：15元！他的逻辑简单清楚：一条鱼5元，两条鱼8元，三条鱼公司没定标准，按逐条算！

中国人说：我现在买两条再加一条多少钱？收银员斩钉截铁：13元！国人感叹：这些老外的脑袋真是笨……

嘻哈有个朋友买了套国外设备，对方派工程师来中国安装调试，安装完毕验收。外国工程师发现有一排六角螺丝螺帽的尖端不在同一方向，有许多是歪的，即认为不合格。

中方大惑：六角螺丝只要紧固度合格就行，怎么可能螺帽尖都朝一个方向？外方工程师说：怎么不可能？螺帽尖方向不一致，说明有人没按工艺要求施工。一调查，果然发现有工人为省事，把要求两人一组操作改为一人操作（用脚踹），紧固度不一致，自然会导致日后的隐患。

最终验收合格，但比规定时间提前了半个月。按照中国人的礼仪习俗，朋友提出要请老外旅游，老外一听眼睛瞪得比牛都大：

旅游，合同上没有呀？朋友哭笑不得：请你的，不用你花钱！老外一听总算明白：OK，OK，我先飞回去交差，然后利用假期再来旅游……

朋友感叹：说老外不是人是"鬼"真是没错，个个一根筋，榆木脑袋，简直不可理喻，比狗熊都笨！

然而，正是这些被我们国人认为比狗熊都笨、让驴踢、让门挤、进了水的洋脑袋，却研制出了奔驰、宝马、飞机、巨轮……

后 记

当中国功夫遇上坚船利炮时，我们曾经输得如此彻底……

当现代科技日新月异的时候，我们还沉浸在"四大发明"……

当世界发展强调创新的时候，我们低价生产高价购买……

当世界在节能、环保的时候，我们污染、浪费、沙尘暴……

嘻哈想问：

到底谁笨？

…………

嘻哈大士

文化系列之四：羞耻

从前有座山，山里有个庙，庙里有个嘻哈老头讲故事。讲什么故事呢？就讲个"羞耻"的故事吧……

引　子

嘻哈发现一个十分有趣的现象：人与人之间的冲突，越是剧烈的，绝大部分与原事件越是没有半点关系！各位看官也许又有些糊涂：什么意思？嘻哈是否又在胡说八道？

非也，且听嘻哈举例：王二狗欠张老六的钱过期不还，于是张老六去找王二狗讨债，但王二狗没钱。

张老六：欠债还钱天公地道！

王二狗：有拖无欠烂命一条！

张老六：你欠债不还是无赖！

王二狗：你逼债骂人是王八！

张老六：你是混蛋！

王二狗：你是猪狗！

最终两人打起来，头破血流，两败俱伤进医院……

各位看官是否发现，事情的起因是欠债还钱，打起来的原因却涉及张老六和王二狗的妈妈、奶奶（骂人），甚至还有猪、狗和王八。张老六讨不到钱感到没面子，直至恼羞成怒，王二狗被骂感觉受到羞辱，同样恼羞成怒，结果两人拳脚相加。

值得注意，也特别有趣的是：张老六和王二狗的妈妈、奶奶，猪、狗和王八均与原事件——讨债，无任何关联，却最终成为打架的主因。至于讨债的问题，此时可能完全被忽略或忘记了！嘻哈所言是否有理？

由此，嘻哈发现，国人传统文化价值体系中又一个非常重要的特征：国人重羞耻！因此具有强烈的羞耻文化基因。一旦被羞辱，往往会以命相搏！

羞　耻

何为羞耻？所谓"羞耻感"是当别人对你自尊心造成伤害时的感觉。与羞耻感相对应的是内疚感。何为内疚感：做错事后你对别人产生的负罪感和责任感。问题：羞耻和内疚，你更在乎哪一种？

嘻哈认为答案非常清楚：国人重羞耻，轻内疚！例如，"对不起"和"看不起"对于许多国人来说，感觉截然不同！"对不起"往往只是一句敷衍，而"看不起"，分分钟就有人会和你拼命！

西楚霸王兵败乌江，虽已四面楚歌，但可否逃走？答案是肯定的——小船与艄公就等在江边。但霸王是否逃走？没有！原因非常简单：颜面丢尽，深感羞耻！

用他自己的话说是：籍与江东子弟八千人渡江而西，今无一人还，纵江东父老怜而王我，吾何面目见之！遂自刎。

其实与苏武同时代的还有一个人：汉将李陵。李陵是否是民族英雄？当然不是！恰恰相反，他是一个反面的典型，而李陵到底犯了什么对不起中华民族的弥天大罪？嘻哈建议还是给他一个机会，让他自己解释吧。

有一篇文章，叫《李陵答苏武书》，是李陵在降匈奴后写给苏武的一封信。许多年前一个朋友向嘻哈郑重推荐，说一定要好好看看这篇文章。嘻哈看了，却半点都嘻哈不起来，至今记忆犹新。文章挺长，我们不妨节录一些：

昔先帝授陵步卒五千，出征绝域……裹万里之粮，帅徒步之师，出天汉之外，入胡强之域。以五千之众，对十万之军；策疲乏之兵，当新羁之马。

然犹斩将搴旗，追奔逐北，灭迹扫尘，斩其枭帅，使三军之士，视死如归……疲兵再战，一以当千，然犹扶乘创痛，决命争首。死伤积野，余不满百……

然陵振臂一呼，创病皆起，举刃指虏，胡马奔走。兵尽矢穷，人无尺铁，犹复徒首奋呼，争为先登。

当此时也，天地为陵震怒，战士为陵饮血。单于谓陵不可复得，便欲引还。而贼臣教之，遂使复战。故陵不免耳……

不知各位看官看了此段文字有何感想？这样一位战将，为不可为之事，打不可打之仗，战至兵尽弹绝、水尽山穷，无奈被俘。

降敌之后被诛了他九族，背了骂名。

这些现象的后面，我们往往总结为历朝历代执政阶层的冷血和残酷——鸟尽弓藏，过河拆桥。其实更深层次的原因，恐怕是重羞耻的价值观起了非常重要的潜在作用！

羞耻文化的基础是层级，与前文所述是同样道理，为尊、为上、为大者，有权羞辱为卑、为下、为小者；而为卑、为下、为小者则只能盲目服从，逆来顺受。

由于人与人之间的不平等，必然容易产生不同强度和不同形式的羞耻感。羞耻文化当然有其积极意义：知耻近乎勇！一个人如果连羞耻感都没有，岂不是成了个"混球儿"？如何生存？一个民族如果连羞耻感都没有，岂不是任人宰割？何以立足于世界？

但羞耻文化只能产生被动的推力，无法产生主动的推力。嘻哈认为五千年来中华民族的羞耻文化已经足够，实在不必再增加了，我们极度缺乏和亟须增强的是另外一种文化：内疚文化！嘻哈认为中华民族传统文化中其实是缺乏内疚文化基因的。

内 疚

何为内疚？当一个人做错事后（或为防止做错事），你对别人产生的负罪感和责任感。内疚文化强调以己度人、顾全大局，强调"己所不欲，勿施于人"。因此不难看出，内疚文化的基础是平等，人们只有在平等的基础上才有可能产生内疚感。而中华民族数千年传统文化的内涵之一是"层级"而非"平等"，因此很难形成内疚文化的土壤。

西方一些宗教信仰者有一个非常重要的行为：忏悔。也就是，一旦犯了错误希望通过忏悔来改正失误并救赎自己。嘻哈认为忏悔的基础就是内疚文化。人如缺乏内疚感，如何忏悔？任何人一旦缺乏内疚感，就绝不可能产生忏悔行为。而任何人一旦做错事，既不内疚也不忏悔，就必然无法自查、自省、自纠、自律。往往一错再错、错上加错，终至十恶不赦、万劫不复！

嘻哈曾与一位外国朋友聊天，谈及改革开放以来国人"假冒伪劣"的问题。该外国朋友对我讲了两句话，第一句："其实国外也有假冒伪劣现象。"嘻哈一闻此言，大有感激不尽之情，真是理解万岁呀！原来假冒伪劣并非国人的专利，老外也会干这种缺德事！

但该外国朋友对我讲了第二句话："但是，在食品、乳品和药品领域搞假冒伪劣的，你们中国人胆最大！世界第一！而且往往百般抵赖、错而不改。"嘻哈一闻此言，立马无地自容，真想找个地缝钻钻！

嘻哈发现，改革开放以来，许多国人的价值观往往是，我贪污腐败、违法乱纪、作奸犯科、假冒伪劣，你没发现——你傻；你发现了——我傻，但下次我要更精明，最终要你傻！忏悔？——没听说过！

内疚文化与羞耻文化会对人们产生巨大的影响，并且导致截然不同的行为差异，这样的案例数不胜数，例如：

1. 小孩踢球，打破邻家玻璃，逃之夭夭——羞耻文化主导；

主动认错、告诉家长——内疚文化主导。

2. 大人错怪小孩，恼羞成怒、左右开弓——羞耻文化主导；知错改错、以身作则——内疚文化主导。

3. 上司错怪下属，将错就错、死要面子——羞耻文化主导；主动道歉、及时纠正——内疚文化主导。

4. 夫妻发生误会，蛮横霸道、强词夺理——羞耻文化主导；赔礼道歉、下不为例——内疚文化主导。

5. 教授学术造假，被揭穿后竟雇凶打人——羞耻文化主导；学贯中西，仍诚惶诚恐——内疚文化主导。

6. 企业产品出错，百般掩饰、欲盖弥彰——羞耻文化主导；纠错赔偿、维护声誉——内疚文化主导。

7. 经济衰退，自欺欺人——羞耻文化主导；实事求是、公开透明——内疚文化主导。

8. 为官不顾廉耻、粉饰太平、谎报政绩——羞耻文化主导；为民做主、两袖清风——内疚文化主导。

9. 战俘获释，审讯、关押、侮辱虐待——羞耻文化主导；欢迎、善待、视同英雄——内疚文化主导。

…………

这样的案例无穷无尽，不胜枚举，嘻哈实在数不过来，各位看官是否能够费心帮忙数数？

嘻哈认为，内疚文化能够产生主动的推力，而中华民族传统文化缺乏内疚文化的基因。今天的中华民族要想与时俱进，要想立足于世界，恐怕必须大大强调内疚文化，构建以内疚文化为主导的新价值观，我们的民族会更有新的希望，更得到普世的认同和尊重。

内疚文化还能够起到一个非常重要的作用——增强人们的法治意识，使全民守法，法律面前人人平等。然而这个价值观又与中华民族五千年的传统文化产生严重冲突——国人往往不喜守法，中华民族传统文化中其实还缺乏守法的基因。为什么？真的吗？且听下回分解。

嘻哈再次强调

羞耻文化：知耻近乎勇——被动的力量！

内疚文化：推己及人——主动的力量！

国人应该：重羞耻，但是更应该重内疚！

内疚文化——中华民族立足世界的希望！

嘻哈大士

文化系列之五：天理

你天理不容！

从前有座山，山里有个庙，庙里有个嘻哈老头讲故事。讲什么故事呢？就讲个"天理"的故事吧……

引　子

2010年，国内发生一件事。某青年醉酒驾车，去某大学接女朋友，结果撞死人，该青年不但不停车救人，甚至拒绝配合事故处理，反而大叫："我爸是李刚！"（其父为当地公安局副局长）。然后公然接了女友扬长而去……此事在国内引起轩然大波，"我爸是李刚"成为国内网络经典名句。

嘻哈认为，此事实在不必大惊小怪，此类事件不发生才是咄咄怪事，发生实属正常。各位千万不要以为嘻哈的脑袋又让驴踢了。个中原委，且听我慢慢道来。

天　理

很显然，此事件第一层面所反映的问题，应该是肇事者严重缺乏最基本的道德素养和法制意识；第二层面则涉及事件背后所潜藏的滥权及腐败问题。

这两个层面的问题在国内外已有太多的分析和评论，实在不必嘻哈多嘴。嘻哈想从另一个角度来思考和解析此事：其实还有第三层面的问题——传统文化的作用及影响力！

嘻哈发现，中华民族传统文化中缺乏守法的基因。我们是一个以"不遵守规矩为荣"的民族！承认不承认？不承认？一个非常现实的事实是：中华民族穷数千年的时间，却始终没有分清情、理、法三者之间的关系。

何为情？人与人之间相识、相处就会产生"情"。因此就有了父母儿女之情、兄弟姐妹之情、朋友同事之情，甚至包括人与动物之情、人与自然之情……然而情多了就会泛滥：情不自禁、情绪失控怎么办？于是我们就要讲"理"，用"理"来约束容易失控的"情"。

然而"公说公有理，婆说婆有理"，你有你的理，我有我的理，而当秀才遇见兵，就"有理也说不清"了。因此，就需要进一步用"法"来制约"理"。法自何来？法源于情和理，而非常重要的原则是：一旦立了法，就不能再讲情和理了，否则只讲情、理就行了，何须立法？

这么简单的逻辑关系，我中华民族穷数千年的时间，岂会搞不清？不会吧？事实是：的确搞不清！

其关键问题是，西方社会认为情、理、法三者之间的逻辑顺序是：情—理—法，法是最高层次的。我们中国却在法的上面多加了一个"天"，结果形成一种非常独特的、莫名其妙的所谓"天理"。天理是什么？没有任何人能说清，这就有点乱——"天下大乱"。

我们先说"情"，国人非常重视人情。在国人的圈子里，有一个无形的、非常独特的"人情银行"，国人普遍认为人情是有价的，并且是能够储存的，人情越多，面子越大，其价值也就越高，能够利用它办的事自然就越多。

国人往往穷其一生都在"做人情""存人情"，必要时就可以"用人情"。当然，我们也自然就会"欠人情"。人情债非同小可，小则需"涌泉相报"，大者要"两肋插刀""以身相许"，甚至还要"以命相报"——玩命！

西方社会认为：尽管"法"源于情理，但法未必一定符合情理，否则何必立法？国人则认为"法"必须符合情理，否则法就不能成立，因此按国人逻辑，情理是大于法理的。而事实是：在太多的现实中，中国的人情的确甚于国法。

中国人说：情义无价，人情大过天！至于法理，则甚少提及，而说得更多的是天理。因此天理远远大于法理。国人一旦发生矛盾或争执，往往先讲情，情不通，就讲理，理也不通，该讲法了吧？国人开始骂你：你这个人天理难容！

这样的场景如同鸡鸭对话：鸡跟鸭讲法理，鸭跟鸡讲情理，鸡：咯咯……咯咯……鸭：呱……呱……永远说不到一起。最后鸭恼羞成怒，骂鸡一句：你这只鸡天理难容！

嘻哈认为，天理的概念作为一种信仰其实并无不妥，"头上三尺有神明"是对世人最好的警示！只是目前太多国人眼里只有权和钱，哪里还顾得头上有什么神明。如果一切都是"向钱看"和"向权看"，这恐怕就叫——信仰缺失！

在这种传统文化的价值取向下，国人法制观念的淡薄就十分正常。皇帝"贵为天子"，自然凌驾于法。大臣"刑不上大夫"，也就不必尊法。富人以财贿法，自然无视守法。最倒霉的，恐怕只剩——无权无势的老百姓。

国人还有"一人得道，鸡犬升天"的说法。试想，连鸡犬都能沾光，何况是亲生儿子？由此看来，"我爸是李刚"现象就十分正常（其实很多人还很羡慕），根本不难理解。这就是嘻哈所分析的第三层面成因：传统文化的力量——绝对不可小觑！

这种传统文化的影响，甚至可以追溯到孔老夫子。不信？听听老夫子自己的言论，子曰："吾十有五而志于学，三十而立，四十而不惑，五十而知命，六十而耳顺，七十而从心所欲，不逾矩。"哈哈，似乎连老夫子都认为人要到七十才"不逾矩"，嘻哈不禁要问：那么七十岁之前呢？

事实恰恰印证了嘻哈的观点，西方社会强调公德心，因此在公共场合必须顾及众人的利益。而国人往往强调圈子，只需顾及与自己圈子相关的人和事，至于圈子之外就——关我啥事！

1. 国人往往不喜排队，不守秩序，在公共场所大声喧哗，随地吐痰，乱扔垃圾，这些现象几乎成为外国人判断国人或其他亚裔人的标准，屡试不爽——圈子文化！

2. 国内公共场所（包括星级酒店），男厕所小便斗无论有多高级，便斗下往往有一大摊尿渍，非常恶心。是我们什么地方短了？恐怕真正短的不是生理，而是——文化。

3. 据说在巴黎卢浮宫，忽听有人隔山喊牛、地动山摇：你们快来看呀，蒙娜丽莎在这里！——国人的杰作！

4. 许多国人吃饭时猜拳行令、大呼小叫、声震屋瓦、旁若无人，还有个坏的习惯：吃饭吧唧嘴。西方人为之侧目。

5. 国人进电梯，往往急于按关门键，见到有人来反而按得更凶！而西方人恰恰相反，一般很少去按关门键。

6. 国人进电梯通常不会和陌生人打招呼（圈子文化），西方人恰恰相反，无论是否认识都会打招呼。但现在西方人在中国进电梯都不打招呼了，因为这会招致国人侧目，哈哈——这叫同化！

7. 国内飞机航班经常误点，原因种种。其中一个原因是有人到点故意不登机，结果造成飞机延误。这些人不但不觉羞耻，回去后反而可以吹牛：今天我让全飞机的人等了我一小时！

8. 国人的同化能力世界一流，我们是个黄皮肤的民族，结果把什么东西都能够"染黄"。

9. 如果有一个人，无视法治、不守规矩、胡作非为、横行霸道，这样的人在国内的社会地位高还是低？答案是：高！通常这些人被形容为：牛！国人往往以不守规矩的程度来衡量一个人的社会地位！

10. 我问某外国朋友：半夜无人，为何不闯红灯？答曰：一是人人都需守规矩；二是夜半回家多为参加聚会，因此会有孩子同坐，父母需做表率，为了下一代，故不能闯红灯。

第一个理由属正常，第二个理由则令嘻哈肃然起敬！此价值观恰与国人相反，许多国人为证明自己的身份地位，往往会在孩子面前千方百计显示其不守规则、无视法度的本领以示特殊。如此榜样会有何后果，敢想象吗？败家？败族？败……

正因此，在中国许多规则、标准和法度往往被故意忽视和模糊。国人往往不喜规矩、不喜标准、缺乏礼仪，直至无视法度。

一个有趣的现象

嘻哈曾在美国与朋友聊天，谈及国内许多违法乱纪的现象及事件，不胜唏嘘。朋友颇有深意地笑笑，问了嘻哈一个问题：嘻哈你猜猜，在美国（包括其他一些国家）的中国人，哪些人是最奉公守法的？

嘻哈回答：那自然是原来在国内就自觉自律、奉公守法的人士，出国后最奉公守法。朋友哈哈大笑，说嘻哈你错了！在国外最奉公守法的人，恰恰是那些在国内横行霸道、无恶不作、贪赃枉法、恶行昭彰、仓皇出逃的贪官和奸商！

而且他们不但自己成为奉公守法的楷模。一旦遇到亲戚朋友来访，还会不厌其烦地告诫你如何熟读地方法律，如何小心千万不要触犯法律，否则……

这些惶惶如丧家之犬的人渣，出逃后不但成为法律的忠实执行者，甚至还成为法律的义务宣传者。这真是令人哭笑不得，嘻哈也始料未及。但细细想来，却完全在情理之中！个中原因，相信不用嘻哈解释了吧？

礼 仪

说国人不守规矩、不喜标准，甚至无视法度，嘻哈认为似乎又不尽然。国人常以"泱泱大国、礼仪之邦"自居。而西方人往往认为国人缺乏礼貌，不守规矩，不尊法治。孰是孰非？嘻哈认为都对，也都错。各位看官一定认为嘻哈的脑袋又让门挤了，其实不然！

事实上，礼仪、规矩、标准、法度，我们中国都有，而且非常健全！问题是那要看对谁——

针对至尊：三跪九叩、诚惶诚恐；

针对尊长：晨昏定省、礼敬有加；

针对上司：唯命是从、毕恭毕敬；

针对平级：处处防范、落井下石；

针对下属：颐指气使、呼来喝去；

针对丈夫：夫为妻纲、举案齐眉……

中华民族五千年传统文化强调的是——

王权礼仪：普天之下莫非王土，率土之滨莫非王臣；

等级礼仪：父命如山，族训难违，官大半级压死人；

男权礼仪：嫁鸡随鸡从一而终，三从四德恪守妇道；

圈子礼仪：党同伐异，结党营私，为朋友两肋插刀！

这里面"等级"和"圈子"是核心关键！因此，国人往往极度重视对上层的礼仪，针对平层是假礼仪真争斗，针对下层则无需礼仪。嘻哈认为，国人最大的问题之一就是完全不会平等相处，我们实在非常欠缺平等相处的文化基础。必须争个你死我活，分出个高低胜负才会相处。至于圈外之人——关我屁事！

所以，国人并非没有礼仪，而是尊行森严的等级礼仪和圈子礼仪。以下对上，自当谨小慎微，如履薄冰。以上对下，何须礼仪？公共场所均非圈内之人，何须礼仪？国人视外国人为"鬼子"——连人都不是，何须礼仪？

同样，国人并非没有法治，也并非缺乏法治观念，而是在尊行森严的等级法和圈子法。

情景模拟

王二狗新到某机构上班，上司塞给他一个红包，二狗害怕不敢要，拒绝。上司马上脸一沉：啥意思？给脸不要脸，团队精神懂不懂？你谁派来的，想干吗？不要是吧，走着瞧！王二狗无语。

这些等级和圈子的作用，往往造成帮派林立、团伙作案、集团贪腐。其结果是情理大于法理、天理混淆法理、人情泛滥、有理难说、有法难依——天理何在？

"我爸是李刚"——某种意义上传统文化的产物！

大自然的规律——存强汰弱适者生存！

社会的发展——推陈出新、与时俱进！

法治与法度——源于情理，高于情理！

文化——人类生存和繁衍的模式！

嘻哈大士

文化系列之六：信仰

从前有座山，山里有个庙，庙里有个嘻哈老头讲故事。讲什么故事呢？就讲个"信仰"的故事吧……

引 子

近年来，嘻哈常听到国内有人忧心忡忡地谈论有关中国人自改革开放以来"信仰缺失"的问题，以致人心不古、道德沦丧、物欲横流、唯财是命，乃至行贿受贿、贪污腐败、目无纲纪、无法无天……并且深深担忧：长此以往，国将不国！

嘻哈对持此论而忧国忧民的人士非常敬佩，同时对此论又有不同看法：上述现象确实存在，且日益严重，也确实会祸国殃民。但仔细考究，国人的信仰缺失真是从改革开放之后才开始的吗？恐怕未必！

而改革开放以来，部分国人种种倒行逆施、祸国殃民、世人唾弃、人神共愤的问题和现象，都是因信仰缺失所造成的吗？恐怕也未必！

何为"信仰"

既然说到信仰，首先就必须搞清楚什么是信仰。嘻哈查了相关资料，一般对信仰的解释，是指人们对某种理论、学说、主义的信服和尊崇，是人对人生观、价值观和世界观等的选择，甚至不需要针对真实存在的事物。

人们一旦有了信仰，就会产生巨大的驱动力和凝聚力，使其成为自己言行的最高准则，真是非同小可！因此，嘻哈认为真正的信仰必须完全具备以下特征：

1. 专一——甚至是唯一；

2. 相信——甚至是迷信；

3. 服从——甚至是盲从；

4. 敬仰——甚至是膜拜；

5. 奉献——甚至是牺牲。

全球社会的宗教，如基督教、天主教、犹太教、东正教……都具备上述特征。

基督教、天主教徒需信仰和遵从自由、平等、仁爱、友善的教义。犹太人富可敌国，甚至可以影响到超级霸主美国的国策。

正因此，世界上各教派间的冲突也往往因教义和信仰的不同而层出不穷，乃至你死我活，无法调和。宗教信仰的力量实在不可小觑！

国人的信仰

既然搞清了什么是信仰，就可以回到我们的问题：如果说中国人是改革开放之后信仰缺失的，那言外之意就是说，国人在改革开放之前信仰是不缺失的。那么，国人改革开放之前的信仰是什么？

应该有人会说：那当然是儒学、佛教、道教！如果真是，那么，就让我们看看中华民族上下五千年的历史，看看我们的民族是如何"信仰"儒、佛、道的吧：

几千年来，许多国人的确非常热衷于烧香、拜佛、求道、问卜，但嘻哈感觉国人烧香、拜佛、求道的目的似乎极为功利而自私，信仰的目的也就变得非常繁杂，因而就形成了许多国人为了一己私利而求满天神佛的态势。于是，国人拜佛求道也就有了以下特征：

求升官——就去拜释迦如来；

求发财——就去拜财神老爷；

求得子——就去拜观音菩萨；

求除病——就去拜药王爷爷；

求平安——就去拜土地灶王；

求长生——就去拜寿星老爷；

求解难——就去念阿弥陀佛；

求报仇——就去找阎王小鬼；

求成仙——就去拜太上老君；

求升学——就去拜孔子文曲；

求下雨——就去拜四海龙王；

要出海——就去拜妈祖娘娘；

要进山——就去拜山神爷爷；

…………

还有拜什么西天王母、元始天尊、雷神电母，甚至悟空八戒、蛇妖水怪……

另外，中国各行各业还要祭拜各自的"祖师爷"，例如，木匠拜鲁班、铁匠拜李耳、唱戏的拜唐明皇、算卦的拜鬼谷子……嘻哈初步数了一下，中华民族数千年历史各行各业竟然有上百个"祖师爷"。真是满天神佛、遍地妖魔，大千世界，无奇不有！

而嘻哈认为众多神佛中最纠结的神仙恐怕是关二爷！土匪、强盗拜他，公安、警察也拜他，黑白两道都拜他。你说真有啥事，他在天之灵到底该帮谁？实在万分纠结，怪不得整天脸憋得通红！

有人说国外一些宗教信奉的是"一神论"。所谓"一神论"，按照嘻哈的理解，意思大约是外国的洋神仙能力比较全面，基本上一个神仙就无所不能、包医百病，可以解决所有的问题。但嘻哈设身处地想，就一个神仙孤零零在天上管那么多事情，且不说非常忙碌，肯定会相当寂寞！想找人聊个天都费劲——找谁去？

而我们国人信仰的是"多神论"。照嘻哈的理解，那就是说，我们中国的神仙菩萨能力比较单一，基本上是一个神仙或一个菩萨只能管一件事情，各司其职，互不相干。

言归正传，其实嘻哈认为，信仰的真伪恐怕与信神数量的多少并无关系，而信神的目的和价值取向才是判断信仰真伪的关键！

诡异的信仰

嘻哈经常看到，许多"善男信女"花区区小钱"请"了几炷香，便开始向诸多神佛相求。求什么？求加官进爵、求发财暴富、求早结良缘、求妻妾成群、求桃花好运、求早生贵子、求合家平安、求长生不老、求得道成仙……

嘻哈非常纳闷：如果你真能求到这么多异想天开的愿望实现，这个被你所求的神灵受你区区几炷香，却要给你这么多好处，如何做成本核算？岂不是个——傻佛？

嘻哈发现世界上许多宗教都有一个特征，就是信徒们万一做了错事或坏事，就会去教堂忏悔。忏悔是某些教派的信徒们一旦做错事时的反省。通过忏悔反省错误，请求宽恕，通过忏悔救赎自己的灵魂，以求今后不再犯错或犯罪。一旦有人犯了严重的罪行，当忏悔也无法救赎时，有些信徒甚至会采取极端行为：用结束生命来为自己的错误负责！

嘻哈早就说过，中华民族几千年传统文化特色之一就是：重羞耻而轻内疚。而内疚感是忏悔行为的必备条件。因此，嘻哈认为许多国人的价值取向恰恰缺乏忏悔的土壤。所以，即便犯错犯法，也往往很难幡然醒悟，痛改前非。

更有甚者，一些国人在干坏事前，竟然还会到神佛面前"许愿"，希望得到神佛指点，以便罪行得逞，甚至具体到在神佛面前占卜问卦，要求神佛"指点迷津"：在什么时辰、哪个方位、如何动手才能顺利得逞……干完坏事，还会再到神佛前"还愿"，一方面感谢神佛的"神助"，一方面希望今后继续得到神佛的庇护，以便能够更加肆无忌惮、变本加厉……

　　最离谱的是，有些人还会求神灵助其报仇杀人！会求神灵帮助让冤家断子绝孙，即便生孩子也没屁眼儿！求神佛安排仇人祸从天降、天打雷劈、生不如死、不得好死、最好全家死光光……

　　于是在国内形成了一道非常有趣而诡异的风景线：寻常百姓、善男信女拜佛，强盗小偷也拜佛，骗子拐子也拜佛……嘻哈在想：这满天神佛岂不是变成总后台？嘻哈在想：这满天神佛到底有没有原则，有没有是非观和价值观？难道真的是在不问青红皂白地"普度众生"？

　　嘻哈认为，许多国人的信仰，事实上已沦为其达成私欲的工具，而被信仰的满天神佛，实则成为许多信徒豢养的神奴，以便随时能够"因需而求、有求必应"，真正的主人是那些伪信徒们自己。真是一声叹息——大不敬啊！

　　而大批善男信女给庙宇、道观所奉献的香火钱又去了哪里？自然并未被满天神佛享用，更没有福泽社会。嘻哈相信，在今天中国的庙宇和道观里，有真正的出家人在潜心精研佛法、诚修道理，但一些假和尚、假道士恐怕也是越来越多，甚至泛滥！于是，很大一部分善男信女的香火钱也就进了他们的腰包！使他们能够更加脑满肠肥、得意扬扬、肆无忌惮、坑蒙拐骗！精研佛法？诚修道理？造福苍生？回馈社会？——活见鬼！

如果我们用信仰的基本要素来衡量一些国人的信仰，恐怕立刻就大有问题：

专一——我们是满天神佛；

相信——我们是只信金钱；

服从——我们是服从私欲；

敬仰——我们是仰而不敬；

奉献——我们是只进不出。

五个要素竟无一个符合，猴吃麻花——满拧！这真是一声叹息！由此看来，数千年来国人在所谓信仰方面的种种行为，实在与真正的信仰毫无关联！

国人的缺失

那么，改革开放以来国人缺失的到底是什么？嘻哈认为先不要自抬身价，高谈阔论什么信仰问题。真正缺失的，恐怕是另外一样东西，什么东西？且听嘻哈道来。

嘻哈想问：部分国人的言行举止在国内外受到种种诟病，如随地吐痰、大声喧哗、插队打尖、践踏绿地，乃至行为粗俗、无理取闹、刻字留名、破坏文物、不守纪律、不尊法度、自私自利、损公利己、贪得无厌、违法乱纪以及越来越多的"官二代"、"富二代"、"星二代"气焰嚣张、倒行逆施……这种种劣行究竟与信仰有多大关系，难道这些人是因为信仰缺失才会如此言行不堪的？别逗了，攀不上！

嘻哈又想问：人是否一定要有信仰？人无信仰是否就无法生存？当然绝非如此。事实上，许多有信仰的人未必长寿，一些没有信仰的人反而长命百岁。由此，嘻哈认为：信仰与生命和生存并无必然的关联，而与生命和生存的价值及意义密切相关！

其实还有一样非常重要的东西比信仰更实在，更可依赖，什么东西？——文化！人类的文化。具体到中国，那就是中华民族绵延数千年的传统文化！

何为文化？嘻哈早已探讨过，最简单的解释：文化——人类生存和繁衍的模式，怪不得我泱泱中华能够生存、繁衍数千年，原来我们有文化的支撑！

然而，中华民族数千年的传统文化既有优秀的内涵，恐怕也有不少糟粕。问题是，我们该传承的优良传统并没有认真传承，不该传承的糟粕倒是不但传承了，还变本加厉发扬光大——真是要命！

数千年来，中华文化价值取向的特质之一，往往表现在许多国人穷尽毕生精力在追求功名和利禄。鲜有人会想到求取功名只是手段，目的应该是造福百姓；获取利禄也只是手段，终极目的应该要回馈社会。于是，许多国人在追求功名利禄的道路上无所不用其极，变得极度自私和贪婪，最终失去了人性。这样的价值取向如果在国人中不断蔓延，则无异于整个民族的慢性自杀！

貔 貅

嘻哈发现一个有趣的现象，千百年来，虽然我们把龙奉为我中华民族的图腾，并自诩为"龙的传人"，但嘻哈发现国人其实对龙往往敬而远之，并不真正喜欢龙，龙床谁敢睡？龙椅谁敢坐？那是皇帝老儿的专利，与寻常百姓无关！

嘻哈发现，许多国人其实更喜欢另一种臆想中的怪兽叫"貔貅"。国人喜欢它的理由竟然是：传说中此怪兽只有一张大嘴而无屁眼儿，因此"只吃不拉"。由此可见部分国人的价值取向——贪得无厌而不思回馈，自私自利而丧失公德。

据说国内有许多做生意的人就非常喜欢貔貅，家里会供这个怪兽。问题是，如果按貔貅的特性做生意（只进不出），生意伙伴岂不是注定要当冤大头？国际间经商之道极为重要的双赢原则便荡然无存！

还有，国内有些机构、企业大门口一左一右趴着的往往也是这种怪兽，龇牙咧嘴瞪着你。嘻哈好心劝各位一句：这样的机构、企业打死都别进去——吃人还不吐骨头啊！

嘻哈认为，如果世上真有这种怪兽，那么这种怪兽的特性就从根本上违反了大自然规律中最重要的一条生存法则——均衡。因此，即便真有此怪兽，也必然是大自然中最先灭绝的物种！

由部分国人喜貔貅这个价值观引申，嘻哈的感觉是：如果说世界上许多民族的信仰是把财富和希望往"锅里"添，那么许多国人的信仰大致是把财富和希望像貔貅一样拼命往自己的"碗里"扒拉——也不怕撑死！

嘻哈认为，如貔貅式的价值观一旦成为国人的主流，则另一些中华民族传统文化中能够与人类普世价值观相吻合的内容如互惠互利、守望相助、回馈社会、乐善好施、克己复礼、以己度人……自然就会崩溃而至荡然无存！

文化与价值观

在人类史上，一个民族千方百计企图改变另一个民族的文化，屡见不鲜；一个民族干脆企图消灭另一个民族的文化，也司空见惯。

嘻哈认为，改革开放以来，国人真正缺失的，不是什么信仰问题，而是我们数千年传统文化中为人处世、安身立命的基本价值观，是我们立足社会、面对世界的道德底线！而一个人一旦突破道德底线，那就连做人的资格都没有了，套用老百姓的一句话就是——猪狗不如！

然而，畜生是否就真的比我们人类更加不堪？嘻哈认为恰恰相反，"畜亦有道"！所有的畜生与生俱来就懂得对大自然敬畏，懂得规矩和底线，懂得长幼有序，懂得取舍进退。畜生不会尔虞我诈，不会损人利己，不会出卖朋友，不会贪得无厌……总而言之——畜生比人强多了！按此逻辑，部分国人如果已经连畜生都不如，长此下去，恐怕就不是"国将不国"的问题，而是"人将不人"的问题了！

　　一个民族如果有越来越多的人在突破道德底线，就必然会被全世界厌恶，离普世价值观愈来愈远。而普世价值观的内涵又是什么？嘻哈查了一些相关解释，如果排除一些与政治倾向相关的内容，则应该是：安全、进步、快乐、自由、平等、法制、公正、人权、民主、节约、环保、博爱、互助、合作、善良、仁慈、宽容、和平、守信……

　　而反观今天我们许多国人的价值观又是什么？金钱？私欲？如果今后我们有越来越多的国人上学是为了一己私利；工作是为了一己私利；当官是为了一己私利；办企业是为了一己私利，甚至教书、办学、行医、慈善、收藏、音乐、舞蹈、绘画、体育等都是为了一己私利，直至我们的信仰、文化也都是为了一己私利。我们民族的出路和希望何在？嘻哈想问：真的是"人不为己，天诛地灭"吗？但人都为己，是否就不会天诛地灭了？万一不是呢？万一恰恰相反呢？

　　然而此处又有新问题：嘻哈发现国内也有一些颇有来头的人对普世价值观表示怀疑，甚至否定，认为那是西方世界强加给我们的一个"美丽的陷阱"。此论可真是：神仙放屁——不同凡响！

　　嘻哈认为：如果安全、进步、快乐、自由、平等、法制、公正、人权、民主、节约、环保、博爱、互助、合作、善良、仁慈、宽容、和平、守信是陷阱，我嘻哈肯定立即一头栽进去，打死都不出来！

　　另外，嘻哈又非常感谢此类"高人"，因为他们让嘻哈切实明白了什么是真实的谎言。但嘻哈非常想知道，这些"高人"给我们设置的"非陷阱"里，到底有些什么东东？能不能告诉大家？

但为避嫌疑，嘻哈想给普世价值观加两个字，改为"人类普世价值观"以避免为任何政治利益张目，可否？

"变种"

嘻哈认为，如果今后我们越来越多的国人去信奉貔貅式的价值观，而抛弃人类普世价值观，则无论我们的经济有多发达、军事有多强大、历史有多悠久，也必然会被世界抛弃。那可就真是：族将不族、国将不国了！

——呜呼！

忽一日嘻哈做梦：梦见我巍巍中华"龙的传人"突然开始变种，变成了一个个貔貅狂吃不拉：吃完自己吃他人、吃完救济吃捐赠、吃完粮食吃草木、吃完家畜吃野味、吃完野味吃活人、吃完平原吃高山、吃完河流吃大海、吃完私人吃公家、吃完公家吃国家、吃完信仰吃文化、吃完国内吃世界、吃完世界吃宇宙……

——哀哉！！

吃了个鸡飞狗跳、吃了个神憎鬼厌、吃了个贪污当道、吃了个官商勾结、吃了个无法无天、吃了个山穷水尽、吃了个寸草不生、吃了个沙尘滚滚、吃了个天昏地黑、吃了个环境污染、吃了个地球变暖、吃了个物种灭绝、吃了个地球毁灭、吃了个吃无可吃、吃……

最后的问题

当有一问

如果本文所述问题确实存在，那么我们应该怎么办？解决之道何在？对不起，想我嘻哈算个什么东西？这个问题嘻哈无法回答，实在是不知道！

但有一点嘻哈可以提醒：警醒！警醒！国人要警醒！如果我们不能真正警醒，那就恐怕连菩萨神仙都无法度！

至于警醒之后又该怎么做？请恕嘻哈才疏学浅、身单力薄，还是——不知道！但嘻哈很肯定的知道：警醒了的人一定会知道！

还有一问

嘻哈的信仰是什么？嘻哈平生并无任何异域宗教的信仰，因此也没有义务为任何国外的宗教宣传、布道、张目。

至于国内的宗教，嘻哈倒是与佛家有不浅的缘分，但说来惭愧，嘻哈资质愚钝、游戏人生，所以在佛法道理的修行上并无慧根。嘻哈无论去任何一座佛寺或道观，一不跪拜，二不烧香，三不乞求，却喜结识一些真正潜心精研佛法、参悟道理的高士。

因此，嘻哈自问也是一个如假包换的信仰缺失之人。平生为人处事，只凭良心而已。

阿弥陀佛，无量寿佛，善哉善哉……

嘻哈大士

文化系列之七：使命

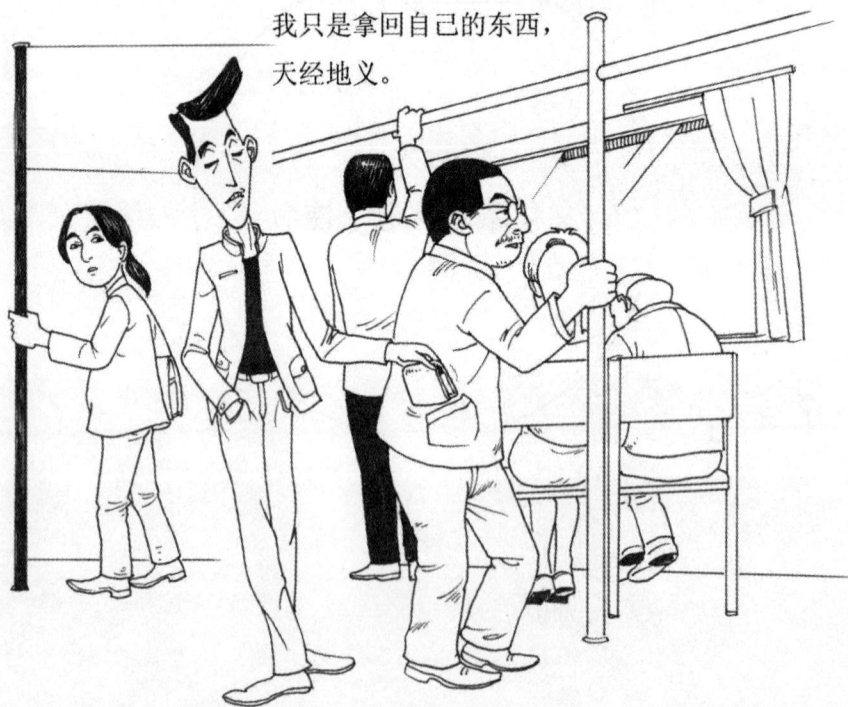

从前有座山，山里有个庙，庙里有个嘻哈老头讲故事。讲什么故事呢？就讲个"使命"的故事吧……

引 子

认识嘻哈的人都知道，嘻哈多年来凭借过往人生的曲折经历，以及不小的一把年纪，斗胆在国内各地流窜讲课为生——混碗饭吃而已。

一次，某学员听课后向嘻哈提出若干问题，其中一个问题颇为棘手。学员问：何为使命？是否伟人才有使命感？普通人是否也需要有使命感？何为价值观？等等。

嘻哈的解释

嘻哈平时生性懒惰，因此不学无术，遇到这样的问题，还真有些招架不住。颇费一番思量后，有以下回复：

嘻哈认为，使命应该是指一个机构、团体、企业或个人存在于社会的作用和意义，以及对社会的影响力。但嘻哈认为，未必有使命感的机构、团体、企业或个人就一定是"伟大的"。

嘻哈认为，没有使命感的人也可以是伟大的。例如，一个农民种了一亩三分地，养活大大小小一家人，有清晰的使命感吗？嘻哈认为应该没有，但并不影响我们对他的尊重。但同样的问题如果换了是袁隆平先生，则就有了清晰的使命感。

雷锋、张思德等人有清晰的使命感吗？别人怎样认为嘻哈不知道，但嘻哈认为是没有的，有也是后来许多"别人"强加的。而这些榜样人物真正的价值所在，恰恰是没有豪言壮语的奉献精神和实际行动感动了人们。

嘻哈认为，使命感并不需要每个人都有。

嘻哈认为，有使命感未必一定能够成功。嘻哈看《三国演义》，感觉刘备和诸葛亮是有使命感的，尽管最终未能实现，却也成就了三分天下的基业。而如果没有使命感，则肯定无法成功。刘阿斗就没有什么使命感，因此丢了江山还乐不思蜀。金庸小说《倚天屠龙记》中的张无忌也没有什么使命感，因此即便具备所有做皇帝的条件也是枉然，最后当皇帝的是叫花子出身、有明确使命感的朱元璋。

嘻哈同时认为，有使命感的人也未必一定是高尚和完美的人。使命不分好人和坏人，例如秦始皇、希特勒……都有清晰的使命感。

嘻哈甚至认为，连小偷都会有使命感！嘻哈把小偷分为两大类：业余的和职业（专业）的。业余小偷与嘻哈大致属于同类，基本是"混饭吃"的，因此自然不会有什么使命感。

　　职业小偷与业余小偷本质的区别在于：业余小偷会随时伺机去偷别人的钱包或财物，偷得到就偷，偷不到也无所谓，万一被抓到就算自认倒霉！职业小偷则完全不同！他们会非常坚定地认为：别人身上的钱包或财物根本就是他自己的！因此，职业小偷就会产生非常清晰而强烈的使命感——把别人身上原本"属于自己的"钱包或财物坚决拿回来！

　　由此，职业小偷就会因使命感而产生强大的动力，不分白天黑夜、不管上天下地，"上穷碧落下黄泉"去完成自己"神圣的使命"——千方百计拿回那些原本就"属于自己"的钱包或财物！

　　嘻哈还认为，使命感是有时间跨度的。例如，杨振宁先生在获得诺贝尔奖时恐怕并没有什么清晰的使命感，反而现在致力于搭建中美关系的桥梁，以及致力于培育后辈人才时，才有了清晰的使命感。

　　大公司就一定有使命感吗？嘻哈认为又是不一定。世界级的优秀企业一定有，但看看中国一些攫取能源类、贪污腐败类、特权垄断类的企业，它们规模大、资金多，而这些企业根本的问题之一就是——严重缺乏使命感！

　　嘻哈由此认为，使命感本身并没有是非对错的属性，因此需要与有强烈属性的普世价值观共同构建，才有其明确的作用和意义。此问题嘻哈认为不宜过深探究，否则可能走火入魔。例如，人类的使命是什么？定义为拯救地球是否十分荒唐和滑稽？定义为与其他生物共同和谐的生存和繁衍下去是否比较现实？但是否似乎又不太像"伟大的使命"。

嘻哈倒是十分常欣赏电视剧《士兵突击》中许三多的一句话："好好活着，做有意义的事；做有意义的事，就是为了好好活着。"此话应成为我们思想和行为的基本准则之一。任何人只要认真回顾自己的人生轨迹，你会发现，所做之事有意义，必然能够帮助你"好好活着"；反之，所做之事无意义，则必然妨碍你"好好活着"，甚至造成灾难性的后果。"好好活着，做有意义的事。做有意义的事，就是为了好好活着。"经典！

回答至此，嘻哈自认为总算把问题说清楚了，因此有点沾沾自喜，松了口气。但该学员得寸进尺，又提出一个新的问题：请问嘻哈老师你有没有"使命"？如果有，具体的使命是什么？

嘻哈闻听大吃一惊，我的使命？本人还真就从未想过！因此吞吞吐吐、张口结舌，不知如何回答，最后还是据实相告：抱歉——没有！

此时该学员竟起身正言对嘻哈发难：指责嘻哈为国之"罪人"！着实又吓了嘻哈一大跳。究其理由，原来，该学员认定嘻哈是一个"有大能力的人"，应该更努力为国内企业提供更大帮助，并进而有责任为社会做出更大贡献。而该学员认为嘻哈目前的工作状态太过"懒散"，与"鞠躬尽瘁，死而后已"的精神相去甚远，甚至自己承认没有"使命感"，故认定嘻哈"有罪"。嘻哈赶紧对该学员做以下解释及自辩。

嘻哈的自辩

至于该学员给嘻哈所定的"罪过"，嘻哈认为该学员实在太抬举嘻哈了。嘻哈自问并不具备该学员所认为的"大能力"。即便嘻哈有罪成立，其根本的原因也应该是：嘻哈本人从来没有意识到需要肩负拯救中国企业的使命。否则，怎么连名字都叫"嘻哈"？

嘻哈认为，如世道乱（目前国内各行各业都已乱象纷呈），像嘻哈般不学无术、才疏学浅之辈则当有自知之明：明哲保身，退避三舍。所以，多年来嘻哈虽置身于国内培训及咨询行业，但这个行业也已经乱得可以。因此，嘻哈对培训及咨询行业早就敬而远之、保持距离，并且渐行渐远，终日与各种动物及植物（马、牛、羊、狗、花、菜、鸟、鱼）为伴，因此何来使命感？

不过，嘻哈目前尚未真正完全退隐，还在力所能及地做一些能够对得起良心的事情，因此，嘻哈自认已算对得起社会了。嘻哈并无所谓"救民生于水火""挽狂澜于既倒"的能力和义务，所以嘻哈请该学员千万不要对嘻哈过于苛求，饶过嘻哈，则嘻哈幸甚！

嘻哈大士

文化系列之八：标准

从前有座山，山里有个庙，庙里有个嘻哈老头讲故事。讲什么故事呢？就讲个"标准"的故事吧……

嘻哈曾经说过，中华民族传统文化是以"模糊"为最高境界的，因此国人不喜"精准"，凡事往往缺乏明确的标准。但缺乏不等于完全没有，无论是否精准，凡事"大概""也许""差不多"的标准总还是需要的，也往往还是有的。嘻哈试举几个我们国人与标准相关的事例。

狗屎与标准

随着改革开放，我们需要与国际对接，而"国际语言"则处处讲求"精准"。因此，各种标准、指标、数据也开始受到国人重视，许多与此相关的新名词也就不断涌现。什么"GDP""CPI""恩格尔系数""基尼系数""幸福指数""满意度指标""业绩指标"……

统计数据指标，是为分析某领域状况时提供依据的，非常有用。但问题是：如果统计数据指标一旦偏离其原来目的，开始弄虚作假，其作用就会适得其反。不但不可信，反而会成为一些地方官员夸大、炫耀、假造政绩的工具，甚至会发生一些令人啼笑皆非的糗事。

嘻哈曾经听到一个有关"GDP"的笑话，着实把嘻哈乐得不轻，好几天都合不拢嘴。

张老六和王二狗是一对欢喜冤家，碰到一起就经常斗：斗富、斗酒、斗嘴。忽一日两人又凑一块喝酒，喝高了，开始胡说八道。

张老六：二狗子，有本事你把门口那泡狗屎吃一口，老子输你100万！

王二狗：吃就吃。拿起狗屎就吃，赚了张老六100万，遂语无伦次——

王二狗：小六子，有本事你也吃一口狗屎，老子照样也输给你100万！

张老六：谁怕谁？拿起狗屎就吃——结果把刚输的100万又赚回来了……

第二天两人酒醒，想起昨天的荒唐事，肠子都悔绿了——两人啥也没捞着，各自白吃了一泡狗屎……

此事在坊间被传为笑谈，不想传到县长大人那里，县长大人专程找到张老六和王二狗，握着两人的手死活不放：谢谢！谢谢！非常感谢二位，你们太有才了，对本老爷启发太大了：各吃一泡狗屎，结果帮本县"GDP"增长了200万！如果全县人民都肯吃一泡狗屎……

调研与标准

最近嘻哈接到一个邀请，说某权威机构决定，要对嘻哈所在某城市几十家大型国有企业做一项专题调研，具体调研内容是：

1. 企业老总的公司战略规划与执行；

2. 依据调研评估老总能力素质模型。

但嘻哈一听又是甩手拧头连连拒绝，各位看官，这次可不要以为又是嘻哈才疏学浅不敢接，不客气地讲一句，这点活对嘻哈来说好有一比：

饿狗吃热狗——小菜一碟！

大象驮嘻哈——轻而易举！

又不是让嘻哈与饿狗抢热狗，又不是让嘻哈驮大象，怕什么？据说调研经费还"大大的"丰厚，那为什么嘻哈不肯接？且听嘻哈慢慢道来。

此次调研显然涉及两个方面：

1. 企业老总的任职资格；

2. 企业战略的清晰程度。

既然涉及企业老总，问题是：国企老总哪儿来的？答案很清楚：任命的。什么人能被任命为国企老总？答案也很清楚。

调研既然涉及战略问题，那么何为"战略"？简单说，战略涉及一个企业远期发展规划及目标定位：五年、十年、三十、五十，直至百年老店。问题来了：中国国企老总任期几何？——

213

四年！

嘻哈曾分析过几位出事（免职、入狱）国企老总在任内的基本工作状况：

第一年：排除异己、安插亲信、否定前任、公布新政；

第二年：拉帮结派、结党营私、推行新政、孝敬上司；

第三年：扩大宣传、鼓吹业绩、公私兼顾、左右逢源；

第四年：四处钻营、预留后路、准备升迁、飞黄腾达。

问题1

四年任期，这些老总倒还真是要每天"日理万机"，但忙来忙去恐怕忙的是与自己仕途相关的事，哪有时间和精力顾及企业发展？企业不过是这些老总升官发财的"提款机"和"跳板"。

问题2

一旦前任老总调离，继任者往往会采取与前任"划清界限"的策略，否则如何分清和评价各自的功过是非？于是一切"推倒重来"。换一次老总，企业就不得不经历一次战略性、方向性的动荡，而企业本身因巨大的战略性变动及调整而付出的巨额成本有谁算过？

问题3

上级部门对这些老总的考核，也是看四年任期内的"政绩"，以此作为其仕途升迁的依据。因此，有谁会关心四年后的事情？

问题4

据国际城市建设经验表明：一个现代化的城市，大约有60%的城市基础建设费用是埋在地底下的，地面上看不见，所以许多欧美国家的城市基础设施能够经受"百年大计"的考验。而国内呢？

嘻哈进而发现国内企业有一个两难的尴尬。

国有企业

企业本身其实是遵循远期价值取向的，但企业老总由于四年任期，因此其本人行为是遵循短期价值取向的。

民营企业

老板本人是遵循远期价值取向的，但由于政策及前景的不确定，因此企业是遵循短期价值取向的。

结论

如此巨大而矛盾的价值取向反差，其作用力必然导致两种企业都搞不好！

有见及此，嘻哈告诉邀请单位，如要嘻哈调研，首先需要明确的是：

1. 评价这些国企老总是否符合任职资格的标准是按——

为官之道？

经营之道？

2. 评价这些国企老总目前所执行的战略——

是推倒重来四年之内的？

还是一以贯之百年大计的？

由此嘻哈问邀请单位：你肯让嘻哈这么干吗？

邀请单位无语。

破案与标准

上海曾经出了件新闻：某公安分局为求完成破案指标，竟雇佣社会闲散人员假扮乘客搭乘违法收费的私家车，然后把车主骗到警察预先埋伏的地点，来个"人车俱获"，于是自然是罚款了事。受骗私家车主大叫倒霉，而公安警察则"财源滚滚"。坊间称之为"钓鱼事件"。

此事在国内引起轩然大波，社会、网上一片指责。连电视台都办了专题节目讨论，各种意见自然纷纷提出，有认为是涉事公安人员素质低下的；有认为是涉事公安领导意图敛财的；有认为是涉事闲散人员吃饱了撑的；有认为总之是这些人良心大大地坏了的。

但嘻哈认为，此事其实还有另一个原因——考核标准。嘻哈想公安系统应该有两个非常重要的考核指标：

1. 破案率；

2. 发案率。

如果公安系统的考核指标是以破案率为准的，而奖金的发放也按破案率为基准计算发放，则被考核者当然就会高度关注破案率。因为破案率越高，就表示他们的工作成效越好，奖金也就自然越高。

我们不妨做个假设：假设某公安局在一个月之内连续20多天没有发生案情，请问公安人员高兴还是不高兴？嘻哈估计应该是不高兴，甚至非常着急：再这样下去，这个月的奖金可就泡汤了……

奖金泡汤那可是关乎公安人员"家计民生"的大事，非同小可。那怎么办？好办，想方设法制造案件！久而久之、推而广之，甚至会成为一种常态：公安、交通等部门会下达各项月度及年度的破案及交通处罚"指标"。于是各种各样、五花八门的"钓鱼"方法自然就会挖空心思地层出不穷。

上海"钓鱼事件"发生后，许多人认为需要大力加强各级公安人员的道德品质及素养教育。嘻哈认为，教育固然重要，但其

实问题没有如此复杂，我们试举香港及国外一些警察体系的考核
标准：

破案——以精神及荣誉奖励为主。

发案率低——升职、激励、加薪！

其考核方法：简单、简洁、有效！

因此其考核的效果——天下太平！

幸福与标准

嘻哈看到这年头国际间有一种调研统计叫"幸福指数"。有
趣的是多年来幸福指数排名最靠前的根本不是一些经济发达的大
国，而是一些不大的小国，如丹麦、芬兰、挪威、瑞典、荷兰等。

何谓"幸福"？所谓"幸福"自然是指人的一种感受。嘻哈
认为这种感受往往是相对的，因此必须有对应的参照和比对。

例如：

眼前满目鲜花、耳旁灵雀啼鸣，这种感受幸福吧！有一首诗，
非常形象地表达了这样的幸福场景："黄四娘家花满蹊，千朵万
朵压枝低。流连戏蝶时时舞，自在娇莺恰恰啼。"满足、陶醉——
多有幸福感！

而另一首诗中却有这样的描写："感时花溅泪，恨别鸟惊
心！"——花瓣上的露珠，在作者眼里成了生离死别的泪珠；而
鸟儿的啼鸣，在作者耳里感觉却像是报丧的凶声，恐怖、怪异——
令人心惊胆战！

值得深思的是：这两首诗其实出自同一人之手，只是写诗的时间、地点、处境截然不同！同样是美丽的花朵、啼鸣的鸟儿，在完全不同的时间、地点、处境下，给作者带来了完全不同的感受！

例如：

嘻哈曾经在若干年前的深秋到北京游长城，朔风凛冽，嘻哈冻得瑟瑟发抖，饿得前心贴后背，忽见一个农民工装扮的壮汉蹲在长城一角吃方包，只见此汉捧着整整一摞方包，往中间夹了大大的一段巨型火腿肠，用两手使劲一压，张开四方大口，一口下去，巨型方包上就是一个如长城垛口般的缺口……看得嘻哈目瞪口呆，这才叫吃！这才叫幸福！

反观许多富人夜夜笙歌、纸醉金迷，天天鲍参翅肚、茅台五粮液、路易十三……能不"三高"吗？那么漂亮的小姐往怀里一坐，血压能不急升吗？搞不好"啪"一下爆血管：连命都搭上，谈何幸福？

例如：

农民三十亩地一头牛、老婆孩子热炕头，日出而作、日落而息，自给自足、自得其乐，虽并不富裕，甚至贫穷，但仍不失幸福！

员工朝八晚五，甚至还要加班，无豪宅别墅，亦无锦衣玉食，处处精打细算、常常入不敷出。但靠辛苦赚钱，凭本事吃饭，也同样不失幸福！

贪官表面风光，其实如履薄冰：对上需奴颜婢膝、人格尽失。对外需处处防范、草木皆兵。虽权倾一时，家财万贯，然以权谋私、丧尽天良，"头上三尺有神明"，岂能长久？惶惶而不可终日，谈何幸福？

富商威风八面，但如为富不仁，攀附权贵、钱权交易、坑蒙拐骗、走私漏税……虽锦衣玉食、豪宅华车、挥金如土、前呼后拥，但往往怕上当、怕亏损、怕倒闭、怕露富、怕借钱、怕捐款、怕摊派、怕绑架、怕勒索、怕生病、怕短命……天天心惊胆战，即便富可敌国，而同样惶惶而不可终日，谈何幸福？

还是老话一句：平生不做亏心事，夜半不怕鬼敲门！

例如：

根据盖洛普 2005～2009 年的调研，中国的幸福指数排世界第 115 位。但还有另一个来自国内的调研却是世界第 3 位。为何有如此大的差距？认为中国幸福指数世界排名第 3 位的理由是：中国人大多数都很穷，因此有少少甜头就会感觉幸福。如按此衡量标准，那些贫穷国家岂不是排名十分靠前？

有个经典的故事：从前有座山，山里有个小酒馆，忽一日大雪纷飞，酒馆里来了三个客人：一个是当地的秀才，一个是当地的县官，一个是当地的财主。三人无所事事，于是在酒馆喝酒消遣。喝得兴起，秀才提议：喝酒不可无诗，三人连诗如何？大家都说好！于是秀才摇头晃脑先吟了第一句"大雪纷纷坠地"，县官的官位是皇帝给的，得拍拍皇帝的马屁，跟着连了第二句"正是皇家瑞气"，财主家吃穿不愁，于是连了第三句"再下三日何妨"，此时门口恰好蹲着个要饭的，大雪封山无法出门要饭，饿得前心贴后背，一听这三人的连诗，顿时气不打一处来，立即连了第四句："放狗屁！"

由此可见，观点、角度的不同，看待事物也会相差十万八千里！而所持标准不同，对同一事物判断的结论也就会南辕北辙，相差岂止十万八千里！

嘻哈诚意告诫

换位思考、度己及人；

己所不欲、勿施于人。

——善莫大焉！

嘻哈大士/著

嘻哈杂文集

（卷二）

广东旅游出版社
GUANGDONG TRAVEL & TOURISM PRESS
悦读书·悦旅行·悦享人生

中国　广州

图书在版编目（CIP）数据

嘻哈杂文集：全 2 册 / 嘻哈大士著 . —广州：
广东旅游出版社，2014.12
ISBN 978-7-80766-990-6

Ⅰ．①嘻⋯　Ⅱ．①嘻⋯　Ⅲ．①企业管理—文集
Ⅳ．① F270-53

中国版本图书馆 CIP 数据核字（2014）第 268795 号

广东旅游出版社出版发行

广州市天河区五山路 483 号华南农业大学公共管理学院 14 号楼三楼　邮编：510642
印刷：北京时代华都印刷有限公司
（地址：北京市密云县西田各庄镇西田各庄村）
广东旅游出版社图书网
www.tourpress.cn
邮购地址：广州市天河区五山路 483 号华南农业大学公共管理学院 14 号楼三楼
联系电话：020-87347994　　邮编：510642
787 毫米 ×1092 毫米　　16 开　　31.5 印张　　324 千字
2014 年 12 月第 1 版第 1 次印刷
定价：（全两册）95.00 元

目 录

嘻哈大士教育系列之一：启蒙教育

引 子 003

启蒙教育 004

生活教育 006

独生子女 009

嘻哈大士教育系列之二：家庭教育

引 子 013

榜样的作用 013

价值观的作用 017

磨炼的作用 020

花钱买难受、开眼看富贵 022

宣贯最基本的价值观 024

嘻哈大士教育系列之三：社会教育

引 子 029

社会教育 030

I

素质教育　　　　　　　　　　　　　035

平等与尊重教育　　　　　　　　　　037

嘻哈大士教育系列之四：贵族教育

引　子　　　　　　　　　　　　　　043

被误读的贵族　　　　　　　　　　　044

贵族精神的内涵　　　　　　　　　　045

什么是真正的贵族　　　　　　　　　047

贵族精神的平民化　　　　　　　　　052

贵族精神的传承　　　　　　　　　　052

嘻哈大士马场系列之一：马术

引　子　　　　　　　　　　　　　　059

人类与马　　　　　　　　　　　　　060

马的分类（汗血马）　　　　　　　　061

马术运动与马文化　　　　　　　　　066

马术运动的魅力　　　　　　　　　　069

马术运动益处小结　　　　　　　　　072

马术运动的学习与消费　　　　　　　074

国内马术运动概况　　　　　　　　　078

嘻哈大士马场系列之二：烤全羊

引　子　　　　　　　　　　　　　　085

得遇"大师"　　　　　　　　　　086

开工造炉　　　　　　　　　　　089

首秀烤羊　　　　　　　　　　　090

滑铁卢　　　　　　　　　　　　092

收拾残局　　　　　　　　　　　094

变革创新　　　　　　　　　　　095

大火锅　　　　　　　　　　　　097

教授与"狼"　　　　　　　　　　098

后　记　　　　　　　　　　　　100

嬉哈大士马场系列之三：东欧行记

引　子　　　　　　　　　　　　103

东欧感触　　　　　　　　　　　103

马术心得　　　　　　　　　　　108

嬉哈大士培训系列之一：九问《蓝海战略》

问题一　　　　　　　　　　　　118

问题二　　　　　　　　　　　　118

问题三　　　　　　　　　　　　119

问题四　　　　　　　　　　　　120

问题五　　　　　　　　　　　　120

问题六　　　　　　　　　　　　122

问题七　　　　　　　　　　　　122

问题八 124

问题九 124

本人的观点 125

嘻哈大士培训系列之二：企业如何选择管理咨询公司

管理咨询需求的产生 129

企业选择管理咨询公司的问题 130

解决问题的方法及建议 134

嘻哈大士培训系列之三：企业文化专题访谈

嘻哈大士培训系列之四：让培训回归本质

开场白 155

一问：公开课模式 156

二问：学习卡模式 158

三问："大忽悠"模式 159

四问：炒作模式 160

五问：明星模式 163

六问：造神模式 165

七问：咨询模式 167

八问：院校模式 169

九问：慈善模式 171

十问：无政府模式 172

最后的问题　　　　　　　　　　　　　　173

嘻哈大士杂文系列之一：雷州说狗

嘻哈大士杂文系列之二：保姆

嘻哈大士杂文系列之三：选择

引　子　　　　　　　　　　　　　　　195

缘起风流　　　　　　　　　　　　　　196

祸起萧墙　　　　　　　　　　　　　　197

苦口婆心　　　　　　　　　　　　　　198

各个击破　　　　　　　　　　　　　　199

人生的选择　　　　　　　　　　　　　201

选择与分析　　　　　　　　　　　　　202

嘻哈大士杂文系列之四：梦想

引　子　　　　　　　　　　　　　　　207

一个梦想　　　　　　　　　　　　　　207

又一个梦想　　　　　　　　　　　　　208

第三个梦想　　　　　　　　　　　　　209

嘻哈梦醒　　　　　　　　　　　　　　210

噩梦连连　　　　　　　　　　　　　　211

嘻哈大士杂文系列之五：祝寿歌

嘻哈大士杂文系列之六：苍蝇

引　子　　　　　　　　　　　　　　　　　219

体　育　　　　　　　　　　　　　　　　　220

贪　腐　　　　　　　　　　　　　　　　　221

贪腐与体育　　　　　　　　　　　　　　　224

嘻哈大士杂文系列之七：医院

引　子　　　　　　　　　　　　　　　　　229

挂　号　　　　　　　　　　　　　　　　　230

买　药　　　　　　　　　　　　　　　　　231

乱　象　　　　　　　　　　　　　　　　　232

出　路　　　　　　　　　　　　　　　　　236

嘻哈大士杂文系列之八：泡沫

引　子　　　　　　　　　　　　　　　　　241

住　房　　　　　　　　　　　　　　　　　242

商品房　　　　　　　　　　　　　　　　　243

炒　房　　　　　　　　　　　　　　　　　244

蝴蝶效应　　　　　　　　　　　　　　　　245

泡　沫　　　　　　　　　　　　　　　　　245

嘻哈大士杂文系列之九：逻辑

故事一　　　　　　　　　　　　　　250

故事二　　　　　　　　　　　　　　251

故事三　　　　　　　　　　　　　　252

故事四（著名逻辑推理题中国版）　　253

嘻哈大士

教育系列之一：启蒙教育

从前有座山，山里有个庙，庙里有个嘻哈老头讲故事。讲什么故事呢？就讲个"启蒙教育"的故事吧……

引 子

《三字经》开篇就是"人之初，性本善"，但有人质疑这个观点，说应该是"人之初，性本恶"。于是就有了两种观点：一种叫"本善论"，一种叫"本恶论"。两种观点各持己见、争论不休，至今也没有争论出结果。

嘻哈认为两种观点似乎都有问题，都不能自圆其说。说性本善，比如一个婴儿出生，妈妈饿得前胸贴后背，没有一滴奶，这个婴儿会不会因为"性本善"，就不吃奶了，跟妈妈一起挨饿？不会！他饿了就要吃。所以，不存在性本善。

但说他性本恶，他恶在哪里？小孩生下来就往死里咬他妈、踹他爹，满脑子坑蒙拐骗、贪污腐败，就想着胡作非为、杀人放火？肯定也不会。

这两种观点似乎都过于偏激，嘻哈认为应该是"人之初，性本能"。小孩子出生唯一的反应就是靠本能，饿了就要吃，冷了就往妈妈怀里钻，就这么简单。你把一个小孩和猪搁一块，他就像猪；跟狼搁在一块，他就像狼。所以，人性无论向善或向恶，都是后天的教育以及社会环境影响所致。正因此，后天的教育和社会环境的影响对人性的形成至关重要！

教育既然如此重要，但嘻哈感觉近几十年来，中国的教育体系恐怕是出了大问题。国内许多家庭几乎从女士怀孕开始就出问题，到孩子出生后问题更多，再到小学、中学、大学乃至进入社会后的一系列社会教育恐怕更是问题百出。什么问题？且听嘻哈道来。

启蒙教育

一个国家和民族的教育系统自然包括非常重要的家庭教育。有人说近几十年来我们中国人不重视教育，恐怕不是这么回事。嘻哈认为几乎所有的中国家庭都非常重视教育，尤其是一些有一定资产的家族企业，更加关注对下一代的教育。正是由于我们对待教育非常认真、专注、系统、全面，所以，我们教育的成效也是非常卓著的。

但问题的关键是中国很多家庭，尤其是一些生活条件优渥的家庭，往往遵循的是一种培养败家子的教育方式，同时又极度希望自己的孩子成龙成凤，这真是一个极大的讽刺！有一句老话叫："种瓜得瓜，种豆得豆。"如果你是用教育败家子的方法教育子女，培养出来的当然就是败家子，结果与期望也就必然南辕北辙。

人生三部曲：生、养、育。对很多家庭来讲，生和养一个孩子并不是最难的，最难的是如何培养和教育孩子。现在很多家庭几乎从小孩子一生下来就开始犯错误。

例如：很多人生孩子后怕影响自己的身材，于是不喂母乳喂牛奶，其实哺喂母乳非常重要，否则孩子很多免疫力就不能够从母亲身上获取，必然对孩子今后的发育成长造成影响。

例如：对于初生的孩子，母亲不应该整天抱着，偶尔或喂奶时抱抱，大部分时间要让他在床上独立睡觉。如果老抱着，他就觉得抱是正常的，只要一放下来就哭。小孩一哭我们就顺从，哭闹最终变成了孩子的武器，家长也往往被累得够呛。

一次几个小孩来嘻哈家玩，看见玩具及零食就抢，争抢中"我的""我的""我的""不给你""不可以给你""我的"……争吵声不绝于耳，最后开始动手，于是又哭又闹，乱成一锅粥。

这些孩子显然不知道什么叫谦让、什么叫分享、什么叫礼貌、什么叫合作，甚至别人的东西他都认为就应该是他的，谁惯的？不怪孩子，平时各自父母惯的！这样的孩子长大后会有健康的性格吗？很难。

要培养孩子勇敢、大方、活泼、勤奋、节俭、谦让、安贫、知足……这些好性格，必须从小就开始实施正确良好的教育，灌输正确的价值观。我们的老祖宗有一句话叫"三岁定终身"，是非常有道理的。

若干年前，嘻哈母亲要到澳大利亚定居，临走时给嘻哈一包东西，说："这是你从托儿所、幼儿园到小学、中学的一些文件、资料、评语等等。我就不带到澳大利亚了，交给你吧。"

母亲走后晚上没事，嘻哈把这个包打开看，里面有些发黄资料，看着看着看得嘻哈冷汗都出来了，为什么？嘻哈发现在托儿所、幼儿园时阿姨给小嘻哈写的评语，优点、缺点、性格、将来向哪个方向发展会比较符合小嘻哈的特长……几乎与今天的嘻哈一模一样，准得不得了，真的是"三岁定终身"！

正因此，如果我们等到孩子长大，思想定型，再去教育他，恐怕为时已晚，黄花菜早都凉了！所以，通过教育，从小培养良好的性格习惯非常重要。平时听之任之、放纵娇惯，却希望孩子今后成龙成凤，这是根本不可能的。

生活教育

为了使孩子能够适应社会和生活，就应该在适当的时间，用适当的方法，教育孩子具备和提高适应社会、适应生活的能力，这对孩子的成长及未来极为重要。

嘻哈大约 10 岁时，有一次母亲对小嘻哈说："你拿 20 元钱，坐长途汽车到××地方（约 50 公里外），找一个姓李的叔叔，把 20 元钱交给他，然后拿一包东西回来。" 50 年前的 20 元，相当于一个大人半个月的工资，让一个 10 岁的小孩拿着，一个人坐车到几十公里外办差，谈何容易。

小嘻哈最终完成了任务，得到母亲的赞扬和奖励。很长时间后，小嘻哈才知道当他前脚出去时，母亲就派了个人暗中跟着。但任务是小嘻哈独立完成的，并不知道有人跟着。

还有一次，母亲回老家故意不带嘻哈，却把二十几只兔子、十几只鸡留给小嘻哈照顾。小嘻哈就与这些兔子和鸡共同生活了二十多天，每天不但要设法填饱自己的肚子，还要填饱这些兔子和鸡的肚子。嘻哈从小就是在这样一系列看似普通的锻炼下，培养了独立自主的性格，才能更加适应今天的社会。

还有，小孩哭闹很正常，但经常过多哭闹就不正常了。为什么现在的小孩，尤其是城市里的小孩非常会哭会闹？因为哭闹就能得逞。小孩子其实并不傻，他们往往会依靠本能试探大人的底线，如果一次从哭闹中得逞，他们就一定会再次充分利用这个行之有效的"武器"，干吗不哭，傻呀？

嘻哈小时候与很多小孩一样，一旦想要的东西得不到就会又哭又闹。而只要哭闹，嘻哈母亲不打也不骂，把小嘻哈放到一个高凳子上，只说一个字：哭！扭头不再理小嘻哈。小嘻哈自然大哭，但很快就发现费劲出力哭闹半点用处都没有，于是自然停止再做这种"无用功"。因此，嘻哈很小的时候就停止哭闹了。

嘻哈亲戚家的孩子在家里总是哭闹，但他一到嘻哈的马术俱乐部就从不哭闹。他父母感到很奇怪，问嘻哈："怎么孩子在这儿不哭，在家就哭呢？"嘻哈告知："非常简单，在家里你惯着他，哭就有用。在这我不惯他，哭也白哭，他又不傻，自然就不哭了。"

然而现在许多家庭对孩子的教育恰恰相反，对孩子的一些无理要求或行为有求必应、娇惯纵容。嘻哈多次看到一些家庭主妇或保姆为了让孩子吃一口饭，从家里追到门外、从门外追到电梯、从电梯追到大堂、从大堂追到花园……然而这些孩子却一个个黄皮寡瘦，一副营养不良的样子。

CCTV财经频道播放一个美国的节目叫《超级保姆》，嘻哈认为这个节目超级不错。这个节目讲的是一些不善教育孩子的家庭，把孩子惯得一塌糊涂，于是家翻宅乱，不得不请超级保姆出马，超级保姆一去，很快就会让这些闹翻天的孩子平静、听话、守规矩，把最调皮的孩子教育得服服帖帖，真是神了。

其实这些超级保姆的方法并不复杂，不打不骂，诀窍就是：理性引导、以身作则、坚守原则、绝不娇惯、及时鼓励、适当处罚、鼓励竞争、强调合作、平等相待、凸显爱心。

嘻哈家有两条狗，嘻哈婆非常宠爱，每顿饭除狗粮外还必须有肉。结果大狗每次都是挑完狗盆里的肉，狗粮全部剩下不吃，两只狗眼眨巴眨巴瞪着嘻哈婆，意思很简单：再给肉吃！小狗更离谱，吃饭必须从嘻哈婆手心里吃，狗盆里的不吃。嘻哈多次干预都引起嘻哈婆的抗议。一次嘻哈婆外出几天，千叮嘱万吩咐嘻哈一定要照顾好这两条宝贝狗，嘻哈自然是满口答应。

嘻哈婆一走，嘻哈就连续饿了两条狗整整三天，三天后两条狗见到狗粮就抢，什么毛病都没了。嘻哈婆回来后看到大惊，问嘻哈用什么方法令这两条宝贝狗如此吃饭听话，并质问嘻哈是否虐待了这两个宝贝。嘻哈自然矢口否认，并告诉嘻哈婆：嘻哈对这两条狗做了三天三夜认真的教育，内容涉及狗的传统、文化、思想、哲学……经过呕心沥血、苦口婆心的规劝及引导，它们终于深明大义、幡然醒悟、痛改前非、重新做狗。

独生子女

国内执行了很多年的独生子女政策，即一个家庭一个孩子。独生子女政策执行到今天，我们可能无法简单地评判这个政策的功过对错。

独生子女政策所带来的负面效果是：我们没有了兄弟姐妹，长大了没有妯娌、姑表、叔伯亲戚。在这样的环境下，独生子女往往严重欠缺沟通能力、协调能力，没有长幼概念，不懂得取舍进退、团结合作，缺乏判断力，也不懂权衡平衡……这些在社会上生存的基本能力往往都不具备。

独生子女在家里有父母宠着，爷爷奶奶、外公外婆惯着，所以他是老大。在这种优越的条件下，往往会严重缺乏吃苦、耐劳、坚毅、忍耐、承受委屈……这些进入社会后不可或缺的基本素质，一旦走向社会，就没有办法适应社会中残酷而充满激烈的竞争。娇生惯养，难以生存，这是一个普遍的现象。

比如，古时候讲"孔融让梨"，现在你要他让给谁？都是我的，没什么可让的。"司马光砸缸"，现在的孩子就会想：这缸谁家的？你家的？砸了要不要赔？要赔就不砸！我家的？谁砸谁赔！至于"卧冰求鲤"，简直是天方夜谭！

我们小时候打架，马上就想到找兄弟姐妹帮忙一致对外。现在就一个孩子，他找谁去？所以进不知道怎么进，退也不知道怎么退，团结也不知道团结谁，就是孤家寡人一个，甚至性格孤僻、怪诞。

嘻哈亲戚家有个小男孩，从小娇惯得不得了。有一次嘻哈请客吃饭，十几人坐了一大桌，菜端上来后，嘻哈婆开始给大家分菜，分菜的规矩是应该先分给长辈，再分给女士……最后才是小孩子。分到一半，这个亲戚家的小孩开始大吵大闹，他对嘻哈婆说："你怎么把菜都分到他们的盘子里，为什么不先给我？"

显然，这个小孩在家里一定是最好的东西先给他，他已经习惯了这样的待遇。所以外出吃饭时，这个小孩完全不能理解正确的分菜方式，他理所当然地认为应该先给他。

能怪这个小孩吗？当然不能，因为始作俑者是他的父母。所有好吃的都往他碗里送，所有好吃的都往他嘴里塞，用这种方法培养出来的孩子先天自私，同时先天懦弱，只要受到委屈和冤枉，可能连活下去的勇气都没有，谈何成龙成凤，谈何适应社会，谈何成为栋梁之材？

嘻哈强调——

教育：种瓜得瓜、种豆得豆！

教育：舍得！舍得！还是舍得！

嘻哈大士

教育系列之二：家庭教育

从前有座山，山里有个庙，庙里有个嘻哈老头讲故事。讲什么故事呢？就讲个"家庭教育"的故事吧……

引 子

《三字经》说"养不教，父之过。"嘻哈认为有所偏颇，养不教，与当爹的相关，难道与当妈的不相干？嘻哈想大概这是中国古时候的规矩，教育孩子是老爷儿们的事，而"女子无才便是德"，女子既已无才，如何教育孩子？但到了今天的社会，提倡男女平等，此论显然不妥，因此应该改一个字："养不教，父母过。"

但无论由谁来教育孩子，都可见家庭教育的重要性。然而近几十年来，国内除了幼儿教育有问题之外，家庭教育也出了不小的问题。什么问题？再听嘻哈道来。

榜样的作用

榜样的力量是非常巨大的，也是非常重要的。一个孩子在人生中的第一个榜样就是父母，父母的言行将直接影响孩子的一生。问题是，现在中国的许多父母会给自己的孩子树立什么榜样？

嘻哈认为，榜样的第二个渠道就是孩子平时能够接触的人群，例如，家里的亲戚、学校的老师，所处社区的哥哥姐姐、叔叔阿姨、爷爷奶奶……至于社会上经常不遗余力宣传的一些英雄人物，高大、完美，不食人间烟火，简直就不是凡人，嘻哈反而觉得不太现实，有点遥不可及，因此未必有用。

嘻哈曾经认识一位德国朋友，问了他一个问题："你们德国人有点死心眼，比如三更半夜开车回家，见到红灯就停下来，白天这样做可以理解，三更半夜一个人没有、一辆车没有，也不像我们中国路上安了很多监控摄像头，为什么不闯过去？"

德国朋友告诉嘻哈两个见了红灯要停的理由："第一，每一个人都应自觉地遵守各种游戏规则，当然包括交通规则。第二，半夜三更开车回家，很可能是因为与子女一起参加了一些活动或派对，为人父母应该给子女做出最好的榜样和表率。因此，为了我们的下一代，我们不能闯红灯。"

第一个理由很正常，第二个理由则让嘻哈震撼！为什么？许多中国的父母是否会有这样的价值观？恐怕恰恰相反，见红灯就闯，并且告诉孩子："没关系，公安局、交通局是我家开的！""我爸是李刚"更是近年来国内非常经典的狂言。

嘻哈想，如果我们为人父母者一代又一代都用这样的方式和价值观去教育孩子，我们的民族将来会变成什么样子？或者说，我们的民族还会有将来吗？

　　还有一个现象在今天的社会非常普遍。许多父母往往当着孩子的面吵架甚至动手打架，当着孩子的面斥责老人、与老人顶撞。嘻哈曾告诫一对年轻夫妻："你们今天当着孩子的面吵架、打架，并且责骂你们双方的父母，你们的孩子看在眼里，将来就很可能对婚姻及家庭生活产生逆反及恐惧，同时会有样学样，也不会尊重老人。今天你们父母受你们的气，将来他们就是你们的样板，你们将来就得受孩子的气。你们今天孝顺父母，将来你们的子女也会孝顺你们。今日大不敬，来日无人敬；一报还一报，因果必不爽；不是天不报，时候还未到。"

　　任何人都不应该在子女面前去做一些不孝顺的事，即使这件事你很有道理，也应该在子女不在的情况下与长辈说清楚，更何况一家人，尤其是在长辈老人面前，在很多情况下没啥道理可讲，孝顺本来就不是讲道理的事情，很多人并不明白。

　　中国还有一句话叫"男孩子要穷养，女孩子要富养"，嘻哈认为很有道理。男孩要穷养，可以培养他吃苦耐劳的性格；女孩要富养，女孩子要开眼，以免少见多怪，产生娇骄二气。

　　一些家长每月会给孩子零花钱，有给几百元的，有给几千元的，有的完全没有节制，孩子要多少给多少。嘻哈认为给孩子零花钱没有问题，但需要有个控制，更重要的是要有积极的指引，这样不但能够培养孩子节俭的好习惯，还能培养孩子塑造良好的性格，树立正确的价值观。

　　例如，假设你一个月给孩子100元、1000元零花钱，没问题，但一定要过问孩子这钱他都怎么花了。如果是他一个人独吞花光了，下个月就适当减少；如果是与别人分享了，下个月就可以继续给。目的是鼓励孩子从小学习分享，避免养成自私自利的性格。如果是帮助了有困难的同学或贫困人群，就更加应该鼓励，下个月再多给一些。这样他的良好行为一旦受到肯定和鼓励，就会更加积极地继续去做类似的事情，良善之心由此产生，慈善之举得以培养。

许多家庭的父母会给小孩子过生日。嘻哈认为孩子过生日家长大可不必瞎操心包办代替，吃奶的孩子啥都不懂，嘻哈认为实在不必过生日、过满月，那只是父母的虚荣心，与孩子根本无关。

只要孩子稍稍懂事，嘻哈建议应该让小孩自己策划自己的生日聚会，自己设计请柬，发请柬请小朋友，自己选择地方，自己决定买什么东西，自己决定有什么节目……嘻哈保证孩子会开心得不得了。家长只是起辅助作用，让孩子自己考虑家里有多大、能坐多少小朋友、要做多少吃的、要买多少饮料、准备给小朋友的小礼物、怎样把他们接过来再送回去……通过这样的策划，小孩子一定会因为强烈的成就感而非常高兴，同时能够提升他的综合能力和素质。

还有，如果家里长辈在做慈善工作，嘻哈建议尽量带着孩子共同参与。爸爸捐了10万元，小孩能不能捐500元或者100元？哪怕是几元、十几元的压岁钱？从小给孩子熟悉这样的环境和氛围，从而培养孩子正能量的性格、素质、价值观。

嘻哈的母亲出生于一个传统的大家族家庭。而嘻哈则与家人经历了粮食物资匮乏的年代。

当年嘻哈是个小孩，家里经常缺粮食，饿得前胸贴后背。一次，嘻哈和妹妹到野地里挖了一筐野菜，母亲弄到一点面粉，然后与野菜掺和在一起做了一些野菜饼。母亲一边烙野菜饼，一边用很平静的语气对小嘻哈说："去把邻居家的叔叔阿姨叫来，今天晚上有野菜饼吃。"

就在吃了上顿都不知道下顿在哪的恶劣环境下，嘻哈的母亲用行动给嘻哈灌输了有东西不能独吞一定要和大家分享的规矩。这样的气度和品质与生俱来，装不出来。这是嘻哈从小受到的教育，并且影响了嘻哈的一生。

今天嘻哈家有保姆，也有司机助理，但嘻哈的孩子回到家里，嘻哈要求他们必须自己洗衣服、自己拿碗筷洗碗筷、帮助做家务、出门坐公共交通工具，不许保姆和司机服侍他们。嘻哈的理由是：因为嘻哈多年的工作和努力，才有能力和需要获取今天的享受和待遇，你们没有足够的阅历和经济条件，因此不能顺理成章地享受我的待遇。要想得到这一切，很简单——自己努力！

价值观的作用

嘻哈曾经说过，一个人可以没有信仰，但绝对不可以丧失起码的价值观，否则便不如畜生，因为畜生都是有其价值观的。但中国改革开放以来，我们的价值观在各种诱惑面前遇到了前所未有的冲击与挑战。于是便应了近年来的一句话："有些人穷得除了钱，什么都没有了！"

什么是贫穷

有一位富人想告诉他的儿子什么叫贫穷，于是就把儿子送到乡下一个穷亲戚家里去，让其体验贫困的生活。儿子在穷亲戚家里住了一段时间，他去接儿子回家。在回城里的路上，他在车里问儿子："这些天你觉得怎么样？"儿子说："挺好的。"他接着问："乡下跟我们家有什么区别，你这些天看到他们家和我们家有哪些区别？"

儿子说："我们家有一条狗，他们家有四条狗。

"我们家有一个游泳池，里面是经过处理的水，他们家有一个大池塘，里面游着各种各样的鱼。

"我们家花园里有电灯，他们家院子里有星星和月亮。

"我们家的花园走到围墙就没了，他们家的院子到天边都没有尽头。

"我们听 CD，他们听小鸟叫，听青蛙叫，听各种各样动物的音乐会。当他们在田里干活的时候，所有这些美妙的音乐都随时随地地伴随着他们。

"我们买饭吃，人家做饭吃。我们用微波炉做饭，但是他们做出来的柴火饭比我们的饭要好吃得多。

"我们家四周都是围墙，他们家所有的门都是开着的，永远在迎接客人和朋友的到来。

"我们的生活与电话、电脑和电视紧密相连，他们的生活和蓝天、碧水、绿草、树荫，和一个一个家庭紧密相连。"

富人对儿子的观点感到非常吃惊！

最后，儿子总结说："谢谢爸爸，你把我送到乡下，让我真正看到了我们有多么的贫穷，我们一天比一天更贫穷，因为我们已经感受不到上帝为我们创造的大自然，我们每天想的都是拥有，以及更多的拥有，我们从来没有想过存在和奉献。"

不知各位看了这个故事做何感想？我们通常让孩子到乡下去体验生活，是让他体验乡下有多贫穷，然后明白我们现在有多富有，让孩子懂得什么叫知足。但这个故事中的孩子却看到自己家穷得除了钱什么都没有了！这与我们国内许多暴发户家庭的情况是否十分相似？

我们可以继续从《什么是贫穷》这个故事中孩子的眼睛来看问题：

他们分享成果与快乐，我们贪婪自私；

他们守望相助，我们与邻居不相往来；

他们敬畏自然、索取有度、保护有加，我们妄想胜天、破坏自然、杀戮动物；

他们知足常乐、与世无争、大气大量、非常幸福满足，我们贪得无厌、患得患失、自私小气、惶惶不可终日。

嘻哈在农村生活过很长时间，农村里家家都门前种菜。如果你夸谁家的菜种得好，他们会非常开心，一定会拔一大堆菜送给你。我们在城市里买菜要讲价，临走还要拐根葱。

嘻哈在农村时到任何人家里吃饭，他们唯恐招待不周，淳朴的农民虽然物质匮乏，但是精神富足，因此延年益寿。我们往往物质富足，但精神匮乏，整天患得患失、忧心忡忡，如何能够长寿？真正长寿的人，都在相对贫穷的农村山区，而且文化不高、思想简单。

改革开放以来，已经有多少家财万贯的企业家年纪轻轻就见了上帝，辛辛苦苦经营企业，结果连命都搭上，图啥？与山区、农村和淳朴的农民相比，到底谁穷，谁幸福？

磨炼的作用

俗话说："吃得苦中苦，方为人上人。"嘻哈想，做什么人上人倒未必需要，但一个人从小吃点儿苦，经受一些磨炼，却是非常必要的，对其一生都会起到巨大的作用。但很可惜，随着国内经济的发展，人们的生活条件在逐步改善，甚至有了极大的改善。再加上国内独生子女的政策，许多家庭对子女吃苦耐劳的教育和锻炼往往每况愈下，甚至糟糕透顶。

嘻哈是一个非常喜欢马术运动的人，有一个马术俱乐部，每到节假日就会有很多游客来骑马，游客当中会有一些小孩。若干年前，一个小孩来骑马，不慎从马上掉下来，小孩家长反应激烈，不顾一切地跑向小孩，浑身上下摸个遍，心肝宝贝叫不停，小孩本来没什么，让家长这么一弄反倒吓坏了。然后家长就气急败坏地跟马场的工作人员拼命，那架势好像恨不得把那匹马宰了、把人剁了，怎么劝解、赔礼道歉都没用。

嘻哈实在无奈。马术运动在全世界非常普及，尤其是一些发达国家和地区，学习马术有一个很重要的程序就是首先要学会堕马，也就是学会掉下来。另外，不管是无意还是有意，只要从马上掉下来，胳膊、腿没问题，就会被要求重新爬上马背。

重新爬上去有两个作用：第一，为了告诉这匹马不可以把人甩下来，甩下来也没用，人还会再上来的；第二，告诉这个掉下来的人不必害怕，堕马很正常，必须克服恐惧征服骏马。这是马行里一个很重要、也很有效的规矩，更何况正规的马术俱乐部跑道上铺有几十厘米厚的沙子，即便从马上掉下来也只是摔个屁股蹲儿。

但是，在这个案例中，小孩从马上掉下来，家长的感觉就像天塌了一样，杀人的心都有，实在没有必要。小孩也被吓得哇哇大哭，以为这是很大的事情，很可能这辈子再也不肯上马。可见现在小孩的承受力有多差，一点儿委屈都受不了，一点儿苦都吃不得。

现在的年轻人多数是独生子女，因此适应社会的能力很差，在家里面肆无忌惮，到了学校已感到困惑，一旦走向社会，就完全茫然了。

他们往往吃不得苦，受不得委屈。因此往往想不通：在家里我是小皇帝，无论是谁都顺着我，怎么现在你们都不顺着我？为什么领导要批评我？为什么主管要指责我？为什么同事要欺负我？为什么要干活？为什么要上班？受不了！受不了怎么办？不活了，直接跳楼死给你看！

可以做一个实验：你随便找人用各种办法来劝嘻哈跳楼，看看能不能成功。嘻哈想劝到最后你跳下去了嘻哈都不会下去。信不信？因为嘻哈有足够的承受力，不可能想不开。为什么现在年轻人会如此脆弱、如此的没有承受力？这与我们的教育有关，与时代大环境也有关。

嘻哈认为，不要把教育看得有多复杂、高深。我们不一定从小就让孩子背《诗经》、唐诗、宋词；不一定急于要孩子学习钢琴、小提琴、芭蕾；不一定急于要孩子学习奥数、物理、化学、英文……但我们必须从小就给孩子最朴素、最简单、最有效的教育，同时营造纯洁清新的环境。孟母三迁，不就是因为环境问题吗？

教育其实很简单，父母以身作则，从小培养孩子养成良好的生活习惯；学校承担责任，提供不同层次的知识及品德教育，使我们的学生能够成为真正的"学生"而不是"考生"；大家共同努力，营造良好的社会环境，使年轻人逐渐懂得最基本的价值观——足矣！

花钱买难受、开眼看富贵

环境的影响对孩子的教育至关重要，例如我们所居住的国家、城市、社区、学校，以及孩子所经常接触的人群，等等。因此，我们必须高度重视对环境的判断及选择。我们所处的环境可能未必理想，必要时我们甚至要以一定的代价来换取相对清洁的社会环境。

一个非常现实的事实是：在今天的社会环境，我们的孩子已经不可能再去经历父辈的苦难和艰辛，而艰难困苦的磨炼又是一个人成长极为重要的经历。怎么办？嘻哈建议每一个家庭可以考虑创造两条教育途径——

一是：花钱买难受；

二是：开眼看富贵。

花钱买，买什么？买磨炼、买难受！必要时为孩子花钱购买一些特殊的训练，让孩子多去参与一些社会实践，访贫问苦、慈善资助、励志教育，等等，组织一些他们力所能及的活动，告诉他们一定要和别的朋友一起分享物质、分享快乐。

购买难受和磨炼的关键不在于小孩而在于父母，我们要秉承舍得法则。例如魔鬼训练，特殊训练营，武术、登山、攀岩、野营、驴游，单车……多让他们参加这样的活动，以得到磨炼。也包括进入贫困地区参与慈善捐献、赈灾……很多活动都需要付出艰苦的代价，关键是作为家长是不是舍得让孩子去经受这样的锻炼！

开眼看，看什么？所谓"开眼看富贵"，通常少见才会多怪。如果让你的孩子接触社会中一些正能量的高端活动和享受，比如，马术、私人飞机、游艇、高尔夫……如果这些活动档次过高，那么音乐、舞蹈、礼仪、西餐、红酒……总可以吧？让孩子去接触、感知和享受健康而正常的物质生活，能够有效帮助他们学会判断，见多识广才不会少见多怪，知道什么是健康的物质生活，从而保持积极的心态。

说明：对一些高端的物质生活，如马术、飞机、游艇、高尔夫，等等，拥有和接触是两个不同的概念，拥有可能需要具备很高的经济条件，但接触则不需要太高的条件，因此并不是太困难。

任何家庭无论经济条件有多优渥，都要在家庭内部尽量创造良好的环境。例如，在家里杜绝奢侈和豪华，取消孩子特殊的待遇，严禁孩子和别人攀比，尽可能培养孩子独立思考的能力、集体生活的能力。

英国有一家名列世界 500 强的企业叫百安居。百安居是一家家装建材公司，其最大的特色是提供所有装修材料，同时提供家庭装修指导，也就是让你回去自己动手干。这种经营方式非常符合欧美国家的社会价值观，所以很受欢迎。但非常遗憾的是，百安居进入中国市场后，这种经营方法却完全行不通。

时至今日，国内许多人并不习惯自己动手，而传统文化的价值观又会使人认为自己动手是一件没面子的事，只要自己有钱、有地位，就应该花钱或动用权力让别人干。在欧美国家，几乎每户居民家里都有车库，车库里通常有许多工具，家里修修补补的活儿都是自己动手，而我们是什么都不肯自己动手。

宣贯最基本的价值观

一个人的价值观将左右其对自身，以及对社会所有事物的判断及抉择，影响其一生，因此极为重要。我们必须从小培养和引导孩子建立正确的价值观。但一个人年轻时由于缺乏足够的判断力和社会经验，很难独立靠自己树立正确的人生观和价值观，因此，家长对孩子价值观的引导就至关重要，甚至会决定孩子的未来命运。

另外，年轻人往往还会经历叛逆期，再加上复杂的社会环境影响，帮助孩子建立正确价值观就会更加困难。如果靠强硬的说教去灌输，或者靠责备打骂来制服，往往收效甚微，甚至适得其反。所以，教育与治水一样，到底应该是堵还是疏，以及如何掌握火候分寸，是需要家长高度关注、慎之又慎的。

从小向孩子宣贯最基本的价值观，必须尽早行动。对于有足够经济能力的家庭，嘻哈具体的建议是：

在交通方面，可以让孩子坐公交车、校车，或骑自行车、滑板，甚至让他步行上学。即便家里有轿车，也最好不要让孩子经常坐。

在住宿方面，尽可能地让孩子寄宿学校以使他能够自理生活。如果孩子出国读书，不要陪读，不要专为孩子读书买房子买车。

在生活上，给他们固定的开支，让他们学会节约，树立健康的标杆，去健康地攀比，杜绝特殊和奢侈的攀比。

在锻炼方面，让孩子参加魔鬼训练、体育训练、劳动训练、工作训练，等等。

在慈善方面，让孩子参与小型公益、慈善活动，自己组建生日会或者给经济困难的同学筹备生日会。

再比如，可以要求孩子自己销售物品赚钱，比如家族企业生产的产品，比如他（她）自己做的几个盒饭，都可以。鼓励孩子尝试赚到人生的第一笔钱，同时感受父母工作及创业的艰辛。

如果你的孩子不能从小获得正确的教育，树立正确的价值观，从而养成良好的性格习惯，那么将来让你的孩子能够成龙成凤，成为优秀的栋梁人才也是不可能的，就这么简单。

嘻哈再次强调——

教育：种瓜得瓜、种豆得豆！

教育：舍得！舍得！还是舍得！

嘻哈大士

教育系列之三：社会教育

学为人师　行为世范

从前有座山，山里有个庙，庙里有个嘻哈老头讲故事。讲什么故事呢？就讲个"社会教育"的故事吧……

引　子

《三字经》中"昔孟母，择邻处，子不学，断机杼"说的是社会环境对孩子教育的重要性，可见社会环境的好坏，对人的影响是非常大的。社会环境良好，即便是有一些问题的"问题青年"，也往往会受环境的影响而逐渐改善，走向正途。反之，社会环境不好，即便是没有问题的青少年，也往往会受环境的影响而逐渐学坏。

然而很不幸，近年来，国内经济环境虽然发生了天翻地覆的改善，令全世界刮目相看，但社会环境发现又如何呢？还是听嘻哈慢慢道来。

社会教育

提起社会教育，首当其冲、责无旁贷的机构当然就是学校，从托儿所、幼儿园，直至小学、中学和大学。然而嘻哈认为，国内这些从低到高的学校体系恐怕通通都有问题。

托儿所、幼儿园

先说全国各地的托儿所、幼儿园。嘻哈认为，目前国内多数托儿所、幼儿园大致可分为两类，一类嘻哈把它称为"猪崽级"，条件简陋，收费低廉，但这些托儿所、幼儿园充其量只能认为是"婴幼儿饲养寄存场"，跟管小猪仔差不多，只管孩子的吃喝拉撒，甚至连吃喝拉撒都未必能够管好。另一类嘻哈把它称为"熊猫级"，超豪华、高收费，对于寻常百姓家庭来说，根本就遥不可及。

其实还有第三类，嘻哈不得不把它称为"野崽级"，那就是更多的农村、山区及父母出外打工的留守婴幼儿童。这些孩子根本不知道什么叫托儿所、幼儿园，自生自养，听天由命，与山野荒原中的野狼崽子差不多，人生中非常重要的婴幼儿教育完全是个空白。

小学

再说说国内的小学，这恐怕又是中国之国殇，我们似乎从来就没有真正重视过极为重要的小学教育。泱泱中华，地广人多，尤其在贫困的农村及山区，往往极度缺乏合格规范的小学，更加极度缺乏的是小学师资。

嘻哈曾经听说一个事例，说国内某知名人士到一个山区小学探访，期间旁听了该校一个老师讲课，课程中提到"飞机"，有学生问："坐飞机坐在飞机的什么地方。"这个老师犹豫片刻，回答学生说："坐在飞机的翅膀上。"旁听的人非常吃惊和感慨，显然，这个老师从来没有见过飞机，更没有坐过飞机。

大量本身就严重缺乏基础教育和基础知识的人，却在承担中国社会基础教育的重任。同时这些所谓的"老师"待遇低得难以想象，社会地位更是低得无以复加，而连这些根本就不够资格的、极为可怜的老师也严重缺乏，如何能够搞好中国的基础教育？

嘻哈百思不得其解，我们已经如此富有和强大，中国目前已经成为世界第二大经济体，甚至很快还会超越美国，为什么国内的基础教育却如此贫瘠？

中学

再说说国内的中学，中学教育承上启下，正是一个人一生中接受教育、获取知识、培养素质、建立价值观等最重要的阶段，当然至关重要。然而中国的中学教育恐怕也同样是问题百出。

嘻哈的朋友告诉嘻哈一件有趣的事。在学校读书时，同学们往往会按学习成绩分成若干个阵营，一般是学习成绩最好的"尖子"是一帮，人数往往很少，非常吃香而高傲；学习成绩差的"痞子"是一帮，人数稍多，在学校地位低下，最不受待见；学习成绩不上不下的"混混"是一帮，人数最多，在学校地位不高，通常没人关注。

朋友说，不知是谁心血来潮，想趁母校校庆，召集同班同学搞一次聚会。于是广发"江湖令"，结果还真有不少同学欣然赴会，但在聚会中同学们相互介绍各自近况时，却发生了尴尬的一幕。

原来当年在学校学习成绩最好的一帮，大多在当公务员，日子混得不咸不淡。而当年在学校学习成绩最差的一帮，大多在当老板，日子混得风生水起。嘻哈的朋友就属此类。结果当年傲视同群、高高在上的一帮"尖子"同学显得非常尴尬和没有底气，而当年的一帮"痞子"同学则意气风发、挥斥方遒，甚至拍胸脯说要帮帮那些"尖子"同学摆脱困境。至于当年那帮成绩不上不下的"混混"，也有不少日子混得比"尖子"们强。

嘻哈在想，大概这还不仅仅是这些"尖子"同学的尴尬，而是现在国内学校教育体系的问题和尴尬。学生在学校所学知识与社会脱节，在学校的所有时间和精力几乎都在穷于应付各种各样、五花八门的考试，莘莘学子实际上已经沦为"考生"而非学生。一旦走向社会，学校所学知识往往百无一用，在学校学习成绩越好的，往往就越是"读傻了"，综合素质欠缺，适应能力极差。

中国过去有句老话说："少壮不努力，老大徒伤悲！"嘻哈认为这句话在今天要稍作修改："少壮努错力，老大徒伤悲！"因为现在的青少年在学校已经非常努力了，但盲目学习、盲目努力，往往事倍功半，甚至适得其反。

大学

再来说说国内的大学，代表了一个民族社会教育最高级别的机构是高等学府。各类学校，尤其是高等学府，必须担当起一个国家和民族社会教育的重任。但是，今天国内的一些知名学府是否能够担当如此重任呢？

在今天的中国，万千莘莘学子往往削尖脑袋考名校，而所谓"名校"全国也只有区区几所。至于专科技术学校，则是代表了学习成绩不佳的二三流学生的归宿，这些学校毕业的学生到了社会也不受待见，找不到好工作，更没有理想的收入。

反观国外，以德国为例。假如某学生考到某技术学校，往往代表了这个学生学习成绩优异，会受到很多人羡慕，毕业后走上社会，其工作和待遇也往往会比综合学校毕业的学生要好、要高。嘻哈在想，一个不重视专业技术培养的国家，怎么可能有大量好技工？没有大量好技工，怎么可能有领先国际的工业？没有强大的工业，怎么有强大的民族和国家？

另外，嘻哈想问：什么叫知名学府？按嘻哈的理解，知名学府应该是知识的殿堂、精英的摇篮、民族的希望、圣洁的净土。

代表一个国家和民族知识、科技、文化、道德的最高级别和最高荣誉的是各个学术领域的院士。

在全世界，一个优秀的民族一定有自己的最高学府，如美国的哈佛、耶鲁、麻省理工学院等，英国的剑桥、牛津等。德国、法国、加拿大、澳洲、日本、新加坡……都有世界知名、同时令本民族引以为傲的著名学府。

中华民族是否有引以为傲的高等学府？应该是有的，从我们民族的先哲孔老夫子开始，就在用生命诠释和宣扬教育。在中国的近代史上，我们民族灾难最深重的时候出现的西南联大，为我们民族培养了大量优秀人才。

今天的一些国内的知名学府，真的是知识的殿堂、精英的摇篮、民族的希望、圣洁的净土吗？一些专业领域的院士，又真的能够名副其实吗？嘻哈认为恐怕实在是够呛。

嘻哈认为，"不为五斗米折腰"是一个真正的学者起码的道德标准。任何一个国家和民族，万万不能被污染的就是最高学府，以及各个专业领域的院士，否则可能造成国家和民族的衰败。

嘻哈看到国内一些著名院校的总裁班及一些商学院近年来很火，顾名思义，到总裁班、商学院本该学经商之道、企业管理，但现在有钱的商人老板、富家公子、模特、名演员……都奔总裁班、商学院。为什么？图个啥？

原来国内很多著名学府总裁班和商学院招生，不强调你能学到多少与商业相关的知识，而是宣扬能够帮你结识多少社会名流、达官富豪，以及名模、明星。这是总裁班、商学院吗？

而一些大学里大学教授们又在干吗，在学校里教书吗？恐怕不是，一些教授早已不务正业，到社会上赚大钱去了。不是说让一部分人先富起来吗？中国的一些大学教授可真不含糊，闻风而动、积极响应，跑得比兔子都快，赚钱赚得比鬼都精！

在中国五千年的历史长河中，官场和商场发生的各种各样的贪腐事件屡见不鲜。但文人群体往往会保持足够的清醒和警醒，保持一定的清贫与清廉，保持其特有的风格及风骨。然而现在，在中国却形成了一道前所未有的风景线——文人大腐败！嘻哈认为，这是真正的国殇！

素质教育

年轻人在成长阶段，最需要接受的是极为重要的素质教育，以建立其存身立世的人生观和正确的价值观。正确而全面的素质教育将会影响人的一生，甚至能够挽救已经误入歧途的人。

尊重与信任的力量

苏联卫国战争时期，残酷的战争使国内许多儿童失去父母，流浪街头，有些甚至沦为罪犯，但又不到判刑的年龄。在此背景下，马卡连柯创办了"波尔塔瓦幼年违法者工学团"（以下简称"工学团"）。

马卡连柯认为，尊重和信任是教育的前提；只有尊重人、信任人，才能产生合理的教育措施，取得良好的教育效果。所以，他从来不把失足青少年当作违法者或流浪儿看待，而是将他们看作具有积极因素和发展可能的人。受过马卡连柯教育的卡拉巴林曾回忆，他在工学团当学员时马卡连柯是如何尊重他、信任他，使他走上了新生的历程。

在工学团创办不久的一天，马卡连柯到监狱去领卡拉巴林，当马卡连柯和监狱长一起替卡拉巴林办理出狱手续时，马卡连柯亲切地让卡拉巴林暂时离开办公室。当时，卡拉巴林对此并不理解。10年后，当卡拉巴林已成为一名教师时，马卡连柯才告诉他："我当时之所以让你暂时离开监狱长的办公室，是为了不让你看见担保你出去的条子，因为这个手续可能会侮辱到你的人格。"

卡拉巴林说："马卡连柯注意到我的人格，可是，我自己那时都不知道什么是人格。这是他与我第一次温暖的、人道的接触。"当他俩从监狱去省人民教育厅的路上，卡拉巴林总是走在马卡连柯的前面，以表示自己不打算逃跑，而马卡连柯总是和他并肩而行，同时跟他谈话，使他高兴。所谈的都是关于工学团的事，只字不提监狱的情况和有关他过去的事。

有一次，卡拉巴林问马卡连柯："请您告诉我，您相信我吗？"马卡连柯诚恳地回答："相信！我知道你跟我一样诚实。"马卡连柯曾把带枪取巨款的重任委托给卡拉巴林去办理，这件事使卡拉巴林深受震动。

当时，工学团的经费一年发一次，而且需要经过敌占区到另外一个城市去取，非常危险。马卡连柯把卡拉巴林叫来，不动声色地跟他讲："工学团明年一年的经费可以领了，你骑我的马穿过敌人的封锁线，到另一个城市去取这笔钱，我给你条子，钱你给我拿回来。"

卡拉巴林以为自己的耳朵听错了，他说："你让我去取钱？"马卡连柯说："是啊，让你去取钱，怎么了？"卡拉巴林说："你再说一遍，你让我去取钱。"马卡连柯说："我就是让你去拿钱，有什么了不起的，你去把钱取回来。"

卡拉巴林一咬牙，二话没说拿了条子骑着马走了。所有的人都告诉马卡连柯："一年的经费你让卡拉巴林去拿，他以前是干什么的？盗窃头目啊！让他去拿钱，等于肉包子打狗，他会回来吗？不可能！"

但是卡拉巴林回来了，回来后把一包钱往马卡连柯的办公桌上一砸，号啕大哭，卡拉巴林说："你这是不信任我才会让我这样做的，你知不知道我这一路想了些什么，我一辈子都没有想过这么多的事情。"马卡连柯说："我是因为信任你才让你去的。不要以为天底下的人都不信任你，我就信任你。"

马卡连柯以尊重与信任的良药，医治好了卡拉巴林受伤的心灵，使他懂得了人的尊严，认识了人的价值。后来，卡拉巴林终于成了自己老师马卡连柯的得力助手和继承者。

平等与尊重教育

嘻哈曾经说过，中华民族五千年传统文化特色之一就是强调及重视等级观念。人与人之间是不平等的，大欺小、老压少、富轻贫、小吃大，天公地道。因此，在人与人的相处上充满了不平等和对尊重的缺失，由此自然会导致各种社会矛盾的发生。

嘻哈有一个马术俱乐部，创办10年了，俱乐部里有40多个员工，都是农村来的孩子。马术俱乐部是服务性行业，逢年过节不能放假，员工就不能回家团聚，要在过节前后轮休。于是，逢年过节嘻哈与嘻哈婆一定和这帮子孩子一起过、一起吃饭，10年来从未改过。

有一个员工，到嘻哈马场不到一个月就得了胃穿孔（试用期未满），送到医院抢救，嘻哈告诉医院不管多少钱先救人。抢救完两个月后，这个员工因家里有事要辞职，嘻哈不但同意，并且给他路费。很多员工都看不下去，骂那个员工没良心。后来嘻哈对很多人讲：从某个角度看，好像嘻哈做事有点笨，但实际上让全体员工看到了公司的文化，看到了在公司工作的前途、安全和希望，他们就会去好好工作。

还有，嘻哈承诺，马术俱乐部只要有员工的孩子读到大学，俱乐部负责其大学学费。有许多朋友去过嘻哈的马术俱乐部，员工个个欢欢喜喜，积极主动工作，嘻哈从不费心费力。

荣耀与平等

嘻哈从网上看到国外有人写了这样一个亲身经历的故事：

一次我从亚特兰大飞纳许维尔，飞机从洛杉矶飞抵亚特兰大机场，我慢步走到登机口。候机的人并不是很多，但是，有两个身着迷彩服的美国大兵很显眼地坐在那里。

依航空公司规定，发登机卡时会给次序号码，顺序排前面的通常是头等舱，我虽然坐经济舱，但由于已是银卡会员，所以排到第二批登机。当广播第一批乘客登机时，两个年轻军人立刻站起身准备登机，我心里想，军人的待遇真的提高了许多。

轮到第二批乘客登机时，我刚要走进登机口，便看见一个人行色匆匆，拿着大包小包公文袋，赶过来问工作人员现在是第几批登机。当他听到是第二批时，便站到一边安静等待。我发现，这个人就是纳许维尔的市长比尔普赛尔。

登机后，我确定了两个年轻军人坐在头等舱。随后，我看见市长抱着大包小包，坐到我后面一排——经济舱的位置。

一位飞机乘务员从机舱后面端出一瓶香槟和两个杯子来，经过我附近时，一位好事的乘客问："香槟啊，怎么不给我们？"乘务员面带微笑地对那位乘客说："先生，你有没有看到前面那两位士兵？他们从伊拉克战场回来，两个星期后还要回去，我们特别将他们升到头等舱，这瓶香槟就是给他们的。"

飞机一路平稳，快飞到纳许维尔时，空姐广播说："我们今天很高兴，能有两位年轻的士兵跟我们同行，他们为国家奉献很多，我们热烈鼓掌欢迎及感谢他们。"我以为她还会提到纳城市长与大家同行，结果却是只字未提。

对美国出兵伊拉克这件事，人们固然会有不同的理解与立场。可是，一个社会对于有贡献的人物给予尊重，却是可贵的精神。坐在头等舱的美国大兵，让人们认知到荣耀；坐在经济舱的市长，让人们感受到平等。

慈善与平等

某人（无名）资助贫困大学生。一次资助仪式结束后，主办方提议到门外广场拍一张集体照。不料主办方竟在事前给每位受资助者准备了一块大牌子（很像罪犯胸前的牌子），要求受资助者连同现金捧在胸前。只见这群孩子在众目睽睽之下面面相觑、极其尴尬。无名大惊，夺下这些孩子胸前的牌子扔在一边，孩子们立即如释重负，展露笑容。

当晚无名设答谢晚宴，晚宴上对这些孩子及其家长深深鞠躬，表示感谢。家长们深感不解，说只有受资助者千恩万谢资助者的，哪有资助者鞠躬答谢受资助者的道理？闻所未闻！

无名解释：我们彼此完全平等，一时的困难并不可耻，重要的是你们今后要把握机会，通过学习增进知识，增长阅历，今后能够摆脱贫困、回馈社会。同时，是你们给了我一个帮助他人，回馈社会的机会，如何能够不谢？

一年后，无名询问其中一个受资助孩子："今年是否还有困难？"孩子回答："伯伯，我今年贷了一些款，假期又打工挣了点钱，今年学费及生活费没问题！"无名深感欣慰！

嘻哈认为，改善我们的社会环境，创造良好的社会环境，与国际对接，建立正确的人生观、价值观，以及我们走向世界，与国际对接而必须建立普世价值观，我们的社会和民族才有希望和前途。

嘻哈大士

教育系列之四：贵族教育

从前有座山，山里有个庙，庙里有个嘻哈老头讲故事。讲什么故事呢？就讲个"贵族教育"的故事吧……

引　子

中国改革开放初期，说要让一部分人先富起来。时至今日，中国确实有相当一部分人富起来了，其中有些甚至还大富、暴富、极富、超富、富得流油、富得连自己都始料不及、富得令全世界目瞪口呆。

有钱了，一个新的追求开始引起国内一些富人的兴趣，就是贵族生活和贵族家庭。有人开始向往贵族生活，并且效仿和攀比国外的贵族阶层，于是买豪宅、豪车、名表、游艇、飞机……当拥有了这些极尽奢侈的物质享受时，有些人干脆认为自己已经在过贵族生活了，自己的家庭也已经是贵族了。

嘻哈认为这实在是一种天大的误解，甚至是可悲的闹剧和笑话。时至今天，我们应该冷静思考，贵族的定义是什么？什么是真正的贵族？中国曾经有贵族吗？中国今天有贵族吗？中国今后

被误读的贵族

近年来，国内很多有钱人总是千方百计地把自己的孩子送进一些所谓"贵族学校"。这些学校的收费高得吓人，专门招收高官、富商人家的子女，把大量贫困而有志向的优秀学子拒之门外。这些学校说是培养学生的贵族气质，却在校内比谁爹妈的官大、谁爹妈的钱多，比汽车、比消费……一到下课时，奔驰、宝马、劳斯莱斯、宾利等前呼后拥，越是贵族学校攀比的风气越盛。

也有许多有钱人把孩子送到国外上贵族学校，希望他们毕业后也能成为贵族，但当他们发现即使是世界最好的学校，学生也是睡硬板床，吃粗茶淡饭，每天还要接受非常严格的训练，甚至比平民学校的学生还要苦时，他们怎么也弄不明白国外贵族学校这些苦行僧式的生活同贵族精神究竟有何联系。

许多中国富豪所理解的贵族生活就是住别墅、买豪车，挥金如土、花天酒地，可以对人颐指气使，呼之即来、挥之即去，可以不守规矩、无视法律。其实这实在不是贵族精神，而是暴发户和土豪。

改革开放三十多年，中国没有出现符合贵族特质的家族，但是却出现了很多土豪和暴发户。这些人骄横跋扈、不可一世，横行霸道、鱼肉乡里，漠视法规、无视公理，穷得除了钱什么都没有。然而月盈则亏、水满则溢，物极必反，暴发户和土豪的结局往往是暴富之后便快速地衰亡。

嘻哈认为，许多人误读和误解了贵族的定义和内涵，中华民族有上下五千年的历史，理论上是全世界最有资格和最有可能产生贵族阶层的。但非常遗憾，数千年来我们并没有产生真正意义上的贵族和贵族阶层。一代宗师弘一大师说："人生最不幸处，是偶一失言，而祸不及；偶一失谋，而事幸成；偶一恣行，而获小利。后乃视为故常，而恬不以为意。则莫大之患，由此生矣。"此见解实在值得国内许多所谓"企业家"（暴发户）深深警醒！

贵族精神的内涵

在今天的国际社会，依然有许多国家保持着贵族阶层，以及与之相关的政策法规。有人认为贵族阶层和体制已经落后，因此应该予以取消，但许多人却持不同观点，认为应该保留。为什么会有此争论？

在英国，一直在探讨一个问题，王室需不需要保留？然而英国公民依然投票支持王室保留。为什么？英国是世界上最早实行君主立宪制的国家，亦称"虚君共和"。在现代社会，供养一个以国王为中心的王室家族，开销当然很大，但英国很少有人要求废除国王，这是因为时至今日王室依然有它的作用和价值。

首先，英国王室最重要的作用是政治象征意义。英国资产阶级革命保留国王，旨在确保国体的延续性，将各种政治势力之间的斗争控制在议会范围内。与其他在"帝制"和"共和"之间反复折腾的国家相比，英国国内政治的稳定性一直备受推崇。

其次，多年以来，英国王室也在文化和经济上发挥了重要作用。王室作为英国第一家庭，以其高贵优雅的举止、热心公益的善举，负有充当道德楷模、教化平民百姓的作用。虽然近年来英国王室也不断曝出各种花边新闻，但依然不能抹杀王室所起到的言行典范作用。

千万不要以为英国王室成员是专门享福的，与普通老百姓一样，如无特殊身体问题，英国王室成员必须从军，一旦发生战争，他们就要到前线去拼杀。或许很少有人了解，在战争年代，英国王室成员牺牲的比例也非常高，真正打仗时他们必须身先士卒、浴血拼杀，所以他们战死的概率也就很高。这给整个国家乃至民族所起到的榜样和激励作用是非常巨大的。

伊顿公学

全世界最有名的贵族学校之一是英国的伊顿公学。伊顿公学有极其严格的入学条件，一旦进入伊顿公学，所有学生一视同仁，睡的是硬板床，过的是最为清苦的日子，没有任何特殊。伊顿公学里的住宿条件远远差过一些其他学校，他们给学生最艰苦的待遇、最艰辛的磨砺、最严格的教育，所以伊顿公学培养出来的学生是非常有出息的精英级人才乃至国家栋梁。

这与近年来我们国内所涌现的许多所谓"贵族学校"大相径庭。我国国内的一些"贵族学校"往往是在比豪华、舒适、奢侈、享受、财富……就是不比责任、担当、气节、品德……这样的"贵族学校"培养出来的恐怕只能是"二世祖""小暴发户"，乃至"混世魔王"……

什么是真正的贵族

嘻哈以为，所谓"贵族"，就是能够持续传承特有的尊贵气质，以及高尚品德的尊贵家族及其成员。嘻哈曾经看到一篇文章，介绍什么是真正的贵族。

这篇文章说：富与贵风马牛不相及！富是物质层面的，贵则是精神层面的。贵族不同于暴发户，它从不与平民百姓对立，更不是奢侈淫逸，而是一种以荣誉、责任、勇气、自律等价值为核心的精神。贵族精神首先就意味着要自制、克己、服务、奉献。

在今天的主流意识中，最让人感动的就是这种无处不在的担当精神。一个真正的绅士应该是一个高贵的人，正直、不偏私、不畏难，能为他人牺牲自己，他不仅是一个有荣誉的人，而且是一个有良知的人。贵族精神包括了高贵的气质、宽厚的爱心、悲悯的情怀、清洁的精神、承担的勇气，以及坚韧的生命力，还有人格的尊严、人性的良知。真正的贵族不媚、不娇、不乞、不怜，始终恪守"美德和荣誉高于一切、高于生命"的原则。

贵族精神有三大非常重要的支柱：

一是文化的教养。贵族精神应该能够抵御物欲的诱惑，不以享乐为人生目的，培育高贵的道德情操和文化精神。

二是社会担当。作为社会的精英，严于自律，珍惜荣誉，扶助弱势群体，担当社会与国家的责任。

三是自由的灵魂。贵族精神有独立意志，在权力与金钱面前敢于说不，并且具有知性与道德自主性，能超越时尚与潮流，不为政治强权所奴役。

反观我们国内的富豪，贵族精神的三大支柱占哪根？恐怕半根都占不上。嘻哈认为，另外的三大精神支柱和性格特征恐怕倒是不缺：自私自利、贪得无厌、无法无天。

我们必须清醒地意识到，贵族未必富有，富有未必是贵族，贵族和贵族精神是需要整个民族用几十年、几百年乃至上千年的时间，多少代人以及家族的传承和积淀，才能逐渐培养和凝聚的。

1793 年 1 月 21 日，在法国巴黎的协和广场，一个将被处死的囚徒在走上断头台的时候，不小心踩到了刽子手的脚，她马上下意识地说："对不起，先生。"而此时她的丈夫路易十六也同时上了断头台。面对杀气腾腾的刽子手，他留下的遗言是：我清白地死去。我原谅我的敌人，但愿我的血能平息上帝的怒火。

两个世纪之后，时任法国总统的密特朗在纪念法国大革命200 周年的庆典上真诚地表示：路易十六是个好人，把他处死是个历史的悲剧。

1910 年 10 月 28 日，一个 83 岁的老人为了拯救煎熬一生的灵魂，决意把所有的家产分给穷人，然后离开自己的庄园，带着聂赫留朵夫式的忏悔，最终像流浪汉一样在一个荒芜的小车站死去……

这个人就是俄国伟大的作家列夫·托尔斯泰。多年后，奥地利著名作家茨威格在评价托尔斯泰时这样感慨道："这种没有光彩的、卑微的命运，完全无损他的伟大……如果他不是为我们这些人去承受苦难，那么列夫·托尔斯泰就不可能像今天这样属于全人类。"

在著名的泰坦尼克号邮轮沉船悲剧事件中，当泰坦尼克号即将沉没时，船长基于责任和承担，选择了与船共存亡。船长请船上的乐队到甲板上演奏以安定大家的情绪，在演奏完毕之后，首席乐手向大家鞠了一躬，乐手们开始离去。

船上非常混乱，大船马上要沉没了。首席乐手看见大家要走，他又回到原来的位置，架起小提琴，拉起一支新的曲子。已经走了的乐手听到音乐声，不约而同地又回到首席乐手身边重新演奏。

最后船要沉没了，首席乐手说："今天晚上我能和大家一起合作是我终身的荣幸。"这样的一种精神，这样的一种行为，恐怕是对贵族精神最好的诠释。

1135 年，英国国王亨利一世去世，他的外甥斯蒂芬捷足先登抢先登上了王位，后来外孙亨利二世就在欧洲大陆组织了一支雇佣军来攻打斯蒂芬。亨利二世由于经验不足，出兵时没有做好筹划，大兵千里迢迢到了英伦三岛，竟然发现粮食没了。

亨利二世居然给斯蒂芬写了封求援信，说："我出征准备不周没了粮草，您能不能接济我一下，让我把这些雇佣军遣散。"而斯蒂芬也居然慷慨解囊，帮助亨利二世解了燃眉之急。

这样的行为恐怕在中国就很难被理解，既然是竞争对手，那就必然要拼个你死我活。但欧洲的贵族认为，竞争归竞争，对对手的宽容也是理所当然的。

在美国南北战争中，南方军即将面临失败，军官中有人提议将军队化整为零分散到老百姓家里，进入山区打游击。当时南军最高统帅罗伯特·李将军却不同意，他说："战争是军人的职业，我们要是这样做，就等于把战争的责任推给了无辜的百姓。我虽然算不上一个优秀的军人，但我绝不会同意这样做，如果能用自己的生命换来南方老百姓的安宁，我宁愿作为战争犯被处死。"

他的对手林肯，同样表现出宽宏大量的贵族风度。本来林肯可以按照军法对罗伯特·李进行处置，但林肯认为南北之间的仇恨宜解不宜结，所以，林肯对罗伯特·李将军说："您也到了退休年龄了，就告老还乡吧。"于是，李将军就以这种方式光荣退休，回到自己的庄园。

嘻哈有一个朋友经常做俄罗斯边贸生意。有一次回来后，他非常感慨地对嘻哈讲述了这样一个亲身经历：他是国内最早到俄罗斯做生意的人之一，那时俄罗斯很穷，做边贸生意就要深入到俄罗斯的一些村镇。

他曾经去过俄罗斯的一个小镇，那个镇非常穷，老百姓穿的衣服补丁摞补丁；每天早上天不亮，他们就去排队买当天的面包和牛奶，因为去晚了就没有了。

慢慢地他在这个小镇上认识了一些人，并且成为朋友。有一天，他获得一个邀请，一个当地朋友说："今天晚上我们有一个聚会，在广场举行，欢迎你也能够来参加。"朋友一听非常高兴，他说："好啊，我很高兴接受您的邀请，参加你们的聚会。"

晚上他如约到了广场，立即被所看到的情景震撼：整个小镇的男男女女、老老少少几乎全部都来到了广场，每一个人都尽可能地把自己家里最好的衣服穿在身上。尽管有补丁，尽管非常旧，但男士着礼服，女士着晚装，并且每一个人都尽可能给自己化了妆。很显然，每一个人都非常重视这个活动。这到底是一个什么样的聚会？原来小镇当晚的聚会主题是：观看一出俄罗斯古老传统的歌剧。小镇的人们非常虔诚、认真、欢快地去观赏这出歌剧。嘻哈感叹：这才是真正的文化传承！

俄罗斯小镇的这个案例，嘻哈既感到震撼，也感到难受。这一幕在中国很少会出现，因此值得我们国人警醒。

《中国好声音》第一季热闹非凡，很受欢迎，于是赞助商大幅度增加赞助，但刘欢先生却退出了。在某次采访中，主持人问刘欢："《中国好声音》好评如潮，退出不觉得可惜吗？"刘欢的回答大致是：很多人是正面的评价，但是同时也招出很多莫名其妙的事，你也不知道这后面是什么人在操作，反正弄来弄去很闹心，我很不适应这种环境，这个太可怕了。从一个音乐人的角度讲，我特别希望他们能够播一些我们四个导师给歌手比较专业的点评，或者在音乐上的一些指导意见，而不是一些与音乐无关的东西。什么东西与音乐无关呢？我想不外乎是炒作、包装、金钱、利益、绯闻、谣言、名次……

我们现在许多人追歌星、追明星，喜欢无厘头、拿历史开玩笑，这些娱乐化的内容并非不可以存在，但我们传统的文化何在？试问中国的国粹京剧，现在有多少人去看？反倒是一会儿"哈日"、一会儿"哈韩"、一会儿"哈美"……长此以往，中华民族五千年文化的经脉何在？我们的主流文化何存？

贵族精神的平民化

嘻哈今天强调贵族精神，并不是想要复古，也并不是想要再去恢复王公贵族的体制。相反，我们应该看到，贵族精神的平民化是国际上许多优秀民族发展的趋势。

贵族精神平民化的具体体现和作用为：在英国，体现为英国人非常讲究的"绅士风度"；在德国，体现为德国人崇尚的日耳曼民族坚韧不拔、顽强不息的精神；在以色列，犹太民族以超强的危机意识傲立于世界民族之林；在韩国，其民族的自尊心和爱国主义精神随处可见，在韩国拍电视剧、电影，如果用到进口汽车，他们会把标志遮掉，但如果是本国的汽车，一定会显示汽车的标志；日本虽然有我们无法原谅的罪行及不愿认错的行为，但是其团结奋发的民族精神依然值得我们虚心学习及高度警醒。

贵族精神的传承

近年来，国内一直有很多人去少林寺学武，但学完武功之后，有一些在江湖卖艺，有一些在帮人看家护院，还有一部分人甚至去打家劫舍。嘻哈认为，这就是没有文化底蕴传承基础的后果。

现在中国的佛教界、道教界，由于缺乏文化、血统和基因的传承，出现了很多假和尚、假道士，到处招摇撞骗，许多寺院、道观非但不能修身度人，反而开始流于世俗，追名逐利，甚至比世俗更加不堪。事实上，中国历朝历代真正的大德高僧，都是饱读诗书的鸿儒，例如玄奘、慧能、弘一等。

贵族传承的是品德和气质的基因，是一种文化的传承，而不是财富的传承。贵族的传承里最不重要的一环是财富。真正的贵族家族极可能很富有，也可能一时甚至一生都很贫穷，但却一定会具备高尚的品德和不凡的气度。

很多人都知道西班牙斗牛，可是却很少有人知道西班牙的斗牛士绝大部分都是贵族家庭出身。西班牙斗牛学校甄选学生时极其严格，通常不是贵族家庭的孩子是不可以进斗牛学校的。也就是说，只有贵族家庭的子女才有可能去学习斗牛。

为什么西班牙斗牛士一定要出身贵族？为什么非要家世显赫的家族后裔才能学习斗牛？西班牙的斗牛家族对此作了非常精辟的解释："西班牙斗牛是我们的国粹，一个人如果没有良好的文化底蕴，没有很好的个人素质，即使拿了一把剑到了斗牛场上，表现出来的也可能是残暴、骄横、不可一世或者是懦弱，以及对对手的轻蔑。

"而我们要求斗牛士在斗牛场上体现出来的是一种大无畏的精神、一种优雅的气质、一种艺术的涵养、一种绅士的风度，以及对对手的尊重。

"如果没有文化的底蕴，怎能达到和表现出如此的境界？而最能够表现出这种文化底蕴的人，最佳的选择可能是我们西班牙贵族家庭的后裔。"

不要以为只有西班牙人才懂这个道理，其实我们中华民族在这个问题和观念上一点也不落后。中国古代有一句老话叫"穷文富武"。"穷文"的意思是再穷不能穷了孩子学文化；"富武"的意思是社会背景、经济条件很好的家庭才可以让孩子去学武术。这与西班牙培养斗牛士的传统文化有异曲同工之意。

穷得没饭吃才去学武，按我们中华民族传统文化所理解，是不适宜、不允许的。有没有道理？嘻哈认为有道理。

嘻哈打工时的老板姓荣。有一次嘻哈到荣老板家，发现其家里有8个保姆。嘻哈就问荣老板："你告诉我们为人要勤俭、低调，但你家一共就两口子加一个孩子，人口不多，为什么有这么多保姆？"

荣先生笑了，他告诉嘻哈："你看看那两个老保姆，原来是伺候我爸爸妈妈的，他们现在老了，我就请了两个年轻的保姆专门来服侍这两个老保姆。另外两个是从老保姆乡下来找工作的，暂时留在我家。"

请问，今日今时，谁家请保姆可以有如此的待遇？这就是家风，这就是传承，这就是文化。但这不是随便能学来的，也不是有钱就可以做到的，它体现的是一种雍容大度、平等待人、度己及人、尊老爱幼的修养。

贵族式的家族传承，必须经过许多代人、上百年甚至逾千年的不懈努力与执着追求才能够形成。贵族式的家族传承，还要能够耐寂寞、懂取舍、知进退，甚至还要舍生死！

所以，一个中国家族想要"贵族化"，就必须要有充分的准备和决心，要经得起漫长岁月的磨砺，最终要铭记：我们真正传承的不是财富，而是要传承优秀的文化、高贵的精神、博爱的胸怀，以及正确的普世价值观。

警醒：

中华民族是世界上最有资格产生贵族阶层的，然而我们却没有！我们只有……

嘻哈大士

马场系列之一：马术

从前有座山，山里有个庙，庙里有个嘻哈老头讲故事。讲什么故事呢？就讲个"骑马"的故事吧……

引 子

嘻哈曾经说过很多次，本人实在幸运之极，有幸历经上山下乡，期间当了几年饲养员（助理），自此便喜与畜生为伍，尤其爱马。

改革开放之后，嘻哈生活条件逐渐改善，因此又有幸接触到马术运动，自此便上了瘾，不但自己骑马，还办了个马术俱乐部。

嘻哈近年闲来无事，陆续写了一些乱七八糟的杂文，但最近整理这些杂文，却发现居然没有一篇关于马的文章，这似乎有些对不起我那些骏马，因此感觉实在有必要补写一篇。

至于为何多年来没有一篇写马的文章，嘻哈本人也不太明白，但究其原因，恐怕是多年来天天待在马场，整日与马为伴，也就不觉得有什么新鲜有趣的东西可写。反倒有些"习惯性麻木"，所谓"糖多了不甜""虱子多了不痒"，大概就是这个道理。

有见及此，嘻哈想把自己多年来对马以及马术运动的一些知识汇总一下，也凑成一篇文章。如果各位看官对此话题感兴趣，算是我嘻哈对普及马术运动做了一点贡献。但如果说得不对，也请相关行家批评指正。

考虑到马术是一项非常专业的运动，如果用嘻哈平日里写杂文那种胡说八道、插科打诨的文风实在不合适。因此，此次嘻哈会用比较规矩的行文方法，这或许会少一些风趣幽默，但希望会增加一些与马术运动相关的专业知识。

人类与马

千万年来，我们人类一直与各种动物共享着唯一的家园：地球。因此，人类也必然与动物结下深深的渊源。一个热爱生命和生活的人，必然也会关注和热爱动物，而各种动物在我们人类的心目中，也往往因其不同的特征而有着不同的地位。

例如：狮子以其威而被封为"万兽之王"；虎则以其猛而令人生畏；熊猫以其憨而被奉为"国宝"；鸟类以其百转之鸣而被誉为"歌唱家"；猫和狗早已成为人类的朋友；牛被认为是坚毅、执着的代表；羊代表了温顺和善良；猪不但肉可食用，而且或被视为"愚蠢"的代表，或被视为"大智若愚"的象征；鱼类则因其深居浩瀚的大海而充满了神秘感……

而马，在我们人类的心目中，则占有着更加重要和更加特殊的地位。人类与马的关系往往是其他动物所无法替代的。马，一直被冠以"神俊"的赞誉，许多成语与马相关：马到成功、龙马精神、天马行空……千百年来关于马的传说数不胜数，秦琼的黄骠马、关公的赤兔马、刘备的的卢马……我们育马、用马、唱马、画马、赞马……而"白马王子"，则更是多少女子心中爱人的标准与憧憬。

马，实在是一种充满了灵性和活力的、精灵一般的动物，是我们人类最忠实和最亲密的朋友！无论在人类社会的狩猎活动中，还是在日常的工作与劳动中，以及在历史上无数次的战争中，数千年来，人类都与马结下了深深的不解之缘。马，在农耕时代曾经与我们相依为命，在战争年代又曾经与我们生死与共。

随着社会的进步，人类与马匹的关系逐渐从生存和战斗伙伴演变成了马术运动，成为代表着高贵和健康的娱乐、休闲和体育运动。马术运动被认为是世界四大最时尚和最高雅娱乐休闲活动之首（其他三项：私人飞机、游艇、高尔夫）。马，在今天的和平年代，还在与我们人类休戚相依、和谐共存！

马的分类（汗血马）

据资料统计，目前世界上的马匹数量大约有七千万之多。大致有三百多个品种，例如：阿拉伯、汉诺威、弗里斯兰、安德鲁西亚、捷金、苏高、阿尔罗夫等。马的品种分类有许多不同的方法，基本的分类有以下几种：

体型分类

大型马：身高在 14 掌（1.40 米）以上；

小型马：身高在 14 掌（1.40 米）以下；

小矮马：身高在 12 掌（1.20 米）以下。

说明

马的身高是从前肢蹄底至肩胛骨最高的骨节，按"掌"计算，1 掌为 10 厘米。

体质分类：

冷血马：体质湿润粗糙，外观粗大笨重，反应迟缓，通常速度较慢而力量较大，并且耐力惊人，一般用来拉车或耕地。

热血马：体质干燥，具有气质活泼、反应灵敏、动作快速、爆发力好的特点。身高一般在 16 ～ 17 掌。其中纯血马是世界上短距离（1 ～ 3 千米之内）速度最快的马，极速 60 ～ 70 千米 /小时，是全世界速度赛马的首选。

温血马：体质介乎于冷、热血之间，体形高大、四肢有力、气质平和，动作沉稳。身高一般在 17 ～ 18 掌，是全世界跨栏、盛装舞步等马术比赛的首选。

汗血宝马

说到马匹的分类，就不得不提及国人特别感兴趣的、充满神秘感的"汗血宝马"。其实，汗血宝马并非是马的一个品种，而是一种"现象"。确切地说，那只是一个"美丽的传说"。

汗血宝马从马的品种分类叫"阿哈尔捷金"马，目前主要在土库曼斯坦一带，数量不太多，大约只有几千匹。现在的汗血宝马其实并无"汗血"。在国际顶级赛场上，无论是速度赛、障碍赛、耐力赛，还是盛装舞步赛，也鲜有汗血宝马的踪迹。

汗血宝马从汉朝进入中国，直到元朝曾兴盛上千年，但到最后还是消失了。不过事隔几千年后，汗血宝马又再次回到国人面前。此次汗血宝马得以回归，是因古代大宛所在国乌兹别克斯坦不远的另一个中亚国家土库曼斯坦所赠送，并在国内引起了不小的轰动。

汗血宝马的由来，最早现于《汉书》的记载：大宛国贰师城附近有一座高山，山上生有野马，奔跃如飞，无法捕捉。大宛国人春天晚上把五色母马放于山下。野马与母马交配，生下的就是汗血宝马。

传说汗血宝马出汗殷红如血，肋如插翅，日行千里。汉高祖刘邦曾为匈奴骑兵所困，当时匈奴骑兵的坐骑正是汗血宝马。后汉武帝得到此马后欣喜若狂，称其为"天马"，并作歌颂之曰："太一贡兮天马下，沾赤汗兮沫流赭。骋容与兮跇万里，今安匹兮龙为友。"

而嘻哈则更喜欢另一个更加凄婉感人的传说：

很久以前，在茫茫大漠中，一个骑士和他的宝马被困，水尽粮绝已近绝望。骑士抬头看了看那匹忠实的爱马，突然，他拔出了匕首，宝马似乎明白了主人的意思，眼中流下哀痛的泪水。但它没有反抗，只是伸出舌头舔了舔主人，它准备为主人牺牲自己……

匕首终于狠狠插下，当一股殷红的血液迸出时，宝马却惊呆了，因为鲜血是从骑士自己的手臂中流出来的！骑士将手臂送到宝马嘴边："喝口吧，伙计！"宝马舔了舔主人的手臂，仰头悲嘶，驮起骑士飞奔而去……

终于，他们奔出沙漠脱离险境。从此，每当这匹宝马奔跑时身上就会渗出血色汗水，而这匹宝马的后代在奔跑之后，也都会流出血汗……

诗仙李白曾写过一首《天马歌》，我们从中可以感受到汗血宝马的神韵和风采：

天马来出月支窟，背为虎文龙翼骨。嘶青云，振绿发，兰筋权奇走灭没。腾昆仑，历西极，四足无一蹶。鸡鸣刷燕晡秣越，神行电迈蹑慌惚。天马呼，飞龙趋，目明长庚臆双凫。尾如流星首渴乌，口喷红光汗沟朱。曾陪时龙蹑天衢，羁金络月照皇都。逸气棱棱凌九区，白璧如山谁敢沽。回头笑紫燕，但觉尔辈愚。天马奔，恋君轩，骏跃惊矫浮云翻。万里足踯躅，遥瞻阊阖门。不逢寒风子，谁采逸景孙。白云在青天，丘陵远崔嵬。盐车上峻坂，倒行逆施畏日晚。伯乐翦拂中道遗，少尽其力老弃之。愿逢田子方，恻然为我悲。虽有玉山禾，不能疗苦饥。严霜五月凋桂枝，伏枥衔冤摧两眉。请君赎献穆天子，犹堪弄影舞瑶池。

斯波特

"斯波特"，啥意思？其实，斯波特是嘻哈此生最早拥有的两匹马中一匹的名字（另一匹叫"莎莎"）。斯波特有纯正的苏高血统，身高17掌，通体乌黑，无一根杂毛，四蹄踏雪，是嘻哈一位好友罗红先生所赠。

斯波特不但体形高大英俊，而且训练有素，无论奔跑、跨栏、野外驰骋都十分老到。最可贵的是，此马性格憨厚并极其忠诚，工作起来全神贯注，从不偷懒。然而事情也恰恰出在此马出奇的憨厚与忠诚上了。

一日，嘻哈到马场骑马，马场员工立即备好斯波特。嘻哈上马后骑了大约40分钟，斯波特并无异样。下马驱车回家，不料15分钟后接到马场经理急电：斯波特严重肚痛！嘻哈大惊，因为嘻哈知道马无肠衣，一旦肚痛（俗称绞肠痧），往往凶多吉少。果然，待嘻哈立即掉头驱车赶回马场，斯波特已一命呜呼。

事后追究。原来是当日斯波特刚刚吃完草料，就遇到嘻哈到马场吩咐备马骑乘。员工见是老板要求，不敢怠慢，就把斯波特备出，也没告诉嘻哈刚刚喂过草料——这纯粹是一个完全能够避免的人为事故！马场受此教训后自然立即强化管理，但嘻哈却好长时间都处于深深的自责之中，无法原谅自己。

此后不久，嘻哈与嘻哈婆外出散心，鬼使神差地走到一个从来也不曾去过的商厦瞎逛。突然，嘻哈发现在一间商铺的门外立着一座铜马，铜马的姿态、神韵根本就是斯波特的翻版！嘻哈又惊又喜，根本不问价格，立即要嘻哈婆赶快付钱把铜马搬回家中。自此，这尊铜马就摆放在嘻哈卧室门外，嘻哈每天都会摸摸它，与它打个招呼——斯波特又回来了！

尽管目前嘻哈所拥有的马匹无论从品种、价格，还是专业性，都已远远超过斯波特，但斯波特在嘻哈心目中的地位却永远无法被取代！

马术运动与马文化

马术运动起源于公元前7世纪古希腊的奥林匹克运动会。作为一种时尚运动和休闲方式，马术运动与其他各种运动相比，是一种更具有灵性、更具有挑战、更具有速度与激情，同时更具有贵族气质的高雅运动。

马术运动强调了人与马的交流，是唯一一项人与动物共同参与和完成的奥运项目。马术运动以快捷、惊险、优美和马背上的超常规视野，吸引着越来越多人的关注。而随着马术运动的普及，也使人们能够远离都市，摆脱喧嚣，拥抱自然，回归自我，参与其中，实在是一项充满了诱惑的健康运动。

许多人往往一次骑马就会长期爱马，马术实在是一项能够让许多人着迷的运动项目。马术运动可分为赛马和马术两大类。赛马运动又可分为速度赛马和速度马车比赛；而马术运动又可分为盛装舞步、场地障碍、越野障碍、马球、绕桶、越野耐力、四轮马车障碍赛，等等。

在国内外，有房有车的人很多，并不稀奇，但有马，尤其是拥有好马的人却十分稀少。因此，马术运动在国内外都以其高雅的特点而被高度重视。骑士风度，被认为是代表了人类最英俊、潇洒、飘逸、高雅的风度之一。在英国有这样一种说法：会骑马的不一定是贵族，但只要是贵族，就一定会骑马！

所谓"贵族"，无非两层含义：一层是高雅的气质和高尚的品质，以及品质化的生活素质，即品位与格调；另一层就是尊贵的地位和身份的象征。今天的人们在追求高品质生活时，也开始向往使自己及自己的家族最终成为真正的贵族（中国目前只有"暴发户"而鲜有贵族）。

马是最具贵族气质的生灵——潇洒的外表、宁静的内心和勇于拼搏的精神，爱马的人往往也具备这样的素质。在欧美，养马者一般为贵族阶层，而他们的子女从小就会被培养学习骑乘，精湛的骑术暗示了出身，而能成为马会的会员则更是身份的象征。

此外，马术运动十分讲究仪表，一位骑士的装束，能够反映出他的品位和身份。在马术运动中浸染久了，举手投足间便透着由内而外的高贵气质。在西方国家，作为知名骑士俱乐部的马主会员，不仅是身份的象征，还能扩大和提升自己的社交圈，以此提升自己的生活质量。

优质马匹的价格不菲。香港赛马会每年会购置数百匹优质纯血赛马，每匹平均价格在 500 万港币左右，而一匹专业的跨栏马价格往往高达数百万美元以上。美国曾有一匹"北方舞人"，价值上千万美元。

顶级的盛装舞步马价格会更惊人。目前世界上最昂贵的盛装舞步马王托蒂拉斯，其价值估计高达 2 亿人民币，在国际顶级盛装舞步比赛中出赛 27 场，获 25 个冠军 2 个亚军（托蒂拉斯的弟弟菲诺目前在嘻哈马场，也是一匹专业的舞步马）。而培养一名国际级的马术运动员，一般需要很长时间，以及数千万美元的投入。

　　与马匹相关的各种装备物品也是很奢侈的，无论是几百美元的服装还是几千美元的马具，以及马匹的饲养费用，都会令普通白领人士望而生畏。一般来说，许多白领人士打得起高尔夫，但未必玩得起马，更不要说成为马主了。1837 年，经营马具出身的法国爱马仕公司，目前已经成为国际顶级的奢侈品品牌。

　　但是，对于大部分初学骑马的人士及大众百姓而言，并不需要骑乘太专业和太昂贵的马匹，而应该选择相对温顺的普通国产马，花费会便宜许多。在国内，马术运动也完全能够根据不同社会阶层的消费水平而设置不同的消费标准，以求逐步推广和普及马术运动。

　　马术运动十分讲究仪表和仪态。一位骑士的装束和言行，往往能够反映出他的品位和身份。不同的马术项目也有不同的着装特色和着装规范。马术运动的专业着装往往也是国际时装界非常关注的流行模式，并且经久不衰。

　　长期骑马会帮助我们更加清楚地感悟人生，修正自己的人生之路，这是骑马的最高境界。所以，如果我们在国内能够有条件接触和参与马术运动，何其幸也，何其乐也！

马术运动的魅力

骑马能唤起人们内心深处潜藏的自信，增强人对复杂环境的应变能力，缓解孤独和压抑的情绪，愉悦身心，骑乘者能够以此获得极强的成就感。马的智商相当于6～7岁人的智商，它不仅能够在外界的刺激下接受驯导，还能够主动地学习、模仿，比狗更聪明。马对其主人有着无限的依恋和惊人的忠诚，它虽然不会说话，但却能够与主人交流情感，是人类无言的朋友、亲密的伙伴。

马的迷人，不仅在于它具有高大俊伟的仪表、优美迅捷的步伐、华贵高雅的气质，更在于它身上具有的那种微妙而神秘的魔力。人们只要骑上马，不但能够获得高度的刺激和兴奋，而且个个显得英姿勃勃、神采飞扬，平时相貌平平的人顿时会变得高大英俊、充满活力、魅力四射、光彩照人。

当年拿破仑就是因为身材矮小，所以常常在公众面前骑一匹高大的白马亮相，法国著名画家雅克·路易·大卫根据这个情景所画的油画也成为世界油画的经典，至今悬挂在巴黎的凡尔赛宫内。

试想，穿上马衣马裤、蹬上马靴、头戴马帽"披挂上马"，驾驭一匹精灵的骏马居高临下，乘风奔驰，威风凛凛，穿山入林，马鬃迎风飘逸，马蹄一路叩击，骏马的步伐打开你封闭的心扉，找回你昔日的浪漫，这天马行空的感觉恐怕只有一个字能够形容——爽！

骑马是对身体有益处的高贵运动，它是主动与被动运动的最佳结合。在骑马运动中，人的注意力高度集中，全身骨骼肌肉和五脏六腑全部处于运动状态，多余的脂肪被消耗，各部位的肌肉被强化，对胸部、腹部、臀部和大腿等部位的锻炼最为明显，是非常健美的运动，对于女性而言效果更好、更明显。

马术运动对于人们全身的机能均有明显的促进作用。例如，对我们的血液循环系统、消化系统、呼吸系统、泌尿生殖系统，以及人体平衡系统等均有明显的帮助。据报道，世界选美小姐中大部分会选择马术为健身项目。骑马10分钟等于按摩数万次，骑马半小时相当于打了一场激烈的篮球赛。

与其他体育运动项目最大的不同是，骑手在愉悦的运动中并不感觉疲劳，虽然第二天可能会有些筋骨酸痛，而坚持继续，疲乏酸痛的感觉会越来越轻，最后就只有乐趣了！马术的魅力还在于：在骑乘过程中始终充满了持续不断的挑战，终身骑马，终身学习，易学难精，永无止境。

许多运动都会产生运动损伤，但马术运动却让人无此担心，正确的马术骑乘不会造成任何运动损伤。许多运动的生命往往非常短暂，但马术运动却完全不同。许多国际顶级马术比赛的运动员往往已年龄不小，尤其是盛装舞步运动员，而骑马会造成罗圈腿的说法则完全是无稽之谈。

马术运动一般不受季节和气候的限制。骑马对一些疾病的治疗和缓解有积极的帮助，如神经衰弱、失眠健忘、性情抑郁、消化不良、肠胃胀气、反应迟缓、性欲低下、脾气暴躁、平衡感低下、小儿麻痹症，等等，国外许多发达国家和地区均有许多具医疗功能的马术课程。

马术运动对慈善事业也有非常积极的帮助和作用。国际上正规的马术俱乐部往往都会具备慈善功能，服务于一些伤残人士。尤其是一些患有自闭症的人士，他们与人的沟通有障碍，但往往与动物的沟通并无问题。因此，让自闭症人士在专业指导下与马匹接触，往往会缓解病情，会收到意想不到的效果。

长期骑马的人士大都热情开朗、谈吐豁达、体魄强健、身形挺拔、气宇轩昂、精力充沛、肌肉健美。骑马需要具备冷静理智的思维，胆小的人通过骑马可以变得坚强，冲动浮躁的人通过骑马也可以抑制狂躁的性格。

还有，嘻哈认为近年来国内一些企业的老板和白领，严重存在两个方面的问题：

1. 缺乏经营管理企业的专业知识及经验；

2. 不懂生活，不会花钱，幸福指数低下。

企业经营管理不善，自然问题百出，嘻哈已有不少著述论及企业的经营管理之道，在此不再赘述。

嘻哈关于国内老板及老总们不会花钱、不懂生活的说法，估计有很多人会不以为然。不会花钱？不会生活？中国的老板及老总们恐怕恰恰相反：太会花钱、太会生活了吧？嘻哈却认为实在未必，且听嘻哈道来：

改革开放以来，即便一些企业赚了钱，许多老板或高层却往往沉迷于吃喝嫖赌，其结果很可能是：垮了企业、散了家庭、毁了身体、短了性命。到头来竹篮打水一场空！

各位试想，如果一个人常年晨昏颠倒、纸醉金迷，顿顿鱼翅鲍鱼往肚里塞、白酒洋酒往嘴里灌，胃能不下垂吗？胆固醇能不升高吗？

还有，什么是KTV？各位当然认为是娱乐休闲、锻炼歌喉的好地方，嘻哈自然也认同。但嘻哈发觉KTV还有一个功能似乎被人们忽略了：那就是一大群人酒足饭饱之后，跑到一个封闭的地方，干什么？放屁、打嗝、呕吐、干号——那个地方就叫"KTV"！嘻哈实在不明白，为什么有人会喜欢花大钱去闻那个内容极其复杂、制造非常简单的怪味道？

因此，嘻哈总是建议今天的人们应该尽量少待在屋里，少一些参与室内的活动（如KTV、打麻将、赌博、泡吧等），多一些走出室外，走近大自然。而马术运动，实在是回归自然的绝佳选择之一！

马术运动益处小结

健康的马术运动在全世界各地都有，尤其在一些比较发达的国家和地区更加盛行。简单总结，马术运动有以下十分明显的益处：

1. 强身健体：马术运动是一项非常均衡的全身运动，长期骑马能够使人的骨骼强健、体形匀称，尤其是减肥功能十分明显；马术运动对锻炼人的内部器官，如心、肺、肝脏等的功能也十分有效，长期骑马能够使人的内部器官保持持续的健康和活力。

2. 老少咸宜：小至五六岁，大到七八十岁，都能够骑乘马匹，因此，马术运动对人们年龄的限制很小，而且最好是从小开始在专业马术教练的指导下进行有计划的系统学习。长期从事马术运动，年轻人能够增强适应能力，加速成长；中老年人则能够增强反应能力，防止衰老。

3. 调整心态：有道是，心态健康才能够身体健康。而马术运动能够十分有效地调整人们的心态，因为马是人类最忠实的动物朋友，长期与马匹相处，能够增强人们的爱心，增强对动物的理解，增强对大自然的喜爱和保护意识。

4. 容易持续：马术运动不像有些体育运动那样十分枯燥，容易使人产生厌倦感而难以坚持。马术运动是唯一一项人与动物共同完成的运动，易学难精，我们往往穷其一生也无法精通马术，具有很大的挑战和乐趣，因此很多人往往一次骑马终身爱马，与马结下不解之缘。

5. 风险不大：有人认为马术运动很危险，其实不然。只要骑乘受过严格训练的马匹，并在有经验的教练指导下骑乘，比起其他运动的危险性要小很多。我们看到很多项目的运动员往往会一身伤病，但没听说骑马会骑出一身病的。

6. 促进社交：马术俱乐部是非常理想的社交场所，能够为我们提供一个社交、沟通和商务洽谈的高级场所，同时也能够大大提高人们的社会地位和社交能力。

7. 经济环保：马术俱乐部不像高尔夫俱乐部，不但投资巨大，还需要占用大量的土地资源。马术俱乐部占地不大（小则

50～80亩，大则100～200亩），而且不会污染环境（马粪、马尿收集后成为肥料），对土地要求也不高，山边地、半坡地都可以，只要通水、通电、通路即可。

8. 有益社会：马术运动能够把人们的爱好和注意力集中到健康的运动休闲项目上来，因此，能够有效减少人们对不良活动（如赌博、酗酒等）的迷恋。同时，定期与马匹接触，对残障人士有很好的辅助治疗效果。因此，可以充分利用俱乐部的马匹资源，有计划地开展各种社会公益慈善活动。

马术运动的学习与消费

工欲善其事，必先利其器。

与其他运动项目一样，马术运动也需要根据不同的骑乘方式，选择不同专业的装备。马术运动的装备大致可分为四大类：骑手装备、马匹装备、马匹护理装备及医疗装备。

骑手装备一般有：马裤、马靴（或短靴/护腿）、马鞭（分长短）、马帽、护甲、手套、礼服等，价格从数百元至数千元人民币不等。

马匹装备一般有：马鞍（又根据需要分速度、跨栏、舞步、综合、牛仔鞍等），还有水勒、缰绳、护腿、蹄铁等，价格从数千元至数万元人民币不等。

马术运动的学习：学习马术必须遵循循序渐进的原则，切忌急于求成。因此，到一般旅游景区骑乘马匹，充其量只能是体验，而谈不上马术的学习。学习马术常常会因不正确的骑乘而导致剧烈的腰酸背痛，有些人往往因一次这样的痛苦经历而终身不再骑马，并且还会有很高的风险——万一堕马受伤，就更加痛苦和危险。

因此，建议有兴趣学习马术的人士应选择相对正规的马术俱乐部，并最好聘请专业的教练指导。这样不但能够快速掌握正确的马术骑乘要领，也可大大降低骑乘风险。另外特别提醒的是：一旦初学马术姿势不正确，今后改正相当困难。

初学骑马者容易犯的错误一般有：

1. 忽略安全，不佩戴马帽、护甲、护腿等装备，骑乘未经调教的马匹，使用不合格的鞍具等。

2. 因紧张而造成全身僵硬，导致颠簸和失衡。骑乘者哪里酸痛或磨损，哪里的姿势就不正确。

3. 身体因紧张而前倾，背弓如虾，眼盯马头，姿势狼狈，全无美感，俗称"鬼子进村"。

4. 持缰过长过高，导致马匹根本不受控，也容易造成马失前蹄（马失蹄的绝大部分原因是人为因素造成的）。

5. 脚镫踩踏不正确，踩在脚心而非脚掌，脚尖向下呈外八字，并且踩踏过重，导致身体更加颠簸。

6. 在未学习、掌握骑乘基本功时，急于打马奔跑，且得意忘形，结果往往乐极生悲。

7. 在万一堕马时，不是立即向外侧翻滚，而是用手硬撑地面，此举往往非常危险。

8. 骑乘时间过长，造成人马疲劳。初学者一次骑乘不宜超过一鞍时（45 分钟），并切忌野外骑乘及奔跑。

国际标准的马术骑乘一般采用"英式"，英式骑乘要求骑手身体与马匹保持 90 度垂直，开肩挺胸，目视前方，双腿下垂贴住马肚，脚尖向上脚掌踩镫，双手前伸自然持缰，以肢体语言指挥马匹，无须发声。

那些"喏喏、吁吁"是指挥拉车的马的，而韩国鸟叔的骑马动作，以及电影里鬼子进村的骑马动作，用专业马术骑乘标准衡量，那就只有两个字——扯淡！而国内新疆、内蒙古牧民一手持缰、一手扬鞭的动作，也并非国际马术所用。

初学骑马者首先要学习的还不是骑马，而是如何与马接触。有个口诀很简单，叫"人、手、马"，非常重要和实用。意思是当你牵着一匹马时，人与马之间一定要有一个手臂间隔，以避免被马踩到。接近马匹时需从马的斜前方走近，不可直接走向马的尾部。马的耳朵向前，表示安静及友好；如果耳朵背后，表示马很警惕，需立即小心躲避。

马匹非常金贵，因此对马匹的护理也就非常重要。马术俱乐部必须配备训练有素的马夫、钉蹄师、兽医、教练、夜班等工种。马最怕肚疼，剧烈运动后切忌立即喂水。健康的马在站立时会歇蹄，即总有一条腿是虚悬的。如果马四腿直立，肯定是病了。总是有人问马是否是站着睡觉的，其实马是会躺卧的。在一个正规的马术俱乐部，最有权威的往往不是总经理，而是兽医。

当开始学习骑马时，首先要认真学习最基本的"马场马术"。第一个学习科目是"起坐"，目的是骑乘者通过"起坐"找到马匹在快步运动时的节奏，做到所谓的"人马合一"，否则骑乘者就会在马背上颠簸（俗称打桩）。试想：一个几十公斤的人与一匹几百公斤的马不断对撞，不消十几分钟骨头就散架了。而只要掌握了起坐的节奏，骑乘者最大的收获就是：不颠了！也不累了！

起坐过关，接着就是"压浪"。所谓"压浪"，就是骑乘者不再一起一坐，而是臀部紧贴马鞍，身体放松，与马匹节奏同步。压浪之后是学习"脱镫"，即骑乘者不踩马镫。嘻哈认为此阶段最重要，必须多多练习，这就好像给自己买了保险。因为脱镫越自如，骑乘者的骑功就越稳健。然后才是慢跑、快跑、变速跑、快步及慢跑绕"8"字等。

进一步就可练习盛装舞步中的科目，如伸长跑、缩短跑、肩向内、肩向外、斜横步等。盛装舞步更高难的动作有换腿（从四步、两步到一步一换）、后肢旋转原地跑、动作组合及伴随音乐骑乘。

国际盛装舞步比赛分九个级别，在一个 20 米 ×60 米的场地内进行，高级别比赛还要配音乐。目前，国内盛装舞步比赛能达到第四级水平（圣乔治级），并在向更高的级别努力。以往由于国内人们对盛装舞步运动接触较少，而盛装舞步比赛也不如跨栏直观刺激，因此国内人们欣赏盛装舞步的能力还有待提高。

跨栏需在马术基本功扎实的基础上学习，从走地杆、快步走地杆、跑步走地杆、跳交叉障碍（50 ～ 80 厘米），逐渐加高障碍高度，直至跳组合障碍。场地障碍赛按难度分 5 个星级，在一个不小于 60 米 ×90 米的场地内进行，初级障碍赛栏高一般在80 ～ 100 厘米（8 ～ 10 组）；中级障碍赛栏高一般在 120 ～ 140厘米（10 ～ 12 组）；高级别障碍赛栏高一般在 150 ～ 160 厘米（12～15组）。越野障碍赛的障碍高度相对较低，一般在80～120厘米。

马术运动的消费：许多人认为学习马术价格很高，因此难以承受，其实未必。由于初学骑马者刚开始不必也不能骑乘昂贵而专业的进口马，而应该选择相对矮小、温顺、驯服的国产马，因此消费并不是太高。根据目前国内各马术俱乐部的情况，一小时骑乘消费人民币200～500元。待骑乘水平逐步提高，可再选择更专业的马匹。当然，消费价格也会随之逐步提高。

国内马术运动概况

马术运动在中国同样有非常悠久的历史，著名的蒙古民族与蒙古马曾经震惊世界，征服了很多民族和国家，汗血宝马也曾经是马中极品。但是，落后的农耕文化特征以及连续的战乱，使中国的马匹品种快速退化，无论在体形、品相、速度、耐力和智力等各方面均与国外一些发达国家所培育的马匹有非常大的差距。在近百年来，中国的马和马术均已远远落后于世界，尤其是与英国、澳洲、阿拉伯国家、德国、法国、意大利、瑞典、美国等国家相比差距更大。

随着中国改革开放的深入，人民生活水平的不断提高，马术运动近十几年来在中国已逐渐发展和升温，马术爱好者也越来越多。国内马术运动在内蒙古、新疆、北京、上海、南京、广州、大连、武汉、成都等地发展相对比较快。纵观近年来国内众多马场和马术俱乐部的经营状况，嘻哈认为基本上可分为以下几类。

粗放经营型

此类马场（无法称之为俱乐部）多设在国内各地一些旅游景区内，以招徕旅游散客赢利为主，基本上马匹质量低下，管理混乱，缺乏安全设备，骑乘者的安全无法得到保障，因此会带来许多隐患和问题。

私家马场型

此类马场多为具有相当经济实力的人士所有，主要用于私人享乐和小范围内的社交活动，不以赢利为目的，甚至成为炫富的场所，因此没有太大的社会效益。

专业运动型

此类马场主要用于培养专业的马术代表队参加比赛，经济来源主要是依靠当地政府文体部门的支持，以及企业、个人的资助。目前，全国许多城市都有这样的马场，基本上只有投入而甚少产出，往往常年处于亏损状态，面临严重的经营困境。

城市招牌型

最典型的就是大连女子骑警队，曾经成为大连市的"城市名片"，产生了较大的社会影响力。但自组建以来，据说已用去大连市政府上亿元公帑，每年还要消耗上千万元维持经费，再加上缺乏实战功能，因此也受到许多非议。

借马圈地型

为求圈地，国内有一些企业往往巧立名目，而开办马场也就成为其中的一个借口，但因"醉翁之意不在酒"，通常这样的马场与真正专业水准的马术俱乐部会有不小的差距。

赛马博彩型

目前国内已有一些人投入巨额资金兴建赛马型马场，希望一旦国内赛马运动开放，即可获取高额的投资回报。但限于目前国内相关政策的制约，这种盲目投资的风险是非常大的。例如，目前好几个投资数亿元的赛马场，投资者已经面临巨亏而马场举步维艰，甚至濒临倒闭。

盲目投资型

目前国内也有不少私人或企业投资马术俱乐部，但往往因定位模糊及缺乏专业知识而事与愿违。主要表现在：

1. 马场工程不专业，导致使用困难；

2. 马匹购置缺乏经验，结果花大钱买劣马；

3. 员工缺乏专业培训，无法正确护理及调教马匹；

4. 经营不善，导致亏损，压缩开支，越压越亏，恶性循环。

因此，嘻哈建议：开办专业而健康的马术俱乐部需在原则上有别于上述几种不良类型。由于开办马术俱乐部往往投资不菲，又需要非常专业的管理，因此任何试图靠开马术俱乐部赚大钱的想法并不现实。目前国内马术俱乐部绝大部分是处于亏损状态的，但如果定位准确、经营得当、管理到位，也未必一定亏损。

嘻哈的马术俱乐部经营近10年，并成为香港赛马会国内培训基地。以下是嘻哈的马术俱乐部的经营宗旨，可供参考。

四个开心：马匹开心、客人开心、员工开心、投资者开心。

马场愿景：成为极富特色的马术俱乐部。

马场定位：娱乐、休闲、舒适、自由。

价值观：身心健康、终生快乐。

服务宗旨：爱心、热心、耐心、专心。

马场文化：崇尚简约、回归自然。

嘻哈相信，随着中国北京奥运会马术比赛（香港）、广州亚运会马术比赛，以及越来越多的国内外各项马术赛事的举办，马术运动今后一定会在国内引起巨大的关注和获得更加快速的发展，并将会有更多的人积极参与。

各位——上马！

谨以此文献给对马术运动感兴趣的朋友们。

并以此文祭奠我深感亏欠的骏马斯波特。

嘻哈大士

马场系列之二：烤全羊

从前有座山，山里有个庙，庙里有个嘻哈老头讲故事。讲什么故事呢？讲个"烤全羊"的故事吧……

引 子

想我嘻哈实在是三生有幸，历经上山下乡，下乡后又"机缘巧合"当了好几年"饲养员助理"，整日与马、牛、驴、骡相处，从此落下个毛病——喜与畜生为伍。

嘻哈又"三生有幸"，遇到改革开放，日子逐渐好了起来。嘻哈生性好动，又爱热闹，忽一日突发奇想，壮斗胆搞了个马术俱乐部，养了一群高头大马，也因此聚了一大批五湖四海、三教九流的"狐朋狗友"。

人一旦有了狐朋狗友，便少不得吃喝玩乐，一次嘻哈与一班狐朋狗友去某著名食府吃烤全羊，不料所烤之全羊"色泽焦黑、香气全无、味道怪异、味同嚼蜡"，结果是乘兴而去、败兴而归。

得遇"大师"

几日后，当日赴宴的一位狐朋狗友突然兴冲冲地跑来告诉嘻哈，说他认识一个"大师级"的大厨，能够烤制天下无双的烤全羊，在全国绝对是"蝎子的粑粑——独一份"！嘻哈一听便立即像打了鸡血一样精神："此话当真？人在哪里？"狐朋狗友微微一笑："此人远在天边近在本城——最近刚好云游到此！"嘻哈只说两个字："快请！"

不几天，狐朋狗友果然不负所托，把这位大师级的大厨请到了嘻哈马场（为求方便，以下行文简称"大师"）。嘻哈早已求贤若渴、急不可待，连忙请大师入座，一番端茶客套之后，知道大师姓牛，人称"牛大厨"或"牛大师"。嘻哈仔细打量这位大师：五短身材、面色黝黑，对着嘻哈双手合十道了一声"幸会"，还真是双目炯炯、声如洪钟！

再看穿戴。此人头戴一顶鸭舌帽，身穿中式府绸大褂，大褂上还绣着两条龙，脚踏白袜黑鞋，一手持不知何物的念珠手串，另一手不停倒腾着两颗黑黝黝的大核桃，倒还真有一番仙风道骨的架势，嘻哈顿时肃然起敬！

一番客套之后，便言归正传，嘻哈自然急于想了解大师来历及烤羊绝技。大师也不客气，便开始自我介绍，谁知这牛大师还口才绝对惊人，一番介绍真可谓如"滔滔江水、喷薄奔涌"。云山雾罩地把嘻哈侃了个晕头转向，简单总结，大师所说内容大致如下。

大师乃东北那疙瘩的人，虽出身贫寒，但其祖上可着实是"神仙放屁——不同凡响"！居然是伺候过乾隆爷的"御厨"！因此不但祖上传下一手好厨艺，还有一项"独门绝技"：得祖上真传，会烤制"成吉思汗御用秘制烤全羊"！（嘻哈有些糊涂：这乾隆爷的御厨怎么得的成吉思汗真传？）

但嘻哈嗜吃心切，顾不得细究，立即请教大师烤羊的"秘方"，大师此时却卖了个关子：说此秘方并非普通常人可得，必须遇到有"大缘分"之人，舍得"大手笔"投入，方可成就。嘻哈立即矮了半截，但硬着头皮请教大师：这"大缘分"与"大手笔"是个如何究竟？究竟如何？以下便是嘻哈对牛大师所述"成吉思汗御用烤羊炉"描述的总结：

此炉4米见方，高2.5米，炉膛直径1.5米。共需用耐火砖数万块堆砌而成，状似"炮楼"。一次最多可烤12只全羊及50只叫花鸡。

想当年，"一代天骄"成吉思汗成为大汗后，极喜设宴，每当夜幕降临，常与家人、群臣燃起篝火，歌舞之下大碗喝酒、大块吃肉，尤喜烤全羊！但深感以柴火烧烤之羊极易失去水分而焦煳，肉质老韧难吃。

忽一日，大汗突发奇想，令属下掘一大坑，坑周边以土块围成桶状，下留一风洞，上则敞口，其余之处以湿泥封严。于桶内放置干柴点燃，待熊熊烈火燃烧数个时辰，则从风洞处迅速撤去柴炭余灰，再将早已用秘方腌制之全羊从上方敞口处挂入桶内，快速封闭敞口及风洞，精确计算控制时辰，以炉（实为"窑"）内恒定之高温将羊烤（实为"焗"）熟。

如此炮制之全羊外表焦黄，内里红嫩，一刀划下顺刀锋流油！肉质鲜香而微微发颤，香气扑面而弥漫四野，极其鲜美可口！成吉思汗大喜，钦定此炉为"大汗御用炉"，无可汗之命任何人不得私自享用！

而当今牛大师所造之炉，其完善程度相比当年成吉思汗年代已不可同日而语！羊则更是精选内蒙古、新疆、宁夏等地"喝矿泉水、吃中草药"之优质绵羊。因此，所烤之羊比之当年成吉思汗时代有过之而无不及！

烧炉之后之柴炭余灰，则又可废物利用发挥余热，成就了中国另一道平时因条件所限极难品尝之绝世佳肴：用古法秘方腌制，真正传统而正宗的——叫花鸡！如此之羊、如此之鸡，相信有幸品尝者定会终生难忘，绝对是：此味只可天上有，人间能得几回尝！

此炉全国绝无仅有，堪称中国之最，当可申请世界吉尼斯纪录！

大师告知嘻哈：首先需选择一块四周通透、相对独立的地方造炉，烤炉需用红砖及耐火砖砌成，还需不同规格的钢筋、角铁若干，需时数日方可完工。

完工后此炉需用大量木柴置于炉膛内燃烧5～6个小时，然后把余火灰烬迅速扒出，再由大师用祖传成吉思汗秘制配方，经约20小时腌制的全羊挂于炉膛内。上面用一口大铁锅扣住封死，下面炉门也同时封死，一个半小时后开炉取羊即可食用！

这一下可搞得嘻哈垂涎欲滴、心花怒放。嘻哈一想：按照大师的描述，此炉非炉，严格来讲是一个"窑"，用烧窑的原理烤羊，理论上绝对成立！自然要比用明火烧烤出来的失去水分的干巴巴的全羊好吃——对头！

开工造炉

有见及此，嘻哈立即询问大师各项材料数量及造价，大师倒是说了个大致的材料数量，并告诉嘻哈总费用约需人民币3000元，大师本人则并不在乎钱，辛苦费几百元看着给即可，关键是看嘻哈是否有合适的地方，以及是否出得起这个费用。嘻哈当时就松了口气：马场地方好找，几千元费用也出得起，加之吃羊心切，于是满口答应！

接下来的事情就好办了。坐言起行，嘻哈先领着大师找地方，满马场转了好几圈，找到嘻哈会所旁边的一块地方，大师认为合适，嘻哈大喜——有门！立即安排大师住在附近酒店，好吃好喝招待，以便监督工程，并宴请工程队按大师要求购置材料立即施工。

工程一开始，嘻哈便发觉有问题：按大师要求数量拉来的砖头很快用光，炉子却只砌了个底座。嘻哈掐指一算恍然大悟：原来根据大师所说烤炉尺寸，所需砖块与大师所说数量相差甚远！看来大师心中对所需材料用量根本就没谱。于是嘻哈不动声色，租来一辆手扶拖拉机，告知司机，大师要多少砖块水泥就去拉多少，嘻哈再去结账！

时光荏苒，转眼便一周有余，烤炉在大师监督下终于竣工。

嘻哈站在炉前一看，只见此炉直如一座"炮楼"，四四方方耸立在嘻哈面前，仔细一算账，费用已逾两万，所用砖块能盖3间大瓦房！

此时大师却一个劲猛夸嘻哈："嘻哈老兄，我与你实在有缘！我牛某走南闯北多少年，不知鼓动过多少大老板建造此炉，始终无一人肯真正出资建造，只有嘻哈仗义，一说就干，真是大手笔！大手笔！！"嘻哈顿时一晕：啊，敢情从未有人请大师造过炉，我是天下第一人？此时嘻哈如梦方醒："大手笔"？原来……恐怕……是嘻哈当了回独一无二的"大傻子"！

首秀烤羊

俗话说"舍不得孩子套不住狼"，自然"舍不得炉子吃不到羊"！于是不顾嘻哈婆唠唠叨叨，嘻哈兴高采烈催大师赶快准备烤羊。

炉子既已竣工，大师更是趾高气扬，至于如何烤羊，大师道出第二轮指示：准备一大卡车木头，最好是碗口粗的果木；购买新疆或甘肃产全羊数头；特大号塑料水桶两个；大号铁锅一口；把羊洗净后置于大水桶中，用大师"祖传秘方"调料腌制一晚待用，叫花鸡也用另外的秘方腌制待用（不需水桶泡）。

嘻哈立即遵照办理，好在嘻哈马场外即是全国最大的"万亩荔枝林"，每年修剪后的枯枝要多少有多少，嘻哈用拖拉机拉了满满一大车，又从新疆空运3只全羊及本地土鸡15只，按大师要求如法炮制待用。

此时万事俱备只欠点火，大师却命令嘻哈可立即通知各路宾朋第二天晚上6时准时赴会，此时嘻哈却有些犯嘀咕：敢问大师，此炉首次使用，可有把握一次成功？是否先不要惊动各路"诸侯"，自己内部试烤一次，成功后再宴请四方？不想大师牛眼一瞪："怎么，你信不过我？只管发'英雄帖'！我保证万无一失！"

嘻哈只好遵命，遍发信息通知各路人马，谁知根本不等嘻哈通知，各路狐朋狗友早已闻风而至、不请自来，一时间嘻哈马场真是高朋满座、热闹非凡，一个个伸长了脖子等着吃羊！

是日上午，大师坐镇炉前，一声令下：点火！马场几个伙计平时哪得如此杀羊放火的机会，立即点火！并在大师督促下兴高采烈地不断往烤炉里添柴，一时间干柴烈火噼啪作响！炉火熊熊，烈焰冲天！

大火从上午10点持续烧到下午4点，一大车荔枝木眼看烧光，嘻哈只见烤炉内部耐火砖已红得发出蓝光，烤炉外壁也烫得灼手，炉口上3步之内有如火山口，真正是"生人勿近"！

此时大师一声令下：出灰！几个伙计立即挥动铁铲冲近炉门开始把炉内烧尽及更多未烧尽的木炭灰往外扒，不料扒了不到十几秒钟，便纷纷退了回来，原来木炭灰温度极高，扒出后烤得人根本无法承受，炉前温度堪比炼钢炉！这一下大家及嘻哈都傻了眼！回头看大师，不想大师也是凡胎肉身，早已躲在一边探头探脑，哪敢趋前炉门半步！

此时嘻哈已知不能指望大师，当机立断，召集马场所有员工，拿来几床毛毯用水浸透，再找来几个摩托车头盔，4人一组，身披水毯、头戴钢盔，冲到炉前迅速耙灰，20～30秒一换，轮流冲锋陷阵，嘻哈本人更是豁了出去，身先士卒、带头冲锋（很快被伙计们拽开）！于是耙灰速度迅速加快。

谁知此时又出状况：所用铁铲前端很快烧溶，木把也纷纷起火燃烧！嘻哈见状，立即找来更多铁铲，又拉来一根水管，要一个伙计不停地往每各人铁铲上浇水！约一小时后，终于清光了炉内灰烬。

此时大师又来了精神，大声吆喝大家把早已腌好的三只大羊用铁丝穿好，结结实实地捆在3条事先准备的木棍上，木棍每条有胳膊粗，正好2.5米长，连羊带棍插于炉膛内，然后把大铁锅扣在炉口迅速用湿泥封死，烤炉下面的炉门也同样用湿泥封死。此时大师再次抖擞精神，大声宣布：一个半小时后开宴！

滑铁卢

大家总算松了口气，其中几个特别卖力的伙计已浑身湿透，几乎脱水休克，趁机洗澡换衣，休整一番。其他人则搬台搬凳、布碗筷分杯盘、上酒水端凉菜，倒也忙了个不亦乐乎！

约20分钟后，嘻哈终是放心不下，拿了瓶矿泉水忐忑不安地走上炉顶，用水一浇大铁锅，只听刺啦一声，冒起一股白雾，撒在锅上的矿泉水瞬间蒸发！嘻哈心头一惊，立即把铁锅边泥封扒开一点，一股香气立即扑鼻而来，嘻哈松了口气，走回会所招呼朋友。

又过了约 20 分钟，嘻哈还是放心不下，二次走上炉顶，冲铁锅边扒开的泥封一闻，此时除了羊肉的香气还伴随着一股焦煳味！嘻哈大惊，立即去找大师汇报，大师此时正在忙于换装：身穿一件白色镶金边大厨服，头戴一顶"高耸入云"的大厨帽，一副超特级厨师的架势。但此时大师却十分淡定：没事，一个半小时的时间是必须的，不必惊慌！

再过了约 10 分钟，嘻哈第 3 次走上炉顶，此时泥缝中除了焦煳味还是焦煳味！再去找大师汇报，此时大师也坐不住了，亲自走上炉顶一闻，顿时也傻了眼，立即指示：赶快开炉取羊！

几个伙计立即七手八脚扒开铁锅边的泥封移开铁锅，嘻哈往炉膛内一探头，只闻得一股焦煳味伴随着强烈的高温扑面而来，再定睛一看，炉内 3 根木棍上的 3 只烤羊通体焦黑，炉口一开，空气涌入，迅速引燃了炉内的羊油，羊油又引燃了木棍，说时迟那时快，只见 3 股熊熊烈火立即包围了 3 只可怜的全羊！

此时嘻哈的心与炉内高温形成鲜明对比：真是拔凉拔凉！但已顾不得许多，立即招呼大家七手八脚连棍带羊拉出炉子。再看大师，早已不见了刚才的神气，超高的厨师帽也不知何时摘了下来，蔫头蔫脑再无半点威风。

嘻哈此时突然明白了一个词的内涵："滑铁卢"。为什么人们做事失败后总说遭遇了"滑铁卢"，原来敢情是当年拿破仑打仗时也想吃烤全羊，结果羊烤煳了没吃成，仗也打败了，所以就"滑了铁炉（卢）"……

收拾残局

羊烤煳了，嘻哈面对请来的百十号狐朋狗友该如何交代？嘻哈唯有四里八下鸡啄米似的不停道歉。但意外和所幸的是：此次烤羊的副产品——叫化鸡却十分成功，打开泥封立即香气扑鼻，鲜香滑嫩、色香味俱全！加上嘻哈之前就多了个心眼，各色凉菜准备得十分充分，各路宾朋倒也吃了个满嘴流油。

嘻哈另外又多了个心眼：各色酒水准备得非常充足！嘻哈知道一个道理，任何人只要喝高了，味觉就会直线下降，此时基本分不清啤酒、马尿，白酒、白醋一个味，红酒、酱油都一样！于是嘻哈就一个劲地劝酒。

果然，两三小时后，只见各路英雄一个个开始语无伦次、摇摇晃晃站都站不稳了，叫花鸡、各式凉菜早已抢光，各种酒瓶横七竖八满地都是，再看那几只烤煳的全羊，其中半糊或未糊部分，居然也都被啃吃殆尽！

此时便应了那句话："天下无不散的宴席"。终于到了说拜拜的时候，狐朋狗友，以及狐朋狗友带来的狐朋狗友纷纷来向嘻哈告辞，并且还都掏心掏肺地安慰嘻哈："失败乃成功之母，再接再厉，下次烤羊记得通知，我们一定再来！"嘻哈真是感动莫名……

变革创新

嘻哈当晚辗转反侧，严重失眠，第二天一早独自一人爬到炉顶，看着尚有余温的炉子发呆：烤羊彻底失败，但留下这巨大的炉子如何处置？拆掉，浪费金钱不说，这"能盖三间大瓦房"的砖头往哪儿放？当垃圾扔掉，那不是更加"暴殄天物"？再用？烤出的羊狗都不吃，再说光耙灰时那个状况，比炼钢炉前还危险，搞不好会出人命！

此时嘻哈突然想起前一晚一位狐朋狗友的话："失败乃成功之母。"此话有理！做事岂能轻易放弃？嘻哈想起当年红军长征二万五千里，爬雪山、过草地、吃树根、啃草皮，饿得前胸贴后背，还能飞夺泸定桥、强渡大渡河，硬是跑到延安在南泥湾抗日救国！想嘻哈这点困难算个啥？

再说了，如果此时放弃，即便舍我嘻哈面子于不顾，又如何对得起那帮对嘻哈寄予殷切希望的狐朋狗友——一帮吃货？一念至此，嘻哈又像被打了一针鸡血，顿时精神抖擞且豪气万丈！又想到如今社会讲究变革与创新，想嘻哈的烤羊炉子也一定能够通过变革与创新重振雄风！

坐言起行，嘻哈当天从宾馆接来牛大师，封了个厚厚的红包，大师虽面有羞愧，倒也不客气，将红包揣入怀中，摇摇摆摆扬长而去。嘻哈则叫来马场几个得力伙计，分析前一天晚上烤全羊失败的原因，其实很简单：这烤炉既然已知是牛大师平生第一个"伟大的建筑"，那这烤羊也就自然是大师"大姑娘坐轿——头一回"，完全不靠谱！进一步分析，大家总结出以下三大问题：

1. 柴火加得过多导致炉温过高；

2. 耙灰时铁铲工具完全不合用；

3. 用木棍绑羊方法实在太愚蠢。

找到原因就好办，对症下药，嘻哈决定对以上问题做以下调整：

1. 下次烤羊时决定柴火要减少四分之三；

2. 在炉膛底部加砌一个斜坡以方便出灰；

3. 用根长钢管焊了个猪八戒式的大耙子；

4. 在炉口用螺纹钢做个环，环上焊钢钩；

5. 购置了两套真正的炼钢工专用防火服。

一切措施准备妥当后，嘻哈又拉来两只羊再次试验，并决定试验成功前不请任何客人赴宴。没了大师腌羊的祖传秘方，就只好用嘻哈自己家的"嘻哈秘方"，只是实在有些奇怪：想嘻哈外婆家恰是成吉思汗如假包换的后裔，这老成家的祖传秘方怎么就没传给自己人，却传给了八竿子都打不着的老牛家？

当哩个当、当哩个当，闲言碎语不用讲，再次烤羊才正当！一切准备就绪后再次开炉，嘻哈从头到尾亲自坐镇！腌羊、腌鸡（一夜），点火、加柴（5小时），直到出灰。嘻哈一声令下，几个伙计扒开底部炉门，用特制猪八戒长柄耙子迅速耙灰，真可谓"工欲善其事，必先利其器"！不到15分钟，炉灰轻轻松松全部出光！叫花鸡也用"嘻哈家秘方"腌制，再如前同样埋灰焗熟。

然后便是羊挂炉、鸡埋灰、锅上盖、泥封口，一切井然有序。

一个半小时后，嘻哈亲自指挥伙计打开炉口铁锅，往里一看：只见两只肥羊稳稳当当挂在炉内，取出一看：外皮焦黄、色如琥珀，拿刀一划，一股汤汁与羊油直冒，香气弥漫整个会所。把羊肉切下一块，抓在手里哆哆嗦嗦直晃，咬一口满嘴流油（汁）。叫花鸡同样不但成功，味道还更加香嫩。那羊和鸡的味道可真是：此味只可天上有，人间能得几回尝！

嘻哈马场有四十几个兄弟，个个年轻力壮，要说吃肉个个不含糊，争先恐后冲上去，抢了肉就往嘴里塞，犹如一群饿狼！不到一个小时，两只肥羊、五只肥鸡就只剩下"皑皑白骨"，马场兄弟一个个似乎还意犹未尽。哈哈——二次烤羊大获成功！

大火锅

嘻哈又想到只有烤羊稍显单调，于是找能工巧匠用紫铜手工打造了一只巨型大火锅。火锅直径 1 米有余，高约 80 厘米，连烟筒高约 1.6 米，并有鸳鸯分隔功能。工匠花了近月工夫方才打好此火锅，置于路边等待货运公司发货，据说引来不少路人围观，差点没出交通事故……

火锅运到嘻哈马场，嘻哈欣喜莫名，立即张罗为此锅"开光"，购置各种火锅肉菜、涮料自然不在话下，又买来几箱木炭，置于火锅炉膛内点燃，不一会只见红中带着蓝色的火焰顺着烟筒呼呼直蹿，菊花状火苗映着黑天、衬着星斗，极为壮观！不需 20 分钟，锅内红、白汤水已各自大开，兄弟们便忙往锅里倒各种肉菜，结果是不管倒多少，锅内汤水始终不停翻滚，应付百十号人就餐实在是富富有余！

兄弟们正吃得兴高采烈，忽听有人惊呼：房顶着火了！嘻哈及众人大吃一惊，忙往房顶一看，只见火锅烟筒上面恰好对着会所走廊上的一盏吊灯，灯罩已经被大火烤化，完全变形而摇摇欲坠！房顶也已变色发黑，于是赶快压火摘灯，真是险些乐极生悲。自此，嘻哈马场开火锅，必定高度关注防火！

烤羊大获成功，火锅又锦上添花，嘻哈马场可就逐渐"吃名远播"，嘻哈的狐朋狗友，狐朋狗友的狐朋狗友，以及四海英雄、五路诸侯、八方宾客、九流三教纷纷慕名而来，嘻哈通常是来者不拒，但有两个条件：

1. 人数少于 50 人不伺候（开炉一次不容易）；
2. 必须提前 3～5 天预约（订羊、腌制需时间）。

教授与"狼"

嘻哈因工作关系，倒是认识不少各路专家教授。忽一日因缘际会，一批专家教授恰在嘻哈马场所在城市开会，慕名要求来嘻哈马场品尝烤全羊，嘻哈自然来者不拒，赶紧安排准备，自是一番忙碌不在话下。

是日晚，大批专家教授准时来到嘻哈马场，骑马游玩活动之后，自然到了开餐的时间。当 3 只烤好的肥羊端上桌子，嘻哈却发觉出了问题：这些专家教授平时极其斯文，当面对眼前几只硕大的肥羊，便应了那句"老虎吃天无从下嘴"的老话，都不知如何下筷是好，一个个面面相觑！

嘻哈见状也有些着急，这可怎么办？灵机一动，立即命令手下伙计：赶快全部没收他们的筷子！然后嘻哈对着这些专家教授循循善诱："各位是否看过《动物世界》？"专家教授们对此问显得有些"丈二的和尚——摸不着头脑"，但个个点头。嘻哈再问："各位是否看过《动物世界》中虎豹豺狼抓到猎物时的吃法？"专家教授们似乎开始有些开窍，个个再次点头。

嘻哈最后总结陈词："在我马场吃烤羊，筷子完全无用，各位必须发掘自己的兽性本能，虎豹豺狼怎么吃，拜托各位就只能那么吃！"

专家教授到底是专家教授，智商就是不一般，此时一个个作恍然大悟状，立即放下斯文，纷纷开始用双手撕扯羊肉，大口大口往嘴里塞！嘻哈再一看，转瞬间这帮斯斯文文的专家教授变成了一群狼吞虎咽的饿狼！再喝些啤酒白酒，还开始兴奋地莫名大呼小叫，教授们还就真变成了兽性大发的"叫兽"！

酒足饭饱后，这些专家教授一个个拉着嘻哈的手猛摇：谢谢、谢谢！这辈子都没吃过一顿如此痛快的盛宴！羊好！鸡好！酒好！菜好！用手撕羊的感觉最好！下次什么时候再烤？一定……

一股成就感顿时在嘻哈心中升起：能够在瞬间把一班教授变"叫兽"，哈哈——过瘾！

后 记

俗话说"人怕出名猪怕壮",实在有道理。如今嘻哈经常会接到各种关于要吃烤全羊的预约,因此马场每年都要烤几十头肥羊,以至于嘻哈婆总是唠唠叨叨骂嘻哈是个标准的"败家玩意儿",并且还落下个毛病,一听烤羊就条件反射:眼睛发直、嘴里冒泡,还打饱嗝儿——羊油味的!

嘻哈大士

马场系列之三：东欧行记

从前有座山，山里有个庙，庙里有个嘻哈老头讲故事。讲什么故事呢？讲个"游东欧"的故事吧……

引　子

嘻哈的挚友 H 师父多年来在东欧发展，事业已颇有根基。多年来频频邀约嘻哈前去游玩，嘻哈却因种种原因一直未能成行。恰逢荷兰一个马术机构也诚意邀请嘻哈前往考察并学习马术课程（盛装舞步），于是好事成双，终于促成嘻哈的一次东欧之行。一路所见所闻颇有感触，深有启发，在此试与各位分享。

东欧感触

嘻哈乘机到达 H 师父所在城市，H 师父自然已经精心安排了所有的食宿及旅游行程。嘻哈喜游历，全国各地、世界各国到处流窜，自然去过不少地方。但嘻哈写杂文却从未写过什么游记，原因就是已经有太多游客、太多游记详细论述了全国各地、世界

103

各国的自然美景、风土人情，实在不必嘻哈啰唆赘述。但此次东欧之行，嘻哈一路走来，倒是有以下几个感触。

国界

　　H师父安排嘻哈夫妇游历东欧各国，嘻哈最大的感触并非名胜古迹、各地风光，而是这些所谓"申根国家"的国界。汽车在高速公路上一路前行，前方会突然出现一个横跨公路的路牌，汽车并不减速，转瞬即过，H师父便会告诉嘻哈夫妇："我们现在已经到了××国家境内。"十数日如是者多次，H师父便带着嘻哈夫妇畅通无阻地游历了好几个国家。

　　国与国之间没有明显的国界，没有围墙、铁丝网、关口、军队、警察，无须查验证件、开箱搜身，这种感觉实在太好！嘻哈甚至有些不敢相信这是真的，但这确实就是真的！

　　嘻哈想起"亚洲太空第一人"王赣俊先生在联合国"关爱地球日"的一次著名致辞，大致内容是：希望各个国家的元首们一生最少能够上一次天空，因为从太空回望地球，看不到国界、看不到城市、看不到人类活动的踪迹，看到的只是一个美丽的星球，因此你的心胸会更加宽阔。

　　嘻哈又想，如果地球真有主宰，无论是玉帝，还是上帝，他最不应该放到地球上的东西是什么？如果让地球上所有的动物，甚至包括山川、河海、植物、空气评选，它们最深恶痛绝的东西又是什么？如果让地球自己选择，她认为最应该从她身上彻底剔除的东西又会是什么？

嘻哈非常喜欢一个小故事：有一个年轻人，立志将来要成为全世界最好的科学家。一个老科学家问年轻人："你的研究方向是什么？"年轻人说："化学，我要研究发明一种化学物质，能够瞬间腐蚀世界上任何物质。"老科学家笑笑，问年轻人："假设你真的研究成功，请问你用什么东西去装它？"这个故事所表达的道理简单而重要：任何事务一旦完全失控，唯一的结果就是消亡！

嘻哈认为，中国道家的理论非常科学，非常符合大自然的规律，万物相生相克，才能够生生不息。如果不能相生相克，便是死亡（癌症就是最好的例证）。人类在地球上除了自相残杀，早已没有了其他相克的天敌，我们同时又肆无忌惮地破坏在这个星球上生存的一切基本条件，那么最后的结果会是什么？

嘻哈曾经在网上看到一组图片，是假设人类完全从地球消亡之后，城市在岁月中的变化：高楼大厦林立——逐渐崩溃坍塌——变成残垣断壁——花草树木丛生——一切回归原貌——葱翠美丽的大地……

嘻哈实在有些杞人忧天：人类在地球上早已没有了天敌，便如同那个狂妄的年轻人所想，已经成为地球上能够腐蚀任何物质的"物质"，自然没有任何"容器"可以承载。如果又不再自我克制，其结果会是什么？繁荣昌盛？还是自我毁灭？

嘻哈感慨：地球没有国界——好！

眼神

嘻哈喜游历，自然去过许多国家。嘻哈游玩，不喜所谓的"旅游胜地"，却喜欢在一些小城、小镇、农场、酒庄游荡，嘻哈发现许多我们曾经大肆攻击的国家，那里人们的眼神往往非常安详、和善。俗话说"眼睛是心灵的窗户"，非常有道理！人的眼神往往能够准确反映其生活状况及精神状态。

嘻哈发现，近几十年来，国内许多人的眼神就有些不对劲。"文革"时期，人们的眼神往往充满了恐惧、疯狂及警惕，很像被关进笼子里待宰的野兽（不信？不妨去读读所谓的"伤痕文学"）；"文革"之后，人们的眼神往往又充满了冷漠、绝望与仇恨，很像马戏团里饱受虐待的野兽；及至改革开放，人们的眼神又往往充满了贪婪、多疑和狡猾，眼睛里往往会发出一种蓝幽幽、绿森森的光，很像动物园里狼与狐狸混合的眼神！

嘻哈知道，东欧许多国家曾经与我们有过同样疯狂的历史经历，因此，在东欧各国人们的眼神中，是否会流露出和我们部分国人一样的特色？然而嘻哈发现，走遍东欧若干个国家，尽管那里大部分人们的生活还并不富裕，但眼神已经是——安详而和善，眼睛里已没有一点残存的"红色血丝"。

嘻哈感慨：安详而和善的眼神——好！

音乐

嘻哈喜音乐，但并不专业，也不发烧，知道东欧有一个城市是世界著名的音乐圣地之一，自然慕名前往。白天到处观光，看到这个城市的楼宇，大多是有百年历史以上的石头建筑，维护保养得明显比相邻几个国家要好，街道、商店也很干净，当地行人的衣着打扮，似乎也比其他相邻国家的人要更整洁大气一些。

及至傍晚，嘻哈便迫不及待地要去有音乐盛会举办的大广场，想去领略和感受一下那里著名的音乐氛围。到了一个大广场，当地负责陪同嘻哈的朋友便开始介绍广场的情况，嘻哈问：哪个是金色大厅？因为这个金色大厅在国内实在是太有名气了。

许多国人往往未必了解这个城市，未必了解这个城市所属的国家，未必了解这个城市曾经出现过多少世界著名的音乐家及他们的作品，但一定知道金色大厅！它简直就被认为是世界音乐殿堂的最高境界。谁要是能够在金色大厅开演唱会，绝对是"神仙放屁——不同凡响"！

不料陪同的朋友哈哈大笑，告诉嘻哈，金色大厅虽然有名，但还并不是这里最高级别的音乐圣殿。金色大厅实行的是商业化经营模式，理论上只要支付得起租金，就可以开演唱会。至于广告宣传、门票销售、是否有人来捧场，则需阁下自理。

嘻哈问朋友：虽然嘻哈五音不全，但假设嘻哈有钱，是不是也可以租下金色大厅，开一个"五音不全、狗屁不通的嘻哈演唱会"？朋友回答："完全可以！"嘻哈得寸进尺，再问："嘻哈家有条狗，整天飙高音……"朋友一拍胸脯："包在我身上！"

　　朋友告诉嘻哈，这里音乐殿堂的最高境界应该是国家歌剧院。于是我们一行又来到国家歌剧院。歌剧院是一座古老的石头建筑，并不豪华。此时天色已晚，剧院里当晚的节目已经开始，是一场歌剧演唱会。嘻哈看到剧院门口有一个小广场，广场里事先已有一排排的条凳，剧院正面墙上有一个巨大的电视屏幕，屏幕上显示的正是当晚歌剧表演的同步实况。

　　嘻哈只见还有少数人在验票入场，但小广场条凳上则已经坐满了人，大大小小、老老少少，有数百人之多。这些人衣着整齐、表情庄重、心无旁骛，非常安静、认真、专注、投入地欣赏表演。那种强大的气场与氛围，恐怕比场内不遑多让，甚至还会有过之而无不及，令嘻哈极度震撼，并且肃然起敬，久久不愿离去……

　　享受音乐，有条件的买票进场，条件不够的在场外一样可以享受一场音乐的盛宴。即便是贫穷的人，也不能剥夺他们对音乐的欣赏，以及对文化传承的权利！

　　嘻哈感叹：这样的音乐，这样的氛围——好！

马术心得

　　嘻哈游历了东欧几个国家，最后一站如约来到东欧某国一个马场。这个马场倒是有些来头，被所在国评为最高级别的五星级马场。多年来曾经调教出不少专业的赛马（障碍赛及舞步），也培养出不少世界级的马术骑手（障碍赛及舞步），同时还致力于儿童及青少年的马术培训。

这个马场的主人曾经多次到国内，专程到嘻哈马场考察指导。马场主人人品正直、马术精湛，因此与嘻哈十分投缘，于是诚意邀请嘻哈去他的马场做短暂的考察和实习。结果此行嘻哈又有不少心得体会，也试与各位分享。

马场

嘻哈与嘻哈婆下了飞机，马场主已经早早到机场等候，坐上他的汽车，约 40 分钟就到了马场。只见一个木栅栏做的大门，大门正前方是一栋建筑物，右边是一个露天的沙圈，左边是一栋住房。进入正面的建筑物，里面是一个小小的会所，会所外是一个室内沙圈，沙圈周围是一排排的马房。整个马场与豪华完全不沾边，嘻哈心里纳闷：这也算五星级马场？还没有嘻哈的马场讲究……

闲话少说。马场主夫妇就住在马场左边的房子里，安排嘻哈夫妇住在客房，当天下午就开始了嘻哈的马术培训课程。马术培训课程一开始，嘻哈就逐渐发现这个马场的不简单之处，虽然所有设施看起来都很简单，用国内一些大型豪华马场的标准来看，甚至可以用简陋和寒酸来形容。但无论从场地、马房及所有配套设施来看，事事处处都体现了合理实用的原则。

嘻哈此后与马场主人一共拜访了 11 个马场，发现这些马场有一个共同点，就是朴实无华。与国内一些豪华马场最大的不同是：他们会首先从马匹的角度考虑问题，所有设施会尽量考虑和做到让马匹安全舒适，而不是从人的欲望角度考虑。

反观国内一些马场，花费巨额资金，动辄几千万、几亿，甚至十数亿人民币投建超豪华马场，但往往是从投资者妄图暴富或者虚荣炫富的角度考虑，所建马场富丽堂皇、极尽奢华，却未必真正顾及马匹的安全和舒适，以及场地设施的专业性及实用性，因此在使用中往往问题百出，并不实用。嘻哈与许多人的感觉一样，为什么要花巨资投建这种马场？实在匪夷所思！

嘻哈认为，这种专业而朴实的马场——好！

马匹

再看马匹。嘻哈走访了 11 个马场，自然看到不少非常专业的优质温血马，但嘻哈看到许多马场还有相当数量的小型马，当地叫"poni"，身高在 0.8～1.2 米。嘻哈有些奇怪，这些小型马并不值钱，国内许多马场多数是花重金购买比赛用的温血马，极少有马场购买这些小型马。

很快嘻哈就知道了这些"poni"的作用。欧洲及世界许多国家马术运动非常发达，与此项运动的普及有极大关系。小孩子从四五岁开始就学习骑马，高头大马当然不合适，这些小型马自然就非常适用。当地孩子从四五岁到十四五岁，全部都是先用这种"poni"学习马术，然后再骑乘高大而专业的温血马。

嘻哈还惊讶地发现，这些"poni"个头虽小，却非常聪明，只要加以规范的调教，舞步居然可做到圣乔治水平的动作，跳障碍可跳 80 厘米栏。因此，非常适合儿童及青少年的入门和初级马术训练。

目前我们国内的国产马品种身高大多在 1.3 ～ 1.5 米，打比赛不够高大强壮，用于儿童及青少年马术训练又偏高大。同时这些马的智商较低、野性太强，加之缺乏专业训练，用于拉车耕地、长途野骑还可以，用于训练马术则不合适。

嘻哈知道，其实国内也有一些小型马品种，比较典型的代表是广西德宝马。但嘻哈认为恐怕只是体形的大小和高度相似而已，智商及功能则相去甚远，尤其是马匹繁育体系的不健全，以及后天调教的严重缺失，导致国内的小型马根本无法达到"poni"的能力。

嘻哈想起国内的足球及乒乓球运动，足球的衰败，其原因之一就是未能普及；而乒乓球之所以能够横扫全球，就是因为太普及了。由是，嘻哈认为，马术运动要想在国内发展，我们真正需要的恐怕还不是那些昂贵到天价的专业比赛级马，也不是一些华而不实的表演用马（那是马戏团用的），而是需要大量的"poni"，以及相关的训练课程及合格的教练！

嘻哈认为，"poni"马——好！

比赛

一天，马场主告诉嘻哈，说今天有马术比赛，嘻哈可以观看。

嘻哈一听自然十分兴奋，于是早早就等着比赛的开始。果然，从清晨开始，嘻哈就看到陆陆续续有人开车来到马场，车后都拖着一辆专用的马车，车内或载一匹或载两匹马，到马场后非常熟练地卸下马匹，稍做活动后陆续进入场地骑乘。观众来的都是儿童及青少年，父母陪同，骑乘时家长们在场外观看鼓掌，骑完就把马收回马车，开车就走。

嘻哈从上午看到下午，也没有看到正式的马术比赛开始，实在有些着急，于是去询问马场主："比赛何时开始？"马场主瞪大眼睛："你已经看了大半天的比赛，还问何时开始？"嘻哈如梦初醒，才知道这就是比赛！简单、自然、认真、朴实，而比赛的裁判为了不影响选手，其实一直轮流坐在场外的一辆不起眼的汽车里，给场内的小选手们打分，比赛的结果会在次日公布。

相比国内的比赛，广告、宣传、炒作往往铺天盖地，一场比赛又往往是大投入、大排场、大规模、大场面，而比赛的实质却又相反，往往是质量低、水平低、成绩差、矛盾多。

嘻哈认为，朴实、普及的比赛——好！

文化

嘻哈多次说过，当一个民族的文化落后时，会表现在其他任何方面。马文化在中华大地已有数千年的历史，照道理我们的马文化应该领先于世界许多国家。但非常遗憾，事实恰恰相反。中华民族经历了多年的战乱、动荡、争斗，导致了国家与百姓的贫穷。

于是，马匹便成为人们谋生的工具，拉车、耕地、运输、打仗……

根据现实生活的需求，我们国内的马匹需要经受得起粗放粗养，并且能够刻苦耐劳，至于是否高大英俊并不重要。于是国内马匹的品种逐渐变得身材矮小、智商低下、跑不快、跳不高，更遑论做更高难度的舞步动作了。

嘻哈认为，我们中国的马匹繁育文化，实在是亟待改善和提高。

嘻哈在东欧学习马术还有一个非常深切的感受和体会，就是在东欧（包括国外许多马场），学习骑马者无论是谁，都必须自己打理马匹，为马匹洗刷、梳理、清马蹄、打护腿、备马鞍，还要打扫马房、清理马粪（四五岁的孩子父母从旁协助）。

相比之下，国内许多骑马的人士通常是一切都要靠别人打理。很多人骑了好多年马，恐怕也不会备马鞍，也从未洗刷过马匹，更遑论清理马房、拾扫马粪了，实在是够"大爷"的。嘻哈想，这应该就是真正的马术文化与我们的暴发户文化之间的区别！

嘻哈认为，这才是真正的马文化——好！

嘻哈大士
培训系列之一：
九问《蓝海战略》

《蓝海战略》一书在国内曾引起企业界的关注，掀起一股不小的热潮。书中作者提出一个崭新的理论，认为可以把商场理解为有两种完全不同的"海洋"，一种是"红海"，另一种则是"蓝海"。

所谓"红海"，是指企业间在已知的市场盲目竞争，结果导致大家都斗得你死我活、杀得血雨腥风，商场变成了一片"血海汪洋"，最终谁都无法生存，这就是所谓的"红海"。

而所谓"蓝海"，则是通过《蓝海战略》一书中所推荐的方法和模式，使企业能够不断获得新的市场空间，能够在广阔的"蓝海"中畅游，把竞争远远抛在身后。

因此，企业只要能够按《蓝海战略》的指点进入"蓝海"，则传统的战略思想和模式，如"竞争战略""差异化战略""市场细分战略""成本领先战略"等，都将过时而不再适用！

本人对《蓝海战略》一书中所提出的"企业必须不断变革创新以取得发展"的理论非常认同，但同时也想对此书的一些观点提出质疑及一些不同的看法。

问题一

商场上真的只有"红海"和"蓝海"两种"海"吗？我们知道，西方人的思维往往是二维模式，不是 YES 就是 NO，即不是黑的就是白的。《蓝海战略》一书的逻辑思维似乎也正是这种二维模式，即认为商场只有两种形式：红海和蓝海。

但这种二维思维模式的问题过于简单，往往无法系统、全面地解释事物的真谛。而我们东方人的思维往往是三维模式：黑的、白的，中间一定还有一个灰的！

例如：许多企业会有那些尚在维持企业生存的业务单元和产品线，以及相关的服务体系，这些业务单元、产品线和服务体系并非蓝海，但也并非到了红海的地步，一定要抛弃。非红非蓝、亦红亦蓝，你说这算什么海？

因此，我的疑问是：商场上真的只有红海和蓝海两种海吗？恐怕未必！事实是：在红海和蓝海之间，还存在着另一种海，我姑且把它叫作黄海（或混海），即介于红海和蓝海之间的另一种海。

问题二

企业真的能够按照书中所说的方法直接从红海跳到蓝海吗？这恐怕实在有一点天真的理想主义浪漫色彩。即便企业找到了自己所谓的"蓝海"，也必然有一个过渡过程。例如：IBM 公司从一个产品供应商(红海)，转化为一个系统服务供应商(找到蓝海)，是经过了若干年艰苦卓绝的奋斗，并非是一蹴而就的。

另外，企业即便找到了自己的蓝海，原来红海体系中的机器设备、人才团队、相关技术，以及供应商、老客户，恐怕也不是说抛弃就抛弃，说停止就停止的，也必须有足够的时间和方法妥善安排处理。而产品线转型的成本压力也非同小可，没有真正当过企业老总，恐怕根本无法体会个中的必要和艰辛！

问题三

本人认为，在绝大部分情况下，企业的黄海不但存在，而且还不可或缺！因为对于很多企业来说，黄海中的一些业务往往还担负着企业生存保障的重任，并同时维系着一条很长的社会价值链。对于企业来说虽然辛苦，但却往往关乎一个群体的生存大计，其作用举足轻重。

而真正需要警醒的是：黄海中的业务最终会逐渐分化，其中一些会落入红海最终被淘汰；而另一些则有可能通过产业生命周期更新战略再进入蓝海。假设我们否定红海、忽略黄海，一门心思只想尽快跳到所谓的"蓝海"，不但不现实，恐怕还欲速不达。企业行为一旦好高骛远、急功近利，"狗熊掰棒子"，是十分危险的！

问题四

假设企业找到了所谓的"蓝海",真的就能够远离竞争,就不再需要竞争战略、差异化战略、市场细分战略和成本领先战略吗?事实恐怕绝非如此!因为"变"是这个世界上唯一不变的常数,再好的蓝海也会很快产生竞争,也会逐渐变成黄海和红海。

因此,我们必须保持清醒,对企业而言,竞争战略、差异化战略、市场细分战略和成本领先战略在任何时候都有其价值和意义,绝对不会过时,更加不能忽略和抛弃!

《蓝海战略》一书的作者认为,传统的差异化战略会大幅度提高企业成本。对此,本人无法认同。因为差异化战略可能会提高成本,但如果运用得当,在更多的情况下反而是会降低成本的。

再从另一个角度看,红海也能够变回蓝海。不信?过去穷人吃的是青菜甚至是野菜,今天的富人们在用高价趋之若鹜!俗话说"三十年河东,三十年河西",过去喂猪的,现在反而成为"喂"人的,而且往往是"喂"有钱人的。煤油灯行业一旦重新定位为照明行业,红海就能变回蓝海。

问题五

企业之间的相互竞争真的那么不好、那么令人"深恶痛绝"吗?恐怕不是!我们都知道著名的"狗鱼理论"。在市场上,企业间正常的竞争不但不能避免，而且还非常必要！因为只有竞争才能有效推动市场需求和社会进步。

不管你愿意还是不愿意，竞争都会如影随形，永远伴随着你和你的企业！而只有竞争才能促使企业不断变革与创新，从而不断前进和发展。例如：麦当劳与肯德基，可口可乐与百事可乐，松下、东芝与索尼，华为与中兴通讯，上海大众与长春一汽大众……都是在持续不断的激烈竞争中发展壮大的。

《蓝海战略》的作者能否具体告诉我们，上述企业的红海和蓝海是什么？比如：麦当劳与肯德基有竞争，那麦当劳的蓝海是什么？总不会是做狗粮吧？即便做狗粮，那届时它与宝路等企业的关系又是什么？

全世界任何行业间、任何企业间从来就没有停止过竞争（红海及黄海），但各自又都必须确定自己的市场定位（找到蓝海）。而如果企业间没有了竞争，反而会是一种"温水煮青蛙"式的慢性自杀。

例如：国内一些垄断行业及传统落后的大型或超大型国有企业，倒是有利用政策和特权，以鸵鸟式的方法避免了竞争，躲在一片所谓的"蓝海"里不思进取，最终其下场如何可想而知。

另外，蓝海也未必一定就是天堂和金矿。当年美国的铱星计划失败的案例，就说明了盲目超前，深入蓝海，也可能会被淹死。

因此，我们应该避免和摒弃的，是商场上缺乏创新、缺乏定位、低质量的、同质化的和无序的恶性竞争。《蓝海战略》的作者为我们描绘了一个居然可以避免竞争的蓝海，简直就是一个商场的天堂。但试想：一个人或企业一旦上了"天堂"，岂有在人间生存的可能？

问题六

《蓝海战略》一书所举的案例中全部使用了一种所谓"蓝海式"的分析模式来说明蓝海战略的作用和实效。但我却认为，这种分析方法其实根本就是在市场竞争中早已被广泛使用的差异化战略和减法战略等，并无新意。如美国西南航空公司案例、玩具反斗城案例等都是。

而在激烈的市场竞争中，我们并不能指望仅用一种方法克敌制胜，有时做减法有效，有时做加法有效，有时需另辟蹊径。例如：一些家用电器、摄影器材、手机通信等领域，其产品的功能必须不断完善和更新，才能够获得自己的蓝海。宝丽来的破产，摩托罗拉、诺基亚手机的衰微，以及苹果、三星手机的兴起，都能够说明这个道理。

问题七

书中所举案例，似有新瓶装旧酒、偷换概念之嫌，仅仅是把一些旧案例冠上了一顶所谓"蓝海战略"的新帽子。例如，美国西南航空公司的案例并不新鲜，是一个经典的老案例，多年来已经被许多管理类的案例教材引用。类似的老案例非常多，如非洲卖鞋案例、宝洁公司伞型品牌案例、玩具反斗城做减法案例等。

但书中作者却将此类案例列为蓝海战略案例，并试图从根本上区别于早已在商场上被大量成功案例证明是行之有效的竞争战略、差异化战略、市场细分战略、成本领先战略等的战略思想和战略举措，但我实在看不出其实质的分别何在。

附：西南航空公司案例。

美国西南航空公司（简称西航）面对日益激烈的市场竞争备感压力（落入红海），决定采取战略行动摆脱困境，并积极拓展新的市场空间（寻找蓝海）。经过认真的市场分析，西航发现传统航空公司80%的服务项目并不符合80%客户的需求（80/20原则），80%的客户最关注的仅仅是价格和速度。因此，西航决定采取以下一系列战略举措：

统一公司旗下的机型，取消头等及公务舱，精简或取消机上餐饮及酒水服务，裁减相关的各类员工，并大幅度降低票价（做减法），增加航班密度，增加直航航班，使乘客搭乘西航航班像搭乘巴士一样快捷方便（做加法）。

此举大大降低了运营成本（成本领先战略），并使西航的经营与其竞争对手产生明显的差异（差异化战略），成功锁定了自己的客户群（市场细分战略），西航的战略举措大大增强了自己的核心竞争力（竞争战略），西航成功找到了自己的蓝海（市场定位战略），赢得了目标客户的信任和认同（品牌定位战略）。

说明：西航此举并不能摆脱竞争，也不可能垄断所有的中低端市场，只是相对稳固了自己的市场地位，而其竞争对手也会很快采取相应的战略举措应对，因此将永远存在着竞争和黄海！

问题八

要想支持一个理论的成立，必须有严谨的论证和大量实践的证明，但我通读全书，却无法确认到底有哪些具体案例是在蓝海战略的影响和启发下，尤其是实践后成功的。反而感觉好像作者是在一些过去的成功案例中获得了灵感和启发，才发明和总结出了这顶所谓"蓝海战略"的帽子，并试图以此颠覆多年来在战略研究领域里各位国际级大师们的理论和实践体系，这种做法本身就难以令人信服。

问题九

《蓝海战略》一书的中文版得到了国内一些专家、教授和权威们的集体推荐，但我的疑问是：这些专家、教授和权威们到底有没有认真研究甚至看过这本书？因为此书中的一些问题、瑕疵和漏洞十分明显，并不难被发现。

那么，我们不禁要问：我们的专家、教授和权威们的立论是否有据，治学是否严谨，推荐是否负责？尤其是近年来在市场经济大潮的诱惑下，我们的一些专家、教授和权威们的社会责任感和职业操守是否还禁得起考验？

反观近年来国内对《成功学》《执行力》等书的炒作，以及一些"经济学家"在企业担任"天价独立董事"后为了利益摇旗呐喊，而一旦这些企业出了问题又立即推脱责任、溜之大吉的丑陋表演，实在令人扼腕叹息！

本人接触过不少企业家及职业经理人，他们中的绝大部分对我们的专家、教授和权威们抱着一种近乎虔诚及盲目的尊敬和信任，而这些朴实的群体又往往对一些企业管理的专业知识缺乏足够的识别力（否则他们何必要投资于学习），而这就更加需要我们的专家、教授和权威们自律和谨慎，否则，将如何承受和对得起他们的信赖与尊重？

本人的观点

本人认为商场上并不存在绝对的红海或蓝海。如果一定要把商场形容为海，那就应该只有一个海——商海！不同的区别是：由于市场的恶性竞争，商海的一部分变成了红海，红海的中心是一个死海，红海的边缘有一片黄海，而黄海的外边才是蓝海。

企业必须不断变革以求离开红海，尤其是不能不思进取、坐以待毙进入死海。企业也必须不断地创新以寻求蓝海，而蓝海的中间其实也有一片死海。试想：企业如果不思进取、害怕竞争，同样也会跌入蓝色的死海，而蓝海的深处又是"黑海"，企业如果盲目扩张，盲目投资，也会坠入黑海而死亡。同时，企业也必须正确对待自己的黄海，认真做好已有的产业及服务，脚踏实地、直面竞争、循序渐进，只有这样才能够不断地前进和发展！

正因此，我认为尽管《蓝海战略》的基本思路并无不妥，但并无新意，作者想以此颠覆和取代所谓"传统战略"，甚至宣布传统战略已经过时和失去作用，先不说是否有故意炒作和过于狂妄之嫌，起码不具备足够充分的说服力，实在有一点"血色浪漫"的天真色彩。

另外，本人感觉近年来全国管理培训市场似乎对一些所谓"新概念"的炒作过多，有一些专家、教授和权威们每每大有"语不惊人死不休"的精神头，而真正对企业有实战意义的、实用性的和系统性的内容则实在太少，这种现象已经令许多企业家和职业经理人疲于奔命、无所适从，并且开始产生怀疑和反感。

因此，衷心希望我们的专家、教授和权威们能够为企业着想，为企业做一点实事。也衷心希望我们的企业家和职业经理人们能够不断提高学习能力，同时也需要提高对学习内容的鉴别能力，避免盲目跟风，使我们对管理的学习能够回归理性，注重实际、实用、实在、实效，避免炒作，使我们的管理学习和培训能够真正起到帮助企业持续发展的作用。

以上是本人对《蓝海战略》一书的一些看法，希望大家批评指正。

嘻哈大士

培训系列之二：

企业如何选择管理咨询公司

管理咨询需求的产生

随着改革开放的不断深入及加入 WTO，中国的企业已日益感受到，要在国际舞台上与国际级的企业同台竞争，就必须不断提高企业经营管理的素质和水平，这是非常关键和极度重要的举措，甚至会决定企业的生死存亡。

但是，由于中国企业在经营管理上长期处于较低的水平，企业的成熟度往往远低于国际级企业，因此，在管理变革过程中寻求外力的帮助，就变得格外迫切，而寻求专业咨询顾问公司的帮助，是其中一个有效的选择。

即使是世界级的优秀企业，甚至包括一些国家的政府，也非常重视咨询顾问公司的使用。在国际上对咨询顾问公司的作用有这样一个评价：企业使用咨询顾问公司未必一定会成功，但成功的企业则一定有各类咨询顾问公司的帮助！

中国改革开放几十年来，已经有越来越多的大中型企业在使用咨询顾问公司，其中有成功的案例，也有不少失败的教训。这些案例和教训说明，企业导入管理咨询并非一定是灵丹妙药，也很可能会事与愿违。因此，企业如何选择合适的咨询公司，以及如何有效利用咨询公司的服务，就显得非常重要。

但是，由于目前中国咨询行业本身处于新兴的探索阶段，加之确实有很多所谓的"咨询公司"存在严重的素质问题，所以，近年来中国企业在导入管理咨询项目中，一方面使用率远远低于世界发达国家和地区的企业，另一方面，中国企业使用咨询项目成功率也同样处于较低的水平，甚至一些国际级的咨询公司近几年在中国也一次次兵败。正因此，企业在如何选择咨询公司的问题上确实犯了难，这就有必要做一些深入的探讨。

企业选择管理咨询公司的问题

咨询公司与企业的"沟通不足"

沟通，在现代企业的经营管理系统中十分重要，而在企业管理咨询项目中则更加重要。然而，目前国内一些企业在选择咨询公司之前，对有效沟通的重视程度并不足够，方式方法及程序也欠科学和严谨。如果企业采用咨询招标的方式，问题将更为严重。

招标这一形式多数应用于采购标的相对清晰的情况下（如物品采购、建筑工程等），其最终的侧重往往是价格因素。然而，企业的管理咨询是一个相对复杂的智力型行业，相关工作必须按照行业特色和企业的实际状况量身定做，事先缺乏明确的产品实体供企业去锁定。

正因如此，企业与咨询公司在确定合作关系之前，以及在整个项目推进过程中的持续沟通就显得尤其重要。然而，招标这一形式为追求公平原则，就必须最大程度地避免沟通以示公平。

某企业管理咨询项目招标，该公司选择了6～8家咨询公司。"应标——报标——开标"，各应标咨询公司与对方高层、中层管理人员的接触基本是零，甚至被告诫必须遵守"避免接触"原则，最后连对方有关人员的姓名职务都无从了解，更不要说其他资料了。

这样的招标，就好像病人请了医生，却不让医生对病人有任何接触一样。这一招标过程表面上看十分严谨，但实际上却明显缺乏严谨和科学。

咨询公司与企业的"理念矛盾"

现代企业的管理变革，最重要的往往不是首先采取什么行动，而是思想、理念方面的确立和统一。一个科学而有效的管理咨询项目的导入，在这方面往往需要花费相当的时间和精力。在中国，由于企业类型比较复杂，有国有企业、民营企业、集体制企业、股份制企业、上市公司等，因此在企业经营理念、管理风格及价值观取向上往往有很大的差异。

因此，在管理咨询问题上，咨询公司与企业能否就上述原则性问题取得统一显得至关重要。双方如果缺乏足够的共识，根本无法推进管理的变革。如果企业采取招标方式，这个问题会更加严重，很容易产生问题和矛盾。这种缺乏共识的咨询项目，即便有咨询公司中标，其风险也将极大，成功率受到严重影响是能够预见的结果。这同样是不严谨和不科学的。

企业有居高临下的"购买心态"

招标这一购买手段往往适用于以"买方市场"为主导的情况。正因如此，凡采用招标形式的企业往往有十分明显的"购买心态"，这就会造成发标方与竞标方明显的不对等状态。例如在一些建筑工程的招标过程中，发标方的高高在上与竞标方的诚惶诚恐往往形成一道风景线。而且从形式上来看也是发标方选择竞标方，而竞标方则根本不可能对发标方做出任何选择。

有人说竞标方的应标行为本身就是一种选择，这是误区。因为选择是一个过程，而应标只是这一过程中的第一个环节。另外，从行业性质来看，咨询公司必须具备一定专业素质，也必须保持一定的职业高度。咨询公司与企业之间一旦失去这一高度，对项目的推进无疑是一场灾难。购买心态及咨询招标，往往使咨询公司失去了应有的高度。

这一情况就好比病人请了医生，却要求医生按他的意愿行医一样。这样的咨询或招标，由于合作双方地位的不对等，最后很可能造成双输的局面，对咨询公司和企业百害而无一利。

而一旦咨询公司在项目前期为求得到订单，在项目推进过程中又为了得到客户的认可，从而保证客户不至于拒付咨询费，于是事事迁就客户、处处低三下四，试问这样的咨询有何作用及意义？

咨询质量与价格的"权重失衡"

在任何一个市场购买行为中，质量和价格都是客户非常关注的要素，然而客户真正需要的到底是什么？不是质量，也不是价格，而是对他自己的利益！企业在决定导入及购买咨询项目时也是一样，必须清醒地自问："我为什么要导入咨询？我期望从中获得什么？"企业一旦开始招标，则很容易迷失主题，而把工作的重心放在审核各咨询公司标书文本制作内容的华丽，以及应标的价格条件上。

在上面同一案例中，发标公司在发标过程中制定了这样一个游戏规则：

限价人民币×××万元（高素质咨询公司未必应标）；

30天内准备体检标书（欠缺有效沟通）；

45分钟内讲述及答疑（很容易走过场）；

第二天开标评出前3名（还是走过场）；

前3名中价最低者得（价值趋向偏差）。

从这一游戏规则中不难看出，仅凭一本标书文本，在一天之内就算请再高明的专家也难以保证评标的质量。而中标的关键在所谓的前3名之中依然是价格决定一切，其缺乏严谨和科学性又是不言而喻的。

解决问题的方法及建议

明确企业发展方向，锁定整改需求目标

在21世纪，中国企业摸着石头过河、点子大王当道、乱拳打死老师父的时代必须结束。今后市场竞争的游戏规则及相应对企业素质的评估标准将更加趋向国际化。因此，企业要想追求可持续发展，就必须有明确的奋斗方向和战略目标，并做出相应具体的企业发展规划。

当企业确定了战略发展规划时，又必须做出确保这一规划实现的支持系统，进一步做出对管理系统提高的计划和投入预算。只有明确了方向、目标和战略需求之后，企业才能确定在哪方面需求外力的帮助。否则，往往会跌入头痛医头、脚痛医脚和抄袭剽窃、追赶时髦的误区。

评估、选择咨询公司，专业对口、特长对路

企业评估、选择咨询公司，建议采用以下程序模式：

一、高层对接

建议咨询公司的主要专家与企业高层，尤其是一把手应进行若干次对接会谈，主要目标是在企业经营理念及咨询标的锁定方面达成共识。

二、前期调研

除非企业已有非常明确的咨询需求，否则，建议企业在正式与咨询公司签订咨询合同之前，先与咨询公司签订一个咨询项目的前期调研诊断协议。这样做有以下好处：通过这一前期调研诊断工作，合作双方相互都有一个直接的认知和了解；咨询公司所设计的咨询建议能够有的放矢，咨询方案也能够量身定做；合作双方的风险会有效降低；尤其是对企业，在合作初期不涉及较高的咨询费用，而是较少的诊断费用。

三、培训先导

一般来说，培训公司通常不具备咨询能力，但咨询公司一定具备培训能力。所以，企业一方面必须识别所接触的到底是培训公司还是咨询公司。如果与培训公司谈咨询业务，恐怕未必是明智和有效的。

另一方面，企业在选择咨询公司时为慎重起见，可以要求咨询公司就咨询的主要标的先到企业上几堂专业的培训课程。通过培训，能够比较直接和直观地对咨询公司的咨询理念、咨询能力和专业水平等做出判断，这一方法往往是行之有效的。

四、评估选择

企业在选择咨询公司时成立一个由公司内部中、高层组成的评审小组，必要时可以邀请外界的一些专家参加评审，相信能更好地增强选择的科学性及准确性。如果企业在真正做了大量的前期工作的前提下，再对几家咨询公司采用招标的形式来最终确定一家，也未尝不可。因为招标本身依然不失为一个很好的选择方式，只是用于管理咨询，必须有所变革。

咨询公司的专业特长各有不同，天下没有包医百病的医生，当然也没有无所不能的咨询公司。一般咨询公司分为很多专业类型，各咨询公司对行业的认知深度也各不相同，这些都是企业在选择咨询公司时必须做出正确判断的。

同时，咨询公司过往的业绩表现非常重要，尤其是所咨询企业的评价更为重要。简单剖析咨询行业的特色，咨询行业应具备四个重要的功能：

1. 行业评估；

2. 企业调研；

3. 方案设计；

4. 推进实施。

在世界发达国家，国际级的咨询公司往往把工作重心放在前三个功能上，而第四功能则主要依靠企业自行推进。然而，由于中国企业的成熟度往往远低于国际级企业，因此，这一在世界发达国家能够行之有效的咨询模式在中国却遭遇屡战屡败的尴尬。

因此，我认为在中国的咨询模式必须把项目推进工作的权重大大加重。当然，这就必然对咨询公司实际操作能力和项目推进能力形成考验，但只有这种咨询模式才能够适应国内企业的现实情况和实际需求。

相关评述

　　企业并没有使用咨询顾问的习惯，盲目性的陷阱在所难免，加上咨询行业本身仍在婴儿阶段，国外大哥级顾问公司一到极不规范的中国市场就晕了，三个方面的角色大家都"一时糊涂"，"一失足成千古恨"的惨剧自然不可避免。这篇文章将在未来指导企业选好合适的咨询顾问、用好咨询顾问公司，提供语重心长的忠告。

嘻哈大士

培训系列之三：

企业文化专题访谈

（某机构专题访谈纪要）

问：近年来有一个非常热门的话题"企业文化建设"。请问，所谓"企业文化"的内涵是什么？优秀的企业文化对企业发展的意义和作用体现在哪里？

答：要解释清楚什么是企业文化的内涵，首先必须搞清楚"文化"的定义。"文化"一词可以有多种解释，一般老百姓认为读的书多就叫作"有文化"，这恐怕是不准确和不全面的。

"文化"一词，比较直接、简单和清晰的定义是：文化——人类生存和繁衍的模式！所以，就有古代文化、现代文化、东方文化、西方文化、大河文化、海洋文化等不同的分别。

而优秀的文化将支持一个民族的生存和繁衍，反之，则与这个民族一起消亡。大量残酷的事实早已表明：历史上已经有太多的民族由于文化的衰落和不能够与时俱进而消亡。而另外一些民族，则因为文化在不断发展并充满活力而生存繁衍至今。

例如：长城是几千年前"农耕文化"为了对付"游牧文化"的杰出产物，但随着历史时间的演进，它开始落后，最终无法抵挡外敌的侵入，失去了作用。而游牧文化在成吉思汗时代也曾经被发扬到极致，但最终因缺乏稳定的后方而走向衰落。

我们对文化有了清楚的定义，企业文化也就容易定义了：企业文化就是："企业生存和发展的模式"！因此，要想准确理解什么是企业文化，我们必须明白：所谓"企业文化"，它不是一种知识，而是人们对知识的态度；不是利润，而是人们对利润的心态；不是舒适的环境，而是人们对环境的情感；不是管理，而是造就管理模式的氛围。

企业文化是渗透在企业一切活动中的无形理念体系，它是企业的灵魂所在，是一个企业独特的价值标准、传统、观点、道德、规范。是企业里不成条文的，但被员工普遍遵循的信念和习惯作风。最复杂的人力资源问题，往往在企业文化面前都会迎刃而解。

在战争年代，我们关注的是军队、将军和元帅；在和平年代，我们关注的则是企业、企业家和职业经理人。大量的事实表明，"世界 500 强"之所以能够胜出的根本原因，就在于它们善于给企业文化不断地注入活力，使企业保持长盛不衰。

国家的强大在于经济，经济的繁荣在于企业，企业的发展在于管理，而管理的优劣在于文化。优秀的企业造就优秀的企业文化，而优秀的企业文化无疑也会造就一个优秀和成功的企业。面对残酷的市场竞争，企业往往缺少的不是产品、技术，甚至也不是人才，缺少的是文化和团队凝聚力。

因此，我们完全可以断言：21 世纪的竞争最终是文化的竞争。未来最具竞争力的企业一定是那些有文化内涵的企业。而且，成熟的企业文化能够经受最恶劣的环境和最残酷的考验，不会因条件和环境的变化而轻易改变。

问：在国内企业文化建设上，中国传统文化起到了什么样的作用？

答：中华民族有五千年的文明史，长江和黄河孕育了中华民族，这种文化的内涵是农耕文化，农耕文化是由北向南发展的。

但是，我们今天遇到了海洋文化的冲击！海洋文化则是由南向北海啸般冲击过来的。因此，我们的民族，当然也包括我们的企业，必须经受住这样的冲击，并且还要在这样的冲击中不断完善和修正我们的文化内涵。

因为传统文化对我们有非常深远的影响，它潜移默化地在我们每个炎黄子孙的血液里和骨髓里流动、传承、影响、作用，当然也会直接影响到我们企业各级员工的思想和行为。对我们的企业管理产生不可忽视的影响力。因此，我们应该去其糟粕、存其精华，我们的民族和企业才能够不断的发展和持续的进步。

例如：中国民族崇尚仁义、慈悲、克己、礼让、勤奋、坚毅、执着、进取、节俭、平和、宽容、谦虚、含蓄、变通、均衡等的传统美德，这些优良的品德最终凝聚为我们民族的价值观和传统文化。这些传统文化至今都非常有用，我们当然要继续发扬和传承下去。

但我们的传统文化也有一些已经开始不能与时俱进的内容，我们也必须有清醒的认识和判断。

例1：中国传统文化的"圈子现象"。

中国传统文化认为先有群体，后有个人；而西方文化则认为个体至上，先有个体，后有群体。这就直接造成我们在平时待人接物方面的不平等。大欺小、老压少、官大半级压死人，以及帮派、小圈子现象十分普遍。部分国人在国内外公共场所的种种劣行，往往也是因为：我不认识你，所以就不必顾及你。

例2：中国传统文化是"重羞耻、轻内疚"的。

在严格的尊卑等级思想影响下，我们的民族另一个十分明显的特征是：重羞耻，轻内疚。羞耻文化当然有它的积极意义，知耻才能近乎勇。但羞耻文化只能产生被动的推力，而内疚文化则强调度己及人，顾全大局，"己所不欲，勿施于人"，内疚文化能够产生的是主动的推力。对于中华民族来说，羞耻文化已经足够，我们建设今天的企业文化，必须大力强调内疚文化，以内疚文化为主导。

例3：中国传统文化是缺乏法制观念的。

中国传统文化似乎与西方文化一样也强调情、理、法三者之间的关系，但我们传统文化与西方文化不同的是，我们在法的上面又加了一个"天"，"人情大过天"，天理大于法理。这可就乱了套，这就使我们的法治失去了衡量的标准。

例4：中国传统文化是以"模糊"为最高境界的。

任何事情以看明白但不说为高明，强调"大智若愚""高深莫测"，而模糊的核心是"悟文化"，"悟文化"的最高境界是"顿悟"。

我们可以把人们对事物的理解程度解释为"悟性"，所以不能否定人是有不同悟性的，但过度强调悟性，则会失去判断事物的标准和方法。因此，中国企业在决策时往往是谁官大谁决策，靠悟性、靠拍脑袋、靠权力决策，其失误率可想而知，"悟文化"往往变成了"误文化"。

例 5：中国传统文化是以"不遵守制度"为荣的。

如果有一个人，无视法治、不守规矩、胡作非为、横行霸道，这样的人在国内的社会地位是高还是低？答案是：高！通常这些人被形容为：牛！国人往往以不守规矩的程度，来衡量一个人的社会地位。

例 6：中国传统文化是缺乏"感恩"基础的。

中国传统文化强调：君君臣臣父父子子，三纲五常……都是在讲人与人之间的等级关系，人与人之间是不平等的。其结果是：为尊、为上、为大者，有权羞辱为卑、为下、为小者，既有上下、大小、尊卑之分，何需感恩？因此，感恩的基础便荡然无存。

例 7：中国传统文化是缺乏"信仰"的。

真正的信仰必须完全具备以下特征：

1. 专一（甚至是唯一）：我们是满天神佛；

2. 相信（甚至是迷信）：我们是只信金钱；

3. 服从（甚至是盲从）：我们是服从私欲；

4. 敬仰（甚至是膜拜）：我们是仰而不敬；

5. 奉献（甚至是牺牲）：我们是只进不出。

而我们许多国人的"信仰"却是五个要素无一符合。由此看来，中国传统文化中似乎并无真正的信仰。

例 8：中国传统文化是崇尚"貔貅"的。

千百年来我们自诩为"龙的传人"。但其实许多国人并不真正喜欢龙，而是更喜欢另一种怪兽叫"貔貅"，传说此兽"只吃不拉"。由此可见许多国人的价值取向。但如果有一天我们"龙的传人"一个个变种为"貔貅"，恐怕就是我们民族的灭亡之日。

问：企业应当如何选择适合自身发展的企业文化？

答：不同的企业，在不同的环境和历史发展时期，企业文化的内涵和特色是不同的。有以下企业文化建设的模式的选择供参考：

模式一：以企业家为中心的文化体系，强调企业家的价值取向，即老总文化等于企业文化。

模式二：以客户为中心的文化体系，树立"优质客户服务"观念，规范服务的标准。

模式三：以人为本的全员资质文化体系，强调"以人为本"，挖掘员工的潜能。

模式四：以质量为根本的文化体系，强调"质量即是生命"，提高员工质量意识，提升产品及服务的质量。

模式五：以企业形象为重点的文化体系，强调突出企业形象，把企业的理念和行为向市场及社会渗透，不断提升企业知名度和美誉度。

模式六：以科技为核心的文化体系，强调"科技是第一生产力"的观念。

模式七：以市场为中心的营销文化体系，强调市场竞争，提升员工把握市场的技能。

模式八：以生产为重心的文化体系，强调员工的效率意识，重视时间管理，改进工艺，降低成本。

一般来说，即便是同一行业的不同企业，其文化内涵也是不同的，一个企业的企业文化必须与企业的战略意图、价值观和品牌内涵高度吻合。

例如：IBM与戴尔都是电脑生产企业，但IBM的企业文化强调"为客户解决问题"，而戴尔的企业文化则强调"为客户省钱"！结果，IBM成为优秀的方案提供商，而戴尔则建立了优秀的电脑销售渠道。

问：你认为国内企业在文化建设上存在哪些误区？你的建议是什么？

答：国内企业过去并不重视企业的文化建设，往往认为企业文化是一种"务虚"的东西，可有可无。近年来一些企业看到了一些世界优秀企业的企业文化建设的成功案例及其巨大的作用，才开始重视企业文化的问题，并且致力于建设。例如，我们比较熟悉的海尔、格力、华为、联想、中兴通讯、万科等。

目前大多数企业的文化建设往往流于形式，把企业文化建设简单地理解为一些口号、标志、游戏和员工活动，或者照搬国内外其他企业的文化口号，最典型的案例就是全国企业都在大喊"以人为本"。

事实是：不同的企业，在不同的环境和历史发展阶段，其企业文化的内涵和特色是不同的。所以，我们必须全面、深入地理解到底什么是企业文化，以及企业文化的作用力。原则上讲，企业文化有四个层次。

表层文化——主要表现在器物和标识文化上。例如：厂房装修、产品外表、特色、包装、员工娱乐文化设施、厂容、厂貌等。表层文化的作用是强化人们对企业的第一感受，是企业的物质装修文化。但仅限于装修文化的企业是短视的。因为成功的企业都有成功的物质文化，但有良好物质文化的企业不一定都成功，秦池集团的衰亡就是典型的案例。

浅层文化——主要表现在礼仪文化。例如：企业对员工行为和语言的规范、团体的共同行为、各种娱乐、公关、社交活动等。浅层文化的作用是体现企业员工的精神面貌和人际关系的文化特征，是企业精神的动态反映。成功的企业都有成功的行为文化，但有良好行为文化的企业未必一定成功。

中层文化——显示了企业管理的规范文化，也是强制性的制度文化和纸文化。例如：企业的基本管理制度、所有权、责任、分配、用人机制，组织机构和管理模式。中层文化规范了员工的行为方式并且把它文件化。目前中国企业最薄弱的环节往往就是这一层次。成功的企业都有成功的制度文化，但有良好制度文化的企业还是未必一定成功。

深层文化——这是企业文化的核心，是企业的意识形态文化，并且会受外部环境和内在因素影响。深层文化体现了企业精神、道德观、价值观、企业远期目标和行为准则。它是企业的指南针，能够潜意识地指导每一个员工的价值观和思想。成功的企业都有成功的深层文化，有良好深层文化的企业一定成功！

上述四个层次的企业文化建设绝非一朝一夕能够成功，必须有"十年磨一剑"的决心和毅力。而企业文化的建设，又能够给企业带来以下的作用和功能。

导向功能：对企业整体和每个成员的价值取向及行为取向起引导作用，使之符合企业所确定的战略目标。

约束功能：对企业员工的思想和行为具有约束和规范作用。文化约束是一种软约束，软约束产生企业文化的氛围、群体行为的准则和道德规范。

凝聚功能：当企业价值观被员工认同后，就会成为黏合剂，把员工团结起来，员工由此产生"认同感"，一方面为企业做贡献，另一方面展现自我价值，从而产生巨大的向心力和凝聚力。

激励功能：具有使成员从内心产生进取精神的效应。对人的激励不是外在推动而是内在引导，通过企业文化的塑造，能够使员工从内心深处产生为企业拼搏的献身精神。

辐射功能：企业文化一旦形成较为固定的模式，不仅在企业内部发挥作用，对本企业员工产生影响，也会通过各种渠道对社会产生影响。

问：企业在建设自己的文化时如何对待国外企业的优秀经验？

答：我们必须承认，中华民族五千年传统文化的确有非常宝贵的财富，我们必须传承和发扬。但我们也必须清醒地认识到：五千年传统文化的确也有很多不适合今天和今后发展的部分，我们必须修正或摒弃。

我们要想进步，要想与世界对接，就应该多一些检讨，反省自己的不足，就必须向世界优秀的民族和企业学习，不断地提升和优化我们中华民族的文化，使之能够与时俱进，能够与国际对接，从而使我们的民族和国家与世界同步，不断发展。但是，盲目地照搬和模仿国外企业的文化，往往是"东施效颦"徒劳无效，而"融会贯通"则应该是最佳的方法和途径。

例如：在团队精神和凝聚力建设方面，我们不如日本；在工作认真精细、遵规守纪方面，我们不如德国；在战略规划和市场开拓方面，我们不如美国……我们甚至还应该向新加坡、韩国、以色列，以及我国香港、台湾地区等更多国家和地区的优秀企业学习。

如果我们今天还以我们民族曾经的辉煌而沾沾自喜，因为我们五千年传统文化的博大精深而目空一切，并以此为根据，硬说中国的管理是世界上最好的管理，恐怕是有失偏颇，不但与事实不符，也无法令世人信服，而且也很容易因此而故步自封、不思进取，这是非常危险的。

问：中、日、美企业文化的不同以及特色是什么？

答：举例而言。我今天随意问任何一个中国人，海尔、万科、联想、蒙牛、阿里巴巴……的老总是谁？恐怕连小孩子都会立即回答：张瑞敏、王石、柳传志、牛根生、马云……我如果问：路易威登、古驰、爱马仕、通用、福特、山姆、索尼、丰田……的老总是谁？恐怕鲜有人能够回答出来，唯一能说出的大概是"苹果"的乔布斯——还死了！

这就是目前我们国内企业与国际顶级企业的本质区别。我们至今仍旧是老总文化，而世界级的优秀企业则是用真正的企业文化取代了老总文化。

中国式企业文化的特色是：深受儒、佛、道思想的影响。强调"主人公"精神，结果人人都是主人，人人都未必是主人，当然就难以管理。传统文化以"模糊"为最高境界，结果是各项工作的标准往往无法确立；传统文化以人情代替法度，结果是一些人以不遵守规则为荣；传统文化强调等级观念，结果是"官大半级压死人"，企业员工难以参加决策，导致决策失误高，执行力低下；等等。

日式企业文化的特色是：强调民族精神、武士道精神和家族文化。而中国的儒家思想对日本的影响也是非常大的。日式企业文化的特色是民族精神加西洋技术，家族主义加上以人为中心。其反映在企业管理上则是提倡终身制，以为企业舍命为荣，强调对人的重视。

美式企业文化的特色是：典型的欧洲文化加移民文化，强调个人奋斗，信仰平等，鼓励创造。美式企业文化崇尚建立价值观，提倡合作文化、亲密文化，认同个人的能力，强调技术和科技发展（硬件），重视服务和文化建设（软件）。

总体来讲，目前中国企业的企业文化极少有十分成熟和稳定的，也正因为如此，我们的企业与国际优秀企业相比，差距是非常明显的。在企业文化建设的路途上，我们还有十分艰巨和漫长的路要走。

有人说世界上最会做生意的有两种人：犹太人和温州人。我认为两者未必有可比性，事实是，在企业发展的长远规划方面、诚信方面、认真方面、科技水平方面及其他许多方面恐怕是相去甚远，根本无法同日而语！

　　我们应该虚下心来，认认真真向世界优秀国家和地区的优秀企业学习。例如：日本企业的企业文化在人才管理、生产管理、质量管理等方面有十分鲜明的特色，值得我们学习和借鉴，但在战略管理、市场拓展和危机管理方面，则是美国企业明显占优，更值得我们学习和借鉴。

嘻哈大士

培训系列之四：

让培训回归本质

（十问中国管理培训界）

开场白

本人属社会"三无"人员（无学历、无官职、无教职），甚至无职业。目前说好听点是个"弼马温"，其实就是个养马的马夫。

马夫，与神圣的企业培训行业似乎八竿子打不着，故本无资格对国内培训界评头论足。但本人平时副业倒也多少涉及企业培训及管理咨询，所以也来说些三道些四。说得对，各位姑且听之；说得不对，一介马夫人微言轻，料也不会捅多大娄子，权当本人放了个马屁……

企业培训，我想应该是一个神圣而高尚的行业。随着中国改革开放的深入，国内各类企业对加强经营管理体系建设日益重视，于是，企业培训业也就应运而生，这是十分正常和可喜的现象。与世界任何国家及地区一样，健康而成熟的、有专业水准及责任心的培训机构一定会给企业带来显著及实效性的帮助。因此，培训行业应该是代表着最先进管理思想和经营理念的朝阳行业，前途无量！功德无量！

然而，本人今天在此不想歌功颂德，而是想讲一讲在这个行业多年来我所看到的一些问题。有些话肯定不会好听，也未必一定对，还必然会得罪一些人，但还是一吐为快吧。

本人看到近几十年来，这个行业部分从业机构和部分从业人员的发展模式及所作所为，似乎在走向一条并不神圣也并不高尚，甚至可能是十分缺德而危险的歧途，尽管有些问题和现象是局部和个别的，但俗话说"一粒老鼠屎坏了一锅粥"，恐怕还是要引起关注及警惕的。

在世界发达国家和地区，企业培训一直被高度重视。一个卓越并有远见的企业，一定会根据自己的战略需求，总结出企业内各级员工能力及素质方面的"短板"，并因此量身定制设计各种极具针对性的培训规划，从而提高员工的工作能力及综合素质，以符合企业发展的需求。

然而，冷眼看近年来国内培训市场的一些现象，恐怕未必能够符合上述要求，甚至南辕北辙背道而驰。因此有以下质疑。

一问：公开课模式

多年来，国内有些人看到企业培训似乎是一个进入门槛低并能够快速致富的发财途径，因此非常热衷策划举办动辄几百甚至上千人的大型、超大型培训会。为求利润最大化，他们会用各种手段把尽可能多的、未经任何筛选的所谓"学员"招到培训现场。但问题是：此举如何照顾到学员的实际需求？怎么解决他们的实际问题？怎样保证培训的实效？答案恐怕是——天知道！

这种方式在改革开放之初，企业培训初级启蒙阶段还无可厚非。但如长期存在，甚至成为一些培训机构主要的赢利模式，恐怕就值得商榷。比如学校要分小学、中学和大学。如果一个人总是停留在小学阶段，怎么可能进步？

这种模式在发达国家培训界几无踪迹，国际级优秀企业的培训大多采取极具针对性的内训模式。受训人员一般会按自身素质及能力需求，充分利用企业的培训福利，以"自助餐"方式选择学习课程，而课程中受训人数也会受到严格控制以保证培训质量。

例如：我曾见过一位在东南亚很资深的女培训师为某大型企业做专题培训。协议明确规定学员人数上限为18人，而现场来了30多人，该老师坚持不进课堂，理由是照顾不到太多学员而无法保证授课质量，最后她情愿第二天免费再为超员学员多上一次课，其敬业精神令人钦佩。这种培训价值观恐怕是国内培训界许多人根本无法理解的。

通常培训课程的主题、内容及培训师也应由企业评审确定，培训机构只是推介不能决定，因为你的服务主体是企业而不是你自己。

而公开课模式则恰恰相反，培训机构成为主导，削弱了企业的选择权，长期如此显然并不合适。

市场是敏感而残酷的。近年来这些大型公开课的举办已日益艰难，迫使一些机构不得不转战二三线城市，甚至县城。如此做法如何能够持久？

因此，此类缺乏实用价值和专业水准的，基本忽视企业及受训者利益的，以满足培训方及培训师个人利益最大化的大型公开课模式，是否到了应该有所收敛的时候？

二问：学习卡模式

多年来，国内一些培训机构非常热衷采用一种叫作"学习卡"的赢利模式。千方百计向企业兜售学习卡，往往能快速敛聚巨额钱财。

其实这种模式并不新鲜，早在20世纪70年代的香港西饼业就曾经使用过。当地人有一习俗，儿女结婚时需向亲戚朋友送礼饼，往往所费不菲。于是一些西饼店就推出所谓"饼卡"，即客户可在平时每月购买一些饼卡存着，并且还有折扣优惠。日积月累，若干年后儿女结婚时饼卡已储蓄够用，于是许多人乐意购买。

但问题是，饼店利用饼卡快速敛聚了巨额钱财，还有心思起早贪黑辛辛苦苦去做饼吗？当然没有了。于是这些饼店纷纷突然"倒闭"，以致引起民愤及慌乱，最终由香港政府出面管制，情况才得以控制。

今天的培训界其问题与弊病与香港当年的饼卡如出一辙：培训机构利用学习卡敛聚了大量钱财，还有心思好好做培训吗？进了口袋的钱还舍得再拿出来吗？即便请老师讲课，好老师价格高，不如请便宜的，结果培训满意度差，学员投诉，那就再在学习卡上打折扣，如此恶性循环，怎会有好结果？这种学习卡模式在发达国家培训体系中同样闻所未闻。

因此，此类以快速敛财为目的学习卡模式，已越来越受到国内企业的投诉和反感，是否也到了应该检讨和有所收敛的时候？

三问："大忽悠"模式

企业管理是一门需要倚重实践的学科，因此，相关培训导师必须具备非常丰富的专业知识及实践经验，因此有较高收入很正常。但任何事都不能过分，否则物极必反！

近年来国内一些培训机构往往利用五花八门的招数，忽悠大批盲目的学员，千方百计把他们骗进各种各样的培训班。他们制造现场疯狂气氛，再通过大批助手和托儿的诱导，把学员变成"提款机"，大量钱财莫名其妙、糊里糊涂就进了这些"忽悠大师"们的口袋。一堂这种充满煽动和疯狂的"培训课"，竟然能够暴敛几百万、上千万的钱财！

真正意义上的培训，本该是一个使受训者从无知到有知、从混乱到清晰、从感性到理性的一系列良性转化过程。而培训的本质当然也应该是施与（知识）和传授（技能）。而大忽悠培训模式则恰恰相反，他们致力于使受训者从无知到更加愚昧、从混乱到更加茫然、从感性到更加疯狂的一系列恶性愚化洗脑过程，而培训的本质也演变成欺诈和掠夺。

更有甚者，个别培训机构甚至采用传销模式，听课学员要帮助培训机构拼命发展下线。这种方式曾引起公安系统的注意而被取缔，但很快又死灰复燃，只是转入地下更加隐蔽。

中国经历了祸患无穷的"文革"，又经历了今天的改革开放，这种极大的环境反差造成许多国人的不安和浮躁，而浮躁的具体表现就是"盲目"——盲听、盲信、盲从、盲动……

这正是骗子们的天堂！于是培训也就变成一些大忽悠们拼命敛财、疯狂掠夺的工具。长此下去，中国部分培训机构似乎将要走向疯狂和失控的危险境地！

因此，这种类似洗脑、疯狂敛财的大忽悠培训模式，是否也到了应该急刹车的时候？

四问：炒作模式

冷眼看国内培训界，大约每隔几年就会炒作一些新概念：广告、CI、策划、营销、成功学、执行力、领导力……还把国学、佛学、道教、易经、八卦、《西游记》、《三国演义》、诸子百家、奇门遁甲……都搬出来与培训挂钩。还有什么体验式培训、封闭式培训、教练式培训、宗教培训、慈善培训、终极培训……真是五花八门无奇不有。

又有人每年炒作什么全国、亚洲、全球"十大""百大"培训师、"十大""百大"培训机构、"十大""百大"咨询机构等名堂，说白了就是拿钱买排名，或者是自导自演搞排名。这种自欺欺人的行径到底有什么意义和作用？大家似乎对此乐此不疲，直至企业无所适从而疲于奔命。"听的时候激动，回去之后不动"，已成为国内许多企业对培训的基本认知。

而为了达到炒作的最佳效果，一些培训机构又往往无所不用其极，什么点子都敢想，什么办法都敢用：禁锢、洗脑、煽动、催眠、传销、拜师、下跪、呼口号、表忠心，当街爬行、甚至还有诱逼学员乱交的……

一个合格的培训师也应该是一个学者，而一个学者著书立说最起码的要求和道德底线是：立论严谨、学说有据！学者不能像诗人，诗人可以天马行空：白发三千丈、飞流三千尺、九天揽月、五洋捉鳖……

一位学者（诺奖获得者）曾经告诉我：学者立论有一个非常重要的原则：必须能够"证伪"。即你的论点必须经得起推敲、论证、质疑，最终必须能够证明"除此即伪"。因此，为人之师，万万不可信口开河，否则就会误人子弟。一代鸿儒弘一大师皈依佛门后，自认学才两疏，终身遵循一个原则："不为人师"！

而今天的培训界则恰恰相反，一些人不但好为人师，还极尽炒作包装之能事，推出的一些课程主题往往非常玄乎：一个老师说"细节决定成败"，于是就出来五花八门许多因素也能决定成败；有老师说能帮助企业砍掉成本，就有更多的"砍刀"出现；有人说听他的课就能"业绩倍增"（够邪乎），就有人敢说能帮助企业业绩如车轮般飞升（更邪乎）！如此似乎还不够刺激，更有人说能够设计"爆炸式营销"……

为求课程宣传包装、销售赢利，这些人真是"语不惊人誓不休"！我就纳闷：他们为什么不赶快去希腊等国讲课？中国经济才在保7，发达国家连保5都费劲，你的招数如真管用，希腊经济有效了！

这个行业真是疯狂了。过去说"人有多大胆，地有多大产"，在今天中国的部分培训市场，恐怕可改为"人有多大胆，培训就有多大产"——上帝让人灭亡，必先令人疯狂！

在改革开放初期，国内企业在经营管理方面的认知非常缺乏，因此，举办一些转换观念的、激励斗志的、普及国民教育的课程是非常必要的，许多观念本身也并无不妥。但三十多年过去了，企业培训如果还是停留在炒作各种概念上，还是只能说不能用，无法提升至更加专业和务实的实效性培训层面，实在是十分遗憾的。

而如果一些课程内容连基本概念都是片面甚至是错误的，恐怕就会产生极大危害而误人子弟！

中国人的同化及变通能力举世无双！例如：桑拿，舒服吧？洗个好桑拿，精神得老虎都敢打，到中国就变了味——净跟母老虎打架去了；传销，国外不稀奇，一种销售方式而已，到中国就成为大骗局；成功学，国外正常的励志课程，到国内就成了"要想成功，先要发疯""不怕做不到，就怕想不到""人人都能成为李嘉诚"……

一个农民耕地种菜养家糊口，算不算成功？还有，仅靠财务手段真能有效降低成本吗？有没有副作用？真正有效的"成本领先战略"是怎样的？商场上真的只有"蓝海"和"红海"吗？企业在战略失误状态下盲目追求执行力会有什么后果？细节一定能决定成败吗？企业只要满足市场需求就真的一定能够发展吗？……

上述这些问题，专家们似乎都给了我们令人鼓舞的答案，但这些答案真能经得起推敲吗？真能证伪吗？企业管理培训课程虽然不必像数理化学科一般要求严谨，但是否也要有最基本的立论依据？总不能信口开河满嘴跑火车吧？

改革开放以来，国内企业大都缺乏基本的管理知识，因此对一些"大师"所讲的课程缺乏足够的判断力。往往认为老师讲的就是对的，甚至盲目崇拜，这就会造成误导的可能，而误人子弟则罪莫大焉！

因此，此类以炒作为手段的培训模式，是否也到了应该遏制的时候？

五问：明星模式

年轻人往往喜欢追星，但如陷入疯狂恐怕就不是好事。现在此风似乎也吹到了培训界，一些培训师似乎也成了"大明星"，并且有过之而无不及。

问题：培训师到底应该是教官还是明星？国内一些培训师的课程是东拼西凑抄袭的、案例是道听途说拿来的，对企业管理根本就不甚了了，甚至一窍不通。但他们往往一上课堂就比打了鸡血还精神，手舞足蹈极尽煽动之能事，再加上台下助手及托儿们的疯狂鼓动，简直就是一场场热闹非常疯狂无比的舞台秀。现在似乎是跳大神的越来越像跳舞的，而搞培训的倒越来越像跳大神的了！

如果你是培训师，请试回答下列问题：

1. 你在教谁？教些什么？怎么去教？教学实效？

2. 你的学历？你的经历？你的资历？是否胜任？

3. 教学主题？教学目的？教学大纲？教学资料？

4. 理论依据？逻辑关系？工具方法？成功案例？

5. 课前准备？企业背景？学员筛选？授课质量？

6. 假设你在教营销，你是否卖过咸鸭蛋？

如果你想当演员、明星、表演家，那么是否走错了地方？一个合格的培训师（包括老师和教授）当然需要有良好的表达能力，但原则是：首先需要具备扎实的理论功底及丰富的实践经验。培训师的首要任务和目的是培训而非表演，更加不是煽动，因此必须首先确保培训的目的、内容及实效，其次才是表达技巧，不能本末倒置！

还有一些"大师"摆起谱来特别难伺候。交通、吃住、接待，不好不行！晚上没有活动不行！没有专人陪同不行！有的还要附带家属、助理，课前课后还要游山玩水。有些"大师"课后的挥霍甚至比课酬都高！更有甚者，有的"大师"会在临授课前突然要求加价，否则拒绝进课堂，这样的伎俩还屡试不爽。

在国内培训界，是否有些与培训无关的因素？从刘欢退出《中国好声音》中，国内培训界是否也能够得到一些警醒和启迪？

事实上，一些在国内红得发紫的"大师"，在跨国企业的培训课堂基本没有生存空间。而一些极具明星范儿的"大师"们尽管会频频曝光，出镜、出书、出席……却始终质疑不断，逐渐不受待见，这些现象是否也能说明一些问题？目前国内培训界的一些乱象，与国外发达国家和地区的培训运作模式大相径庭。

因此，此类以明星式舞台表演为手段的，缺乏实效和内涵的培训模式，是否也到了应该遏制的时候？

六问：造神模式

当人们对现实社会的一些现象产生信任危机时，往往会通过"造神"的方法来寄托或转移自己的信任。

而神大致可以分为两种：一种是没有真实生命的神，如玉皇大帝、元始天尊、南海观音、孙悟空、土地爷……这些神通常无害。

而另一种神则是有生命的，是活在当下的"活神"。这些"活神"讲穿了就是一些自己给自己披上了神的外衣的"人"。他们当然不是神，但又不愿意承认自己是人，于是他们成为介乎于神与人之间的东西——"妖"！

这些妖有一个共性：都会自称是某个领域的"天下第一"。于是各种标榜自己天下第一的管理大师、营销大师、策划大师、经济大师、国学大师、易经大师、中医大师、宗教大师、太极大师、慈善大师……比藏獒都多！

例如，"中医大师"张悟本说："许多病是吃出来的。"这句话有没有说错？应该没有。张大师又说："调整好饮食，许多病可以吃回去。"这句话有没有说错？有道理。他还说："人要多吃五谷杂粮。"错吗？没有。还说："吃绿豆有助健康。"错吗？没有。还说："人要少吃油腻。"错吗？还是没有。那到底什么地方错了？

恐怕问题的根源还是在国人的浮躁上。当人们对现实状况不信任时（如目前国内的医疗体系），就会寻求其他途径。正因此，各种张悟本之流（过去有严新、张保胜，现在又出了李一、太极神婆阎芳、气功大师李林……）就会应运而生，以满足人们的迷信需求。

而此事如果能到此为止也并无大碍，充其量这个张先生也就是在养生方面有些心得。但浮躁的国人并不会因此满足，他们不愿意承认他们相信的对象只是一个普通人，而希望在张大师身上寄托更大更高的期望。于是，张大师本人的野心膨胀，再加上具有更大野心的幕后专业操纵机构的"包装策划"，一尊人造的"神"便被供上了神坛。

然而人毕竟不是神，事情也逐渐失控，人们开始盲目，真有病宁愿啃生茄子都不去医院，每天吃连牛都吃不了的绿豆，神乎其神的宣传，门诊费暴涨……于是"神"的后面多了一个"棍"字，变成"神棍"，最后连"庙"都被拆了！

问题是：类似张悟本这样的"神棍大师"难道只是在中医界才有吗？在中国培训界没有吗？只怕是有过之而无不及——更邪乎！

事实上，已经有一些"培训大师"开始装神弄鬼大肆敛财，似乎披上道袍就是"神仙"，穿上袈裟就是"活佛"，整件纺绸大褂就是"国学大师"，大褂上绣两条龙就成了"武林高手"……

值得深思的是：靠牵强附会、杜撰臆造、断章取义、故弄虚悬地讲一些历史故事，真能让人学习、领悟所谓的"国学"吗？真能发扬、传承中华民族五千年文化吗？

更离谱的是，这些"大师"的衣物用品都会成为"圣物"，在现场拍卖出几十上百万的天价！说是会拿去做慈善，只有天晓得！再加上现场敲锣打鼓捧场的、装模作样当托儿的……真是各路大师群魔乱舞，牛鬼蛇神"乱纷纷你方唱罢我登场"，只不知何时会落得个"白茫茫大地真干净"！

"大师"的定义是什么？恕我孤陋寡闻，我发现越像大师的人越不会自认为是大师，而越不是大师的却反而会拼命自称大师。

何谓"大师"？能够被称得起"大师"的人，应该是在某一个领域内屈指可数、高屋建瓴的佼佼者；大师必须有大智慧，或怀大悲悯；必须能够承载历史、同时跨越时代；能够对一个领域、一个民族，乃至整个人类的一代或若干代人都产生深远影响的至圣至慧者！

在今天国内培训界，谁能够达到这个高度及境界而敢于自称"大师"的，站一个出来！

七问：咨询模式

马克思说"贪婪是人类的本性"，有道理！

国内一些培训机构只捞培训钱似乎并不满足，又把目光盯向咨询界。于是在举办培训班的同时，又纷纷在培训课堂后面支起一张张小桌子，煞有介事地承揽起"咨询"业务，甚至还给销售部门制定"销售指标"，一堂培训课如签不到几百万甚至上千万的咨询订单就不算成功。

殊不知企业培训与企业咨询在运作模式、专业要求、资源配置、专家结构、责任范畴等各方面均有极大区别。因此，冷眼看国内多年来许多培训机构企图涉足咨询业，至今无一成功。也正因此，国内部分培训机构不但自身混乱，还直接影响和扰乱了同样十分混乱的咨询业。

目前中国太多培训师基本处于"会吹不会干"的状态，因此，一旦因金钱驱动去做咨询，往往立即露马脚，成功率基本为零。

从行业特性分析，企业培训运作时间短，几小时或最多几天，因此比较容易"混过关"，所以在这个行业"混"的人也就比较多。

而管理咨询所需时间则长得多，往往需数月甚至数年时间，因此不可能靠混过关。所以一旦盲目涉足，十有八九会露馅儿翻船，这就应了那句老话：出来混，总是要还的！

本人第一堂培训课从沟通、备课到正式开讲用了三个月时间，本人也从事咨询行业多年，接触一个咨询意向到正式签约，往往需经数月甚至更长的时间与客户反复沟通，因此对当天听课、当天签署咨询协议的现象实在感到匪夷所思！

极具讽刺的是，在企业经营管理体系里所有可能发生的问题和弊病：如战略不清、流程缺失、组织混乱、帮派矛盾、人才流失、奖惩不公、市场无序、客户不满、账目不清……往往在国内培训和咨询界接二连三地发生！教别人如何管理，自己的管理却一塌糊涂，实在是十分滑稽的尴尬现象。

据了解，目前国内咨询项目成功率不足 30%，许多所谓"咨询机构"往往只能收到咨询费的首期款，形成一个个"烂尾工程"。一些所谓的"咨询大师"甚至被人冠以"张首期""李首期"的外号（即只能收到咨询费的首期款），实在是斯文扫地、脸面丢尽。

每一个成功的企业都应该认真构建适合自己的赢利模式。看别人赚钱就眼红，也去插一脚，恐怕只会事与愿违，搬起石头砸自己的脚。

因此，一些似是而非、非驴非马的所谓"培训加咨询"的机构，是否也应该冷静冷静？

八问：院校模式

近年来国内许多院校，包括一些著名院校非常热衷介入企业管理培训及企业管理咨询。这本身很正常，国外发达国家和地区的许多著名院校都会这么做。

大专院校充分利用自身硬件设施及师资资源的优势，在本校课程之外再面向社会、面向企业，开设培训课程举办培训班，事半功倍，有利社会、有利企业——好事！

但此举在中国却有以下四个现实问题：

其一，中国教育体系本身已百弊丛生，除一些基础理论学科外，涉及社会实践类学科往往已是软肋。企业培训恰恰需要极强的社会实践经验支撑，而国内院校专家教授多数强理论而缺实践。一个不会游泳的人怎可能当游泳教练？一个连咸鸭蛋都没卖过的人又怎么可能教企业如何经营管理？

其二，一些院校为了"向钱看"，干脆把企业培训班"承包"给社会上的培训机构，这下可就乱了套，这些培训机构只要缴纳一定的"挂靠费"，就开始自行招生、自请老师、自行开课，甚至为省钱干脆连老师都免了，自己赤膊上阵信口开讲！其结果可想而知，"失控"已成为必然。

其三，有些咨询机构会打出某著名学府的金字招牌，讲好听点叫"背靠大树好乘凉"，讲难听点恐怕就是"拉大旗作虎皮"，还搞变相承包，不但无法保证咨询质量，还会严重损害这些著名学府的声誉。

其四，目前一些著名学府都在推出收费越来越高的"超级培训班"，而宣传重点往往是参加这些培训班能够获取的"人脉关系"而不是课程内容。通过培训认识多一些社会关系，本身无可厚非，但是能不能不本末倒置？据说最近一些商学院突然名声大震！商贾、大款、名人、明星、名媛、名模……趋之若鹜，好像还有"名母鸡中的战斗鸡"，真不知是喜剧还是闹剧？

高等院校，应该是一片最圣洁的净土，往往凝聚了一个民族最具代表性的文化、知识、智慧、良知、良心及核心价值观，是一个民族精英的摇篮、希望的所在、家国的脊梁！

因此，任何一个成熟的民族和国家，都有它们引以为傲的高等院校，如英国的剑桥、牛津，美国的哈佛、耶鲁、麻省理工……

中国有没有这样的高等学府？有！在我们中华民族万分危亡之际奇迹般产生的西南联大！西南联大之后至今有没有？当

然……照道理……应该是……有的……但请恕我孤陋寡闻！

国内高等院校搞社会化企业培训，本无可厚非。但如果也"向钱看"，同时缺乏监控，则会严重损害这些学府的声誉，从某种角度看，这也是一种极大的"国有资产流失"！

如果一个民族一旦对自己最高学府的品牌和信誉都产生质疑，则无疑是这个民族莫大的悲哀！

因此，这种无序的、混乱的、低质量的院校培训模式，是否也到了应该大力整顿的时候？

九问：慈善模式

近年来国内的慈善事业可谓问题百出新闻不断，一些人假借慈善之名而行骗钱敛财之实，其行径令人发指——禽兽不如！

这股风似乎也刮到了培训界。培训界居然也出现了以"慈善"为卖点的运作模式，有人假搭培训之台，借慈善之名，实唱敛聚捐款之戏，还兼"拉皮条"：承诺能帮学员与名人搭关系，以提高学员社会地位。话说得天花乱坠，但包装得再好，其实还是为了一个字——钱！

慈善当然是好事，但如果是"伪慈善"，是假借慈善之名行敛财之实呢？何为"慈善"？"慈善"由"慈"和"善"二字组成，因此有两层含义：其一为"慈"，慈由心生，故必对苍生万物因悲悯之情而生大爱之心。因此慈悲之心就必须无私无欲，一旦心存私心杂念，则"慈"将何存？"善"则当理解为动词，必须有所行动，是为"善举"。行善还须不图回报！假借行善之名而欲达到其另外一些不可告人的目的，或满足其私欲，则更不可取！

要知道：披了羊皮的狼要比赤裸的狼可怕得多！

因此，我想也应该劝诫某些人：

假借行善大肆敛财——人在做、天在看！

假借行善招摇撞骗——头上三尺有神明！

十问：无政府模式

问题：中国培训行业归谁管？此题起码目前无解。

中国培训业似乎从来都找不到归口的政府主管部门。教育部？教育部本身焦头烂额，哪有闲工夫管企业培训？那么是工商部？工商部只管注册。民政部？商务部？工商联？政协？越扯越远，总不会是"畜牧部"吧？！因此，长期以来中国培训行业似乎是个"没娘管的孩子"。

既然是市场经济，没人管不更好吗？天高任鸟飞，海阔凭鱼跃！恐怕未必。行业发展健康成熟，又能规范自律，政府少管或不管当然最好。但如果不是呢？恐怕就要另当别论了。无论一个人还是一个行业，如果长期处于无法无天的无政府状态，最后的结果只能是一个——消亡！长此下去，中国培训行业恐怕最后不得不管的部门是：公安部。（已有先例）

国内改革开放以来，企业间为更好地团结一致、整合资源、共享信息、双胜共赢，一般都有自己的行业协会，例如外商协会、台商协会、建筑业协会、家电业协会、影视协会、演艺协会……甚至连喂猪的都有"养殖协会"。人家都混上"鞋"了，培训及咨询业呢？别说"鞋"，至今连"裤衩"都没混上！为什么？问题的根源恐怕还是我们的劣根性：

1. 占山为王互不服气（宁为鸡头，不为牛后）；

2. 抗拒制约怕受束缚（浑水摸鱼，水清无鱼）。

多年来国内培训及咨询界也会每年召开各种类型的"峰会""年会"等，倒也十分热闹。但会议往往侧重于课程及培训师的推介及所谓"行业排名""颁奖"等，基本上都是以行业市场推广、课程推介、个人名气提升为主轴，歌功颂德，一片升平。

而对于行业趋势、战略目标、行业风险分析、客户投诉、不正之风，以及行业提升改善等方面却甚少涉及，是否值得调整？

我们今后是否也需要多听取一些不同的负面声音并做出反省？如果在教别人如何管理时，自己行业内部却如一盘散沙不成气候，是否非常滑稽并极具讽刺？

最后的问题

改革开放以来，中国在崛起，中国的企业在发展，迫切需要各种外力的帮助。因此，中国的培训行业也在发展和成长。

在这个行业里，许许多多有社会责任感的、有社会道德意识的，同时也有扎实专业学识和资历的机构及有识之士在兢兢业业、认认真真地探索和努力着，他们的努力和耕耘实实在在地帮助着中国的企业，同时他们自己也在成长和发展。我想，这才是中国培训业的主流和希望！

但如果我们能够认真回顾和总结几十年来中国培训业的发展历程，又会给我们带来怎样的警醒？恐怕部分培训机构的路走得并不对头，有些事做得并不漂亮，甚至见不得光。

马克思说（实是邓宁格）"利润达到100%，有人就会不顾法律；达到300%，就敢冒绞首的风险"，实在是振聋发聩的警句。中国有一句老话，叫作"头上三尺有神明"，提醒我们自觉自律才能长久。还是那句老话：出来混，总是要还的！

全世界的企业都会注重赢利，这很正常。但没有一家世界级的企业会把赢利放在企业战略目标的第一位，更不会成为企业唯一的目标。否则必然无法实现可持续发展。

试想：任何一个人或行业，如果没有理想、没有使命、没有愿景、没有战略、没有专业、没有目标，没有组织……同时缺乏正义感、缺乏公德心，甚至连良心都让狗给吃了，只想着拼命敛财，直至无视法纪，会是什么下场？

因此，中国培训行业是否到了必须自问、自省、自检、自律、自清、自理的关键时候？

本人的观点估计会引起一些人极大的反感，而所说问题也的确可能是一些局部或个别现象，但大家是否也要警惕和防止一些"老鼠屎"混入培训、咨询队伍，而坏了整个行业的"一锅粥"？

我想，国内管理培训界今后是否能够真正回归到培训的本质：培——培养人才！训——训练技能！排除、摒弃一些与管理培训无关的杂质糟粕。

我想，培训行业今后应该更加上进好学、更加专业务实、更加注重实践、更加贴近企业、更加朴实无华、更加低调虚心、更加宽宏悲悯。

好心劝个别人三句：

别总是想着口若悬河当大师——别闪了你的舌头！

别总是想着装神弄鬼扮大仙——当心闪了你的腰！

别总是想着坑蒙拐骗大忽悠——当心折了你的寿！

而中国企业界，尤其是一些中小型民营企业（最容易受骗的"重灾区"），是否其自身也应该有所警醒和检讨？三十多年过去了，企业也应该逐渐成熟，也应该有更强的分辨能力。什么是管理，什么是培训，什么是咨询，哪些培训课程有价值，哪些则是陷阱？对这些我们应该有起码的认知。

似乎总有那么一些人，脑袋好像总是让门挤了，跟着"忽悠大师"瞎起哄，糊里糊涂把自己的辛苦钱往别人的口袋里装，你到底图什么？认识几个所谓的"大师"、扯扯淡、合张影，天价买他的脏衣臭裤，真能提高你的社会地位？真能帮你发财？赶快醒醒吧，别再犯傻了！大家赚钱都不易，干吗愣要往狗嘴里填？

现在这个世界似乎有点乱，青年人追"明星"，中年人追"大师"，老年人追"大仙"。但一个愿打，一个愿挨，又能怪谁？

其实，判断一个培训课程是否正常，有一个最最简单的方法：一个老师、一个讲台、一根教鞭！

撰写此文并不针对任何机构或个人，只是秉笔直书有感而发，一时兴起成此"十问"。因此不必大惊小怪，更请勿对号入座。

　　本人今天乃一介马夫，早已与培训、咨询行业渐行渐远，因此不想动任何人的奶酪，更不想刨任何人的祖坟。舞照跳，马照跑，培训可照搞，咨询可照做、钞票可照捞。

　　最后的问题是：问谁？问培训界？恐怕没得问，培训界连"鞋"和"裤衩"都没有，光着屁股怎么问？问培训师？恐怕也没得问，问了有人会跟你玩命！问政府？问相关部门？起码目前是欲问无门。

　　那么，恐怕就只有：

　　问天！问地！！问良心！！！

嘻哈大士

杂文系列之一：雷州说狗

从前有座山，山里有个庙，庙里有个嘻哈老头讲故事。讲什么故事呢？讲个"狗儿"的故事吧……

八月南国，立秋时节，嘻哈与家人及好友一行数车自驾，赴海南旅游，沿途欢声笑语、兴高采烈，穿州过镇、风景如画，车行如梭、好不快哉！

不想行至广东雷州遇大麻烦，雷州境内道路毁损之严重，实为嘻哈多年来之仅见，其路面翻浆如山岚起伏绵延不绝，其水泥断裂如怪石嶙峋错落无序，其路坑之多如麻子之面坑坑相连。车辆左右摇晃，上下颠簸。遑论广东，恐全国除青藏地区外，也难有如此破败之道路。

我等所驾车辆均为越野车中之佼佼者，然应付雷州境内之路面，仍需小心翼翼、步步为营，而普通轿车则基本无法通过，堵车自十分严重。但我等发现，唯有雷州市政府门前之道路（包括广场）甚为平坦，但反而此处却在大兴土木、紧张施工，其他地方则毫无欲修路之迹象。坏路不修好路修？我等实在大惑不解。

待一出雷州地界，则道路立即恢复平坦通畅。我等复又大惑：

改革开放以来，连地处边远的地区都明白"想要富，先修路"之道理，为何偏偏在经济相对发达之广东，雷州人反而不懂？我等实百思而不得其解！

艰难前行之余，嘻哈忽记广东有一名菜与此地有关——雷州狗肉！仔细观察，果见雷州境内无论大镇小村、路边道旁，3步一铺，10步一店，最多便是狗肉店！只见家家店内刀光剑影（切狗）；热气蒸腾（烹狗）；杯盘狼藉（吃狗）；大呼小叫，好不热闹。子曰"狗肉滚三滚，神仙都站不稳"，好像不对！不是子曰，乃粤人曰："狗肉滚三滚，神仙都站不稳！"而粤人中雷州人为爱吃狗肉之最，今始信矣！服矣！

我等进而发现，自出发一路行来，无论各村各镇，均有不少狗儿，或黑或白，或黄或花，或大或小，或恶或善，然进入雷州之后，无论大街小巷，竟无一狗，连狗毛也不见一根！此现象甚是奇怪。

再细思不禁恍然：雷州境内自然无狗——狗都让雷州人吃光了！我等由此发明一系列歇后语：狗近雷州——找死！狗进雷州——必死！狗入雷州——有去无回（对应"肉包子打狗"）。而今后骂人又可多一用句："你想当雷州狗吗？"爽！

一出雷州地界，复又见狗踪，然仔细观察，则发现雷州附近之狗神情似乎甚是不对。其他地方之狗活蹦乱跳，连咬带叫，追逐嬉闹，状甚幸福。而雷州附近之狗则一律头朝雷州，两耳直竖，双目炯炯，神情警惕，状甚惶恐，毫无"幸福感"可言。

仔细思量，则又恍然：雷州境内之狗被雷州人吃光了，当然会向外发展越境捕狗，于是雷州附近之狗就必然成为新目标！因此，雷州附近之狗必当随时高度戒备，否则小命难保！因此惶惶不可终日，何谈"幸福感"？

由此我等有一重大发现，狗之分类需多一方法，通常狗之分类可按大小分、按颜色分、按品种分。经雷州之后，我等发现还需按地域分。即可分为：雷州狗（已灭绝物种），非雷州狗（兴旺物种），近雷州狗（濒临灭绝物种）。此种分类法全球动物学家都未知，而被我等考证，成就感油然而生！

再一深思，又有更重大发现：雷州道路之破败，与雷州人爱吃狗肉有必然关联！此论状似荒谬，实则极其有理。试想，狗儿四条腿，人们追而捕之自然不易，但如果道路崎岖难行，则必令狗儿四蹄无论怎样奋发，仍无用武之地，捕而食之则易如探囊取物矣！

雷州人为食狗肉，不惜令好路变坏路，坏路变烂路，烂路变无路，终致狗走投无路，以便捕而食之！此论逻辑清晰，立论成立，足证我等实在太有才了！因此有以下忠告：

忠告1：各位男兄女妹，没事别去雷州，要去最好要开坦克车！

忠告2：各位公狗母狗，有事没事都别去雷州，勿谓言之不预！

至此，为何唯雷州市府门前道路广场平坦，反而大动土木、锦上添花，我等也就豁然明白个中奥妙，其因不外有二：

其一：雷州市府当属重地，非比寻常、岂能等闲视之？自然是属于"寻常之狗不得入内"之地！因而自不必掘烂道路而利于捕狗。再者，路烂而阻了狗儿的贱蹄，乃正中下怀。

其二：雷州地区父母官为百姓日夜操劳，殚精竭虑，自十分辛苦，因此如欲食狗，自有专人为其追而捕之、烹而供之，何须亲劳大驾？故更不必将自家门前道路掘烂而为捕狗。俗语云："理解万岁！"然也、然也！

行文至此，便有以下结论：

结论1：雷州人爱吃狗肉，乃是事实，但无可厚非，不必大惊小怪！

结论2：雷州道路极破烂，也是事实，实不可忍受，理应尽快修复！

结论3：雷州人为吃狗肉，故不修路，乃胡说八道，实为本人杜撰！

问题：

雷州道路破败，实应由谁负责？当然不是雷州百姓！本人赋打油歪诗一首：

乘兴海南游，败兴经雷州。

杂文戏说狗，其实在骂猴！

特别说明：

此文发表会有时间局限，料雷州附近道路终会修茸一新。然嘻哈希望今后全国大城小镇、大街小巷所有道路都能畅通无阻。

嘻哈大士
杂文系列之二：保姆

从前有座山，山里有个庙，庙里有个嘻哈老头讲故事。讲什么故事呢？就讲个"保姆"的故事吧……

嘻哈注意到，改革开放以来，随着国内经济越来越好，有一部分人确实富起来了，事业忙碌，往往无法顾及家中，于是家庭使用保姆的现象越来越普遍。

但嘻哈也发现，雇佣双方之间的矛盾也随之越来越多。现实中，很多家庭投诉保姆愚蠢、偷东西、偷懒、虐待孩子、不会干活、搞坏东西，甚至逃跑的案例层出不穷。

于是有些家庭的保姆像走马灯一样不断更换，大概用几个月就换一个，甚至用几天就换了。嘻哈曾问过一些家庭，说几年时间用了不知多少个保姆，没碰到一个满意的。

既然是市场经济，有需要就会有市场，于是社会上一些家政公司也就如雨后春笋般应运而生。家政公司承诺事先会给应聘保姆做各种专业培训，要求她们能够持证上岗，也就是具备了一定的能力和资格，才能够去当保姆。这自然是一个很好的方法，保姆需要持证上岗，这自然是大家都非常欢迎和认同的。

但从另一个角度考虑问题，嘻哈又有另外一种看法：雇主需不需要持证？雇主使用保姆，是否也需要具备一定的资格？嘻哈提出这个问题，估计不会有人认同，反而会有许多人认为嘻哈的脑袋一定是进水了，居然提出如此荒诞而怪异的问题。

然而嘻哈认为，现在许多家庭的保姆是有不少问题，但保姆有问题，恐怕主要责任还是在雇主身上。也许有人不能认同嘻哈的说法。而事实是，中国目前很多使用保姆的家庭，是没有做好使用保姆的应有准备的。许多人会理所当然地认为，家中请保姆唯一的条件就是：老子（或老娘）有钱，有钱就可以请保姆！然而真的是有钱就可以请保姆吗？嘻哈与各位一起回顾一下中国的历史，看看我们华夏民族的传统文化能够给我们带来怎样的启迪。

嘻哈相信很多人看过小说《红楼梦》，里面有一些身份地位并不高的人物，例如有一个叫林之孝家的，还有一个赖大家的，这些是贾府里的包衣奴才，有的在贾府当差，有的当了管家，其实就相当于今天的私人管家和家庭保姆。《红楼梦》里的主人不但要给他们很好的待遇，还要帮他们的孩子去捐官，也就是说要管他一家人，甚至几代人，还把他们中的佼佼者视为家里人，这就是贾家的家风，这就是我们的传统文化。

当然，我们今天不能要求每一个家庭请个保姆就管她一辈子。但最低限度是你有没有把保姆当人，这是非常重要的。如果你没拿保姆当人，保姆凭什么拿你当人？开口就骂，抬手就打，花点钱请个保姆，什么事情都让她干，恨不得 24 小时累死人家，她受得了吗？她愿意吗？

一旦雇佣双方之间形成矛盾和对立，她不会反抗吗？你是雇主你厉害，她不敢公然反抗，但万一暗中使阴招，你不是更加倒霉，更加防不胜防？有一句话很经典：哪里有压迫哪里就有反抗！那么，最终你家是请保姆呢，还是要打仗？

一般来讲，家庭保姆多数学历较差，年轻的经验少，年老的体力差，这很正常。如果保姆个个精明能干、高学历、高资历，干吗不去考公务员，不去当老板？保姆见识少，很多事情不会干，雇主有没有认真教她？教了一次不会，可否有点耐心多教几次？另外，雇主也要有充分的心理准备，去容忍保姆可能的无知或愚钝，以及因此而犯下的错误和招致的损失。

再说了，如果保姆个个年轻漂亮、聪敏伶俐、肌肤如雪、酥胸半露、面带桃花、顾盼生风、百媚千娇、万种风情，一见主人眼睛眉毛鼻子嘴巴浑身上下一起动……试问家庭主妇还有混头吗？

如果你没有拿真心对待保姆，保姆怎么会拿真心来对你？当一个家庭真的想用保姆时，无论从心态上，还是从行为上，一定要想清楚有没有做好准备去使用一个保姆。既然是保姆，文化程度可能就不会太高，学历也不会太高，资历也不会丰富，很多事情不会做，年龄可能会很小或很大，可能会因此做错一些事情，会给你带来一些烦恼和损失，你必须考虑清楚能不能承受这一切，否则矛盾和麻烦必然随之而来。

在此嘻哈想与各位分享几个关于保姆的案例。

案例一：

嘻哈家曾经请过一个保姆。这个保姆之前曾经在好几家做过，但都很快辞工。在嘻哈家却很稳定地工作了好几年，后来要回老家四川结婚，自然要离开嘻哈家。嘻哈婆给她置办了嫁妆，欢欢喜喜送她走。这个保姆婚后至今与嘻哈家保持联系，成为很好的朋友。

现在继任的阿姨更勤快，嘻哈经常听到嘻哈婆在劝她不要做太多，但你越劝她越抢着去做。嘻哈家有阿姨，也有司机，有客人来时阿姨司机单独吃饭，没客人时就和我们一起吃，形同家人，阿姨司机至今工作稳定、相处愉快。嘻哈与嘻哈婆经常出差，家里交给阿姨司机，放心妥当！

案例二：

一位保姆住在主人家附近一间破旧的平房中，她是一个单身妈妈，独自带着一个四岁的小男孩。每天她工作完毕，就匆匆赶回自己家，主人曾留她住下，却总是被她拒绝。因为是一个保姆，她非常自卑。

有一天，主人要请很多客人吃饭，主人对保姆说："今天你能不能辛苦一点晚一些回家？"保姆说："当然可以，不过我儿子见不到我会害怕。"主人立刻说："好吧，你可以把他带到我家里来。"保姆匆匆回家，拉了自己的儿子往主人家赶。儿子问："我们要去哪里？"保姆说："我要带你去参加一个晚宴。"四岁的儿子并不知道自己的母亲是一位保姆。

主人家到处都是客人，保姆有一些不安，她的儿子无处可藏。她不想让儿子破坏了聚会的快乐氛围，更不想让年幼的儿子知道主人和保姆之间的区别——富有和贫穷之间的区别。

终于，她想到了一个办法，可以把儿子关到主人用的洗手间里。主人的豪宅有两种洗手间，一种主人用，一种客人用。主人在招呼客人，因此主人的洗手间是空闲的。

于是，她把儿子领到主人的洗手间里，指指洗手间里的一个马桶，说："这就是给你单独准备的房间，这是一个凳子。"然后又指指大理石的洗漱台说："这是一张桌子。"然后从怀里掏出两根香肠和一块面包，放进一个盘子里，说："这是属于你的，现在你的个人晚餐开始了。"盘子是从主人的厨房拿来的，香肠是她在回家的路上买的，她已经很久没有给儿子买过香肠了。

保姆说这些的时候，努力地抑制着自己的泪水。小男孩在贫困中长大，从来没见过这么豪华的房子，更没见过洗手间。他不认识抽水马桶，也不认识漂亮的大理石洗漱台。他闻着洗涤液和香皂的淡淡香气，幸福得不能自拔。小男孩坐在地上，把盘子放在马桶盖上，盯着盘子里的香肠和面包，为自己唱起了快乐的歌曲。

晚宴开始的时候，主人忽然想起保姆的儿子，他去厨房问保姆，保姆说："我不知道，或许是跑出去了吧。"主人从保姆躲避的眼光中知道孩子还在房子里。于是，主人就在房子里寻找这个小男孩。终于，主人随着歌声找到了洗手间里的小男孩。这个小男孩正把一块香肠放进嘴里。

主人愣住了，问："你躲在这里干什么？"小男孩说："我是来这里参加晚宴的，现在我正在吃属于我的晚餐。"主人问："你知道这是什么地方？"小男孩说："我当然知道，这是晚宴的主人单独为我准备的房间。"主人说："是你妈妈这么跟你说的吧？"

189

小男孩说："是的。其实不用妈妈说，我也知道晚宴的主人一定会为我准备一间最好的房间。不过，"男孩指了指盘子里的香肠说，"如果有人陪我吃就更好了。"主人的鼻子发酸，用不着再问，他已经明白了眼前的一切……

他默默走回餐桌边，对所有的客人说："对不起，我不能陪你们共进晚餐了，我要去陪一位很特殊的客人。"然后，主人从餐桌上端走两个盘子来到洗手间的门口，礼貌地敲门，得到男孩的允许后，他推开门，把两个盘子放到马桶盖上。他说："这么好的房间，当然不能让你一个人独享，我们一起来共进晚餐。"他开始跟小男孩聊天……

他让小男孩坚信，洗手间是整栋房子里最好的房间。他们在洗手间里吃了很多东西，唱了很多歌……不断有客人敲门进来，他们向主人问好，同时也向小男孩问好，他们递给男孩儿美味的苹果汁、烤成金黄色的鸡翅……他们露出夸张和美慕的表情，后来他们干脆都挤到洗手间里，和这个男孩一起唱歌，每一个人都很认真，没有一个人认为这是一场闹剧。

多年以后小男孩长大了，他拥有了自己的公司，有了带洗手间的房子，他步入上流社会，成为一位富人。每一年，他都要拿出很大的一笔钱去救助一些穷困的人，但是他从来也不举行捐赠仪式，更不让那些穷困的人知道他的名字。

有朋友问及理由，他说："我始终会记得许多年前的某一天，一位富人和他的朋友们一起，非常小心地维系了一个四岁小男孩的自尊。"爱他，就请呵护他的自尊心！懂得爱护和尊重别人的人，是多么的高尚！

当嘻哈在网上看到这个故事时，非常震撼！这个故事令嘻哈泪流满面。嘻哈一直在想，中国有很多家庭在使用保姆，像这样的案例、这样的故事，我们听到过吗？如果听到了会有何感想？能理解吗？能学习吗？能效仿吗？

用钱请保姆很简单，但是用好保姆不简单。保姆需要持证上岗，保姆需要具备起码的资质和能力，这当然没错。但雇主是不也需要具备起码的使用保姆的资质和境界，才能够使用保姆，才能够用好保姆？这实在不是一个小问题。

另外，嘻哈还想告诫各位，如果雇主经常斥责、打骂保姆，子女看见当然也就不会尊重保姆，而他们同时也在父母身上学会了无须尊重任何人，最后连父母、长辈，他们都可能不会尊重！

——种此孽因，必得苦果！

嘻哈大士

杂文系列之三：选择

从前有座山，山里有个庙，庙里有个嘻哈老头讲故事。讲什么故事呢？就讲个"选择"的故事吧……

引 子

嘻哈生性怕麻烦，然而麻烦总是喜欢找嘻哈。嘻哈偏又生性好客，各路三教九流的朋友甚多，朋友每遇麻烦，总是喜欢来找嘻哈排解，如投资决策、管理困境，合作矛盾、股东分歧，乃至家庭纠纷、"小三"插足，子女升学、儿女不孝，相亲择偶、男婚女嫁，自然还有囊中羞涩、周转不灵，以至腹中空空、饥肠辘辘……

久而久之，嘻哈竟然在朋友圈里成了一盒"包医百病"的"万金油"。朋友圈中还流传一个顺口溜：有问题，不找警察找嘻哈！没饭吃，不下饭馆吃嘻哈。——真是一帮狐朋狗友！

缘起风流

话说嘻哈有个朋友，外号"帅呆了"。俗话说"丑男娶美妻，俊男娶丑女"，帅呆了还真是应了这个怪圈的规律，娶个老婆倒是挺贤惠，但美中不足的是：长相实在不敢恭维，外号"猫头鹰"——可见够呛！

某年某月的某一天，"帅呆了"出差到东北办事，不巧恰遇发生"非典"，又恰恰发烧，结果被关进了"疑似非典隔离区"。在里面叫天天不应，呼地地不灵，好人都会给吓个半死！然天无绝人之路，帅呆了生性风流，居然在此生死关头搭上了隔离区里一个美丽的白衣天使，外号"松族鹰"。当然此鹰绝非彼鹰，松族鹰貌似天仙，闭月羞花。

俗话还说"美女爱帅哥"，仙女松族鹰喜欢帅呆了，就天天给帅呆了从窗户外扔水和馒头，帅呆了最后查明没感染"非典"，捡回一条命。但一来二去两人"王八对绿豆"还真就对上了眼。实在"爱"得如胶似漆、死去活来，于是帅呆了就干脆把松族鹰带回老家金屋藏娇，大享齐人之福。

但好景不长，不久行藏败露，于是家翻宅乱。猫头鹰一哭、二闹、三上吊——真是要命！松族鹰倒是不哭，也不上吊，采取的是另外一种策略：一闹（闹通天）、二逼（逼离婚）、三动刀（割手腕）——更邪乎！

三个活宝都认识嘻哈，事情闹得不可开交，居然都想到我嘻哈，于是不约而同前后脚地都来找嘻哈评理排解。

祸起萧墙

第一个到的是松族鹰。一进门就杏眼圆睁、柳眉倒竖，一副怒不可遏要生吃活人的模样，滔滔不绝开始向我痛数帅呆了的"罪恶"……不想刚说几句，门铃又响，嘻哈已知不妙，估计多半是"帅呆了"驾到，硬着头皮开门，来者正是这个倒霉鬼！

此时嘻哈只听耳后一阵风紧，说时迟那时快，一个侧闪，只见一个黑影"嗖"的一声掠过嘻哈耳边，直奔"帅呆了"门面——一只高跟鞋！帅呆了鼻子顿时就歪了……

嘻哈心知"弹"必双发，也不回头，反手一抄，另一只高跟鞋果然被嘻哈抓到手中！这二人一见面真好似"仇人相见分外眼红"，连"来将通名"都省了，直接开打！

嘻哈正忙着拉架，门外又有动静，这次可不是按铃，直接就震天地擂门！嘻哈心知要塌天。果然，开门一看，是猫头鹰带着"师奶"气势汹汹杀到，一进门就直奔帅呆了和松族鹰而去，那眼神里不但发红，还都泛着森森的绿光！

眼看一场"三国演义"的全武行就要上演……嘻哈厉声断喝：全部不许动！师奶团给我滚出去！帅呆了猫头鹰和松族鹰各去一个房间不许出来！嘻哈轮流和你们谈话！老虎不发威，你们还拿我嘻哈当病猫了！

苦口婆心

嘻哈先找帅呆了。

帅呆了说：

嘻哈，孔老夫子讲得真对："唯小人与女子为难养也！"我帅呆了犯了什么弥天大罪，搞得现在原来的贤妻良母成了河东狮子；后来的白衣天使也成了地狱魔鬼，有家归不得、公司去不得，老大闹、老二逼、老人骂、孩子哭，外人嘲笑，邻居议论，我还活不活了？

嘻哈再找猫头鹰。

猫头鹰说：

嘻哈，你给评评理，我明媒正娶嫁到他家，在家伺候公婆、生儿育女；在外同甘共苦、打拼江山，里里外外、起早贪黑、吃苦耐劳的我容易吗？我有哪点对不起他，现在刚刚过上点安稳日子，他居然养"小三"、找小蜜，这个"陈世美"良心是不是让狗给吃了！我打死都不能放过他！

嘻哈最后当然还得再找松族鹰。

松族鹰说：

嘻哈，你来说说公道话，我一个黄花大姑娘，他落难时我救他，辞了工作跟了他，他说他没老婆，怎么现在出了个猫头鹰？他说他没小孩，两个兔崽子是谁下的？再说了，他后来说了无数次会离婚，为什么不离？我比他老婆能干一百倍，漂亮一千倍，他有什么理由不离婚？脑袋进水了，让门挤了，让驴踢了？！他欺骗了我的感情，他浪费了我的青春，我做鬼都不能放过他！

各个击破

嘻哈只好分别开导这三个活宝。

嘻哈开导帅呆了：

你小子也太有才了，"非典"期间生死关头还不忘风流，居然搞定了一个这么漂亮的白衣天使，这说明什么问题？说明你在"战术层面"上是绝对成功的！但是，你却犯了一个严重的战略性错误！

帅呆了一愣：什么乱七八糟的，你嘻哈平时讲课讲多了，这个时候怎么还有心思讲什么战略问题？

嘻哈进一步解释：这个道理好有一比，你自己家里有牛奶，你不喝，居然偷偷跑到东北去喝东北的牛奶。你偷偷喝牛奶还不算，怎么把奶牛给牵回来了呢？要知道你家槽里还有一条老……这可是严重的战略性失误！

帅呆了这才恍然：啊，偷喝牛奶有风险，但这还属于战术层面的问题。喝了奶还要牵奶牛，这就属于战略层面的问题了——能要命！

于是嘻哈给帅呆了一条"锦囊妙计"：趁现在还没有小小牛之前，小母牛哪牵来的，出点血，还回哪里去，否则你永无宁日！

嘻哈开导猫头鹰：

什么东西都能分类，人也一样。男人大致可分为三类：

1. 喜旧不爱新，重视家庭，从不拈花拈草，但这样的男人，如果再加上事业有成的话，就是绝对的稀有动物，可能比大熊猫还稀少！

2. 喜新不厌旧，往往会在外面拈花拈草，但以不危及家庭为原则，老婆和情人分得很清楚，这样的男人并不少见。

3. 喜新厌旧，狗熊掰棒子，见一个爱一个，最后始乱终弃，结婚离婚有如家常便饭，甚至连办结婚离婚的手续都嫌费事。这样的男人恐怕连畜生都不如。

嘻哈问猫头鹰：你老公算是第几类？猫头鹰：应该、好像、大概、可能、差不多是第二类……嘻哈：知足者常乐，别闹了，闹得太凶，你老公就有可能变成第三类，那就很可能是你亲手把老公送给别人了……

嘻哈也给猫头鹰一条"锦囊妙计"：原本猫头鹰的特点就是"睁一眼闭一眼"，凡事看开些，你只要一屁股稳稳地坐在"大老婆"位子上死活不动，你就已经立于不败之地！至于松族鹰，不用怕，你跟她熬时间！在多数情况下她绝对熬不过你！

嘻哈开导松族鹰：

你怕不怕猫头鹰和你纠缠吵闹？松族鹰：怕！嘻哈：差矣！如果猫头鹰老是闹，你倒还有一线希望。相反她如果不闹，你反而毫无胜算！为什么，你说你处处有优势，其实你根本无优势可言！同样的道理，只要猫头鹰稳坐大老婆位子不动，不吵、不闹，根本不用出招，她只要跟你耗时间，此时无招胜有招，她就赢你松族鹰八条马路！

于是嘻哈也给松族鹰一条"锦囊妙计"：天底下的树多了去了，何必在一棵树上吊死？天底下的羊多了去了，为什么一定要只薅一只羊的羊毛？同样的道理，天底下的男人也多了去了，何必专跟这一个男人耗？天大地大，退一步海阔天空，别闹了，出去走走，散散心再说吧！

松族鹰听嘻哈的劝去了国外，半年后居然给嘻哈打了个电话：嘻哈，谢谢你！我在美国找了个对象叫"酷毙了"，比帅呆了强一百倍，我们准备……

人生的选择

由是，嘻哈悟出一个非常简单的哲理：人生是一道选择题！人生需面对无数道选择题！人生会面对一些你完全无法选择的事物，如：你的父母、大自然的春夏秋冬、日出日落、月缺月圆……因为这些事物是你完全无法控制的，当然也就无法选择。

其他的，就是一些你能够控制的事物，例如：吃什么，喝什么，到哪里去，读书还是玩耍，上什么学校，读什么专业，要不要读研，要不要读博，如果条件允许要不要出国，要不要谈恋爱，要不要分手，要不要谈结婚，要不要生孩子、抽烟、酗酒、吸毒、泡网吧等等。

这就需要你做出一系列的选择，而选择的结果，将会影响你生活的质量，甚至会影响你的人生。

而人生最容易犯的错误，莫过于把选择题当成了是非题去做，其结果往往会陷入无法自拔的泥潭。

　　例如：我可以选择喝可乐，也可以选择喝橙汁，这是一道选择题。但如果你认为喝可乐是对的，喝橙汁是错的；而我却认为喝橙汁是对的，而喝可乐是错的，事件就会演变成一道是非题。必然令问题复杂，矛盾对立而天下大乱，而事件本身却无法得到解决。

　　人生中有太多的事情是无法用"对错"去判断的，而人世间许多矛盾和摩擦也往往因把选择题当成是非题去做而产生。更深一层的要义：即便是一道是非题，也要当选择题去做，才会有结果。

　　例如，就说上面的案例中"猫头鹰"老公有外遇，是对的还是错？当然是错的！我对你如此忠心，对你那么好，你居然移情别恋？良心让狗给吃了？简直是个王八蛋！这当然是一道毫无疑问的——是非题！

　　但你必须清醒，如果要想真正解决这个问题，则这道是非题也一定要当选择题去做，才会有结果。

　　既然当作选择题，事情就好办了，这个老公（王八蛋）要还是不要？要，就要准备符合这一选择的一系列行动和措施；不要，就要准备一系列符合这一选择的行动和措施。

选择与分析

　　接下来的问题是：怎样做出正确的选择？首先，当然需要确立清晰而正确的价值观，以及摆正我们的心态。另外，我们的选择既然无法用对错去衡量，那么选择的标准就取决于你的选择是否是最有利的、是最明智的、是能够掌控的，并且是能够承担后果的。

这就需要我们掌握另一个非常重要的技术：分析。一切选择的决策来源于分析！分析的层面有两个：

1. 外部环境和处境的分析；

2. 内部条件和资源的分析。

我们只有通过科学、理性的分析，才能够把我们感性的认识转变成理性的认知，从而做出最佳的选择。

还是刚才的问题：你老公花心，要还是不要？需要分析！如果离了他这个王八蛋，你完全有可能找到一个比他更好的，哪怕是个"王六蛋"，也比他强！那就选择：一脚踹了他！

但如果经过分析你可能不能找到一个比他更好的，再找可能是个"王九蛋"，比他更差，那就选择：设法保留他！

而一旦选择确定，则一系列战术动作自然相应配套：

选择放弃——查家底、分资产、办理手续、扫地出门——分道扬镳！

选择保留——跪搓板、写检查、时间制约、经济封锁——下不为例！

例如：嘻哈自从与嘻哈婆结婚后，兜里就从来没有超过250元钱过！即便嘻哈想造反，枪里没子弹——无可奈何！嘻哈婆实在是高！

结论：

人生——是一道选择题！人生——是无数道选择题！

错误的选择：把选择题当是非题做——麻烦无穷！

明智的选择：把是非题当选择题做——快意人生！

嘻哈大士

杂文系列之四：梦想

从前有座山，山里有个庙，庙里有个嘻哈老头讲故事。讲什么故事呢？就讲个"梦想"的故事吧……

引 子

嘻哈与嘻哈婆结婚多年，各自脾气性格却大有不同，因此多年来争执不断，每天几乎从眼睛睁开就开始斗嘴，直到晚上睡着才算罢休。二人相处自然谈不上"举案齐眉、相敬如宾"，但自结婚以来同心协力共同打拼，倒也算得是和平共处，直至每日斗嘴归斗嘴，却也慢慢演变成相濡以沫。

但多年来嘻哈并不十分害怕嘻哈婆的唠叨，最怕的却是听到嘻哈婆说出她"从小的梦想"！各位或许奇怪：人有梦想和愿望是好事，亦很正常，有何可怕？个中原委，且听嘻哈慢慢道来。

一个梦想

嘻哈与嘻哈婆结婚时，那个年代大家的生活并不富有，个个家徒四壁、家家夜不闭户。嘻哈一介书生，更是精穷。直至婚后多年，生活才慢慢改善，逐渐富足宽松一些。

一日黄昏，嘻哈与嘻哈婆闲来无事静坐家中闲磨牙，嘻哈婆忽然作若有所思、若有所悟状，然后告诉我："嘻哈呀，我从小就有一个梦想，如能拥有一枚真的钻戒，此生足矣！"

嘻哈顿时一凛：想我嘻哈当年结婚时身无分文存款、家无隔月之米，一日三餐尚且勉强，何来闲钱给嘻哈婆买戒指？何况还是——"钻石"的！嘻哈与嘻哈婆结婚时没有婚礼、没有酒席、没有婚纱照、自然更加没有戒指。嘻哈嘻哈，嘻里哈拉、稀里马哈就结了婚。一念至此，嘻哈顿时觉得十二万分对不起嘻哈婆——惭愧啊惭愧！汗颜呀汗颜！

怎么办？嘻哈立即想起老祖宗"亡羊补牢""退而结网"等一系列教诲，趁现在生活小有起色，手上多少有几个闲钱，应该赶紧圆了嘻哈婆这个"从小的梦想"。

于是坐言起行一番张罗，本着"上穷碧落下黄泉"的精神，演变成"上穷存款下商场"的实质，终于给嘻哈婆选到了"如梦如愿"的钻戒。于是嘻哈婆心满意足爱不释手，嘻哈也如释重负——皆大欢喜！

又一个梦想

光阴荏苒，时光如梭。又过了不知几何时日，忽一日黄昏，嘻哈又与嘻哈婆闲来无事静坐家中闲磨牙，嘻哈婆忽然又作若有所思、若有所悟状，然后告诉我："嘻哈呀，我从小还有一个梦想，如能拥有自己的房子，此生足矣！"嘻哈顿时又一凛：想我嘻哈当年结婚时头上无片瓦存身、脚下无寸土立足，每月房租都要紧张罗，买房子？想都不敢想——天方夜谭！

怎么办？嘻哈立即又想起老祖宗的教诲："少壮不努力，老大徒伤悲！"决定奋发努力，争取成功！然嘻哈一介书生，除授业讲课外于其他生财之道一窍不通，因此只有多多讲课，以便多多赚取束脩。于是嘻哈开始勤出差四处奔波、多讲课八方游学，上课时口若悬河、滔滔不绝，如同打了鸡血，下课后气若游丝、筋疲力尽，好像死狗一条……

老祖宗的教诲实在有道理：天道酬勤！嘻哈与嘻哈婆一起努力，终于赚到足够的束脩，供一套三居室的房子。于是自然又是一番大大的忙碌："踏破铁鞋找房子，得来实在费工夫。"

然皇天不负有心人，嘻哈家终于拥有了属于自己的房子，并且房产还写在嘻哈婆的名下，又一次圆了嘻哈婆第二个"从小的梦想"。于是嘻哈婆整天像陀螺一样在新房子里团团转，忙得不亦乐乎，自然也再一次心满意足，嘻哈也又一次如释重负——皆大欢喜！

第三个梦想

光阴还是荏苒，时光依然如梭。又不知过了几何年月，忽一日黄昏，嘻哈又与嘻哈婆静坐家中闲磨牙，嘻哈婆忽然又作若有所思、若有所悟状，然后告诉我："嘻哈呀，我从小还有一个梦想，如能拥有自己的汽车（并且是红色的），此生足矣！"

嘻哈顿时又一凛：想我嘻哈结婚时只有一辆除了铃铛不响到处都响的破自行车。当年能有幸坐一坐解放牌大卡车都要兴奋半天，小汽车？别说坐，摸都没摸过，买汽车？——简直是痴人说梦！

嘻哈顿时对嘻哈婆肃然起敬：当年她能有如此超越时空的梦想——时髦、超前、大胆、给力，甚至是难以想象、匪夷所思！而我嘻哈实在是——望尘莫及、甘拜下风！

怎么办？嘻哈立即又想起老祖宗的教诲："世上无难事，只怕有心人。"我嘻哈好歹也是纯爷们一个，此时岂能英雄气短掉了链子？因此决定再一次奋发努力为嘻哈婆圆梦！一念至此，顿时豪气万丈、气冲牛斗、信心百倍、大包大揽……

于是自然又是一番忙碌：看汽车、考驾照、交银子、办手续……皇天自然再一次不负有心人，嘻哈终于开回一辆嘻哈婆"梦想"中的汽车（还真是红色的），又一次圆了嘻哈婆第三个"从小的梦想"。

嘻哈婆高兴得满面笑容，嘴咧得和麻将的"四万"一样，合都合不拢！一屁股坐进车里到处兜风，死活就不肯出来！于是自然又是一次——皆大欢喜！

嘻哈梦醒

光阴荏苒啊荏苒，时光如梭呀如梭。又不知过了多少岁月，

210

忽一日黄昏，嘻哈又与嘻哈婆闲磨牙，嘻哈婆忽然又作若有所思、若有所悟状，然后告诉我："嘻哈呀，我忽然想起从小还有一个梦想，如能拥有一栋带花园的房子，此生足矣！"嘻哈此时不是一凛，而是一惊！

因为嘻哈突然想起老祖宗另外的一些教诲："防人之心不可无！""人心不足蛇吞象！"于是一本正经求证：嘻哈婆你到底有多少个"从小的梦想"？拜托能不能一次性全部说完？咱好想办法一次性解决。否则我夜长啊——你梦多，你隔三岔五地说一个出来，我就一通紧忙活……我嘻哈心脏不太好，从小胆子也特别小，这一惊一乍的可实在受不了！

噩梦连连

没想到嘻哈婆微微一笑，满脸神秘告诉嘻哈：那可不行，既然是我从小的梦想啊……平常自然记不住！偶尔触景生情、因缘际会地才会想起一个来。但是你放心，只要我想起一个呀……我就一定会绝不隐瞒马上告诉你！

你且慢慢地等呀……你且慢慢地听……听到之后呢……你且一个个快快地帮我实现吧！再说了，没有我嘻哈婆的梦想，如何体现你嘻哈的价值？如何促使你快马加鞭、老牛拉车？

嘻哈昏！

嘻哈大士

杂文系列之五：祝寿歌

（老娘九十大寿，不肖儿
嘻哈献打油诗一首贺寿）

老娘，老娘，

一生历尽沧桑。

如今又聋又傻，

倒也儿孙满堂。

女儿医学专家——居然人中凤凰！

儿子是个混球——总是虎落平阳！

如今儿也著书立说，

居然混成一个杂家。

老娘，老娘，

不必再为儿女心伤。

傻吃傻睡游游荡荡，

天天再去打打麻将，

日子过得比妖精都强，

简直就是个神仙模样！

欣慰，欣慰，

当然万寿无疆！

嘻哈大士

杂文系列之六：苍蝇

从前有座山，山里有个庙，庙里有个嘻哈老头讲故事。讲什么故事呢？讲个"苍蝇"的故事吧……

引　子

自改革开放以来，国内的经济发展令全世界刮目相看，甚至瞠目结舌，但同时也带来了不少负面的东西，例如环境破坏、大气污染、水源污染、草原沙化、森林滥伐、物种灭绝……而还有一个令老百姓最深恶痛绝的，就是贪污和腐败。

当老百姓遇到贪官时，往往无可奈何、徒呼倒霉。当贪官被揪出之后，老百姓则拍手称快。然而中国的贪官何其多，挖出一个又一个，掘出一窝又一窝。于是百姓们便将小贪官形容为"苍蝇"，把大贪官形容为"老虎"。而老虎自然又有"小老虎、中老虎、大老虎和特大老虎"之分。

近年来，由于挖出的贪官太多，于是百姓们对苍蝇式的贪官越来越不感兴趣，而是关注对老虎级的贪官。尤其是一旦挖出一个大老虎或特大老虎级的贪官，百姓们自然最高兴。报纸、杂志、网络、电台、电视等各种媒体也就有了话题，兴高采烈报个不停。

至于苍蝇式的贪官，因为实在太多，又实在太"小"，不成气候。便应了一句老话，叫作"虱子多了不痒"，社会大众逐渐忽略，新闻媒体也不感兴趣——不提也罢！

然而，嘻哈对此现象又有不同看法——苍蝇的危害未必小于老虎，甚至比老虎更厉害。为什么？因为嘻哈有一天突然发现，中国的贪污和腐败，似乎与中国的某些体育项目有密切关系。

各位看官可能又以为嘻哈的脑袋让驴踢了，实在有些犯糊涂。贪污和腐败与体育项目风马牛不相及，怎么可能扯上关系？各位不必着急，且听嘻哈慢慢道来。

体 育

说到体育运动，五花八门，包罗万象，实在是有太多项目了。仅纳入奥运会的，就有28个大项，300多个小项，各地民间的体育运动就更多了。但在中国，有两个项目却非常特殊，不得不提：一个是足球，另一个是乒乓球。

先说足球。说起中国的足球，那可真是：麻线提豆腐——没法提！踢了那么多年，花了数不清的银子，成绩还是很差！

再说乒乓球。中国的乒乓球那可真是：神仙走钢索——万无一失！打遍天下无敌手，国外甚至有人提议奥运会取消乒乓球比赛。因为中国实在太厉害。乒乓球早已成为我们中国的"国球"。

为什么中国的足球如此不堪，而中国的乒乓球又如此厉害？

个中原因多年来已有太多人分析论述，嘻哈在此不必赘述。但无论何种分析，有一个原因是大家公论的，就是在中国，足球运动严重缺乏社会和群众基础，因此无法提升。而乒乓球运动则恰恰相反，在中国有太好的社会和群众基础，因此着实厉害！

在中国，全国各地能够踢足球的场地非常稀少。而可供比赛的标准足球场恐怕更是少得可怜。嘻哈想，原因大概是足球场占地太大，有这么大的一块地，早就被当地政府及房地产开发商盯住，盖房子搞活经济赚大钱增加 GDP 显政绩去了，建足球场？除非脑子进水了！中国足球如此缺乏基础，根据"金字塔理论"，底部缺乏基础，顶层自然坍塌，足球运动当然好不了。

而乒乓球就截然不同。乒乓球球台很小，稍大一些的房子里就可放下，甚至室外用砖头水泥都可以砌一个台子。所用器材也比较便宜，乒乓球几块钱一个，球拍拿块木头片都能凑合，因此在全国遍地开花，十分容易普及。乒乓球有如此强大的社会和群众基础，根据"金字塔理论"，自然成绩斐然。

然而说了半天，这个足球和乒乓球，究竟与贪腐有何关系？与老虎和苍蝇又有何关系？有！各位看官不必着急，且听嘻哈慢慢分析。

贪　腐

说到中国的贪腐问题，其实并不奇怪，历朝历代，延续数千年从未绝迹。发生贪腐的源头何在？其实有两个最大的温床：一个是官场，一个是商场。而一旦官场与商场相互勾结，则贪腐必然变本加厉。

中国传统文化强调"书中自有黄金屋、书中自有颜如玉"，讲的是读书的好处。而"学而优则仕"，进一步讲的是读书最大的好处及最高的境界。任何人一旦通过读书而步入仕途，"黄金屋"和"颜如玉"则自然不在话下。

中国传统文化认为"工字不出头"，替人打工一辈子不会有大出息。因此要想出人头地，就要设法有权，有权就必须设法当官，而当官的最终目的还是为了有钱，有钱才能过好日子。赚大钱，一条路是通过当官敛财，另一条路就是通过经商致富。

在一些中国人看来，经商需要权力的支持和保护，于是商人就必须去巴结官员，官员的职位越高，其权力就越大，能够给予商人的好处就越多，于是商人就拼命贿赂官员，一些官员就往往来者不拒，通通"笑纳"，否则何必当官？

如此便不难看出，官员的职位越高，其权力就越大。俗话说"侯门深似海"，因此大官轻易难得一见。俗话又说"大鸡不吃小米"，官大了架子就大，自然不会被鸡零狗碎的小利益收买。

小商人实力差，自然只能行贿于小官，获取一些蝇头小利。待商人的实力逐渐增强，其行贿的能力也就越强，才能行贿更大的官，以获取更大的利益。于是水涨船高、变本加厉，商人行贿、官员受贿的现象便日益猖獗。

今天的贪腐在中国某些人群中已经到了失去理智、丧心病狂的地步。所贪财富十八辈子都花不完，还是不肯罢手。最后一旦东窗事发，财富打了水漂，还要受牢狱之灾，甚至赔上性命，家破人亡，所为何来？真是——疯了！

由此不难看出，原来商人行贿，有明显的等级、规模和大小之分。而官员受贿，也有明显的等级、规模和大小之分。于是行贿的商人便以其公司的规模、名气、实力区分。

而受贿的官员，百姓们便以"老虎"和"苍蝇"来形容和区分。老虎则可根据其职位的大小高低，再分为"小老虎、中老虎、大老虎和特大的老虎"。"苍蝇"自然是指那些不起眼的、芝麻绿豆的小贪官。

小贪官小打小闹，不成气候，如同讨厌的苍蝇，百姓们自然不太在意。我们往往把注意力集中关注在那些大大小小的老虎身上。然而嘻哈却有不同的看法。试与各位看官探讨。

嘻哈查了一些相关资料，中国有 34 个省级行政区、333 个地级市、2862 个县级市、660 个大小城市、41636 个乡镇、68 万个自然村。每个省市县都有所谓的"父母官"，而中央政府大约还有 3000 个"高级干部"。这些官员在老百姓看来，自然要算是"大官"。这些官员一旦贪污，自然会被归类为大大小小的老虎类。但这些级别的官员总数，也不过数千人而已。再减去若干好官，会有多少老虎？

而嘻哈提醒各位注意，这 41636 个乡镇、68 万个自然村，可也都有父母官，虽然是芝麻绿豆官，但其数量惊人。如果再加上手上多少也有些权力的公务员那可是接近 1000 万的数量！如果在这个层面发生贪腐，尽管个个是苍蝇，但如果其铺天盖地、无孔不入地席卷全国，会是什么情况？会是什么规模？会是什么后果？嘻哈在这里套用老百姓的一句话：别拿村长不当干部！

贪腐与体育

上面嘻哈啰啰唆唆讲了一大堆，现在言归正传。

但嘻哈发现，大老虎与中国的足球运动非常相似，中国的足球运动因为缺乏社会及群众基础，场地少、参与人数少，因此不成气候。

同样的情况，中国的大老虎贪污数量尽管非常惊人，但毕竟数量有限。而且"高处不胜寒"，大老虎会被千万双眼睛死死盯住，也容易被发现。

而中国贪腐问题中的苍蝇现象，则与中国的乒乓球运动非常相似。在中国960万平方公里广袤的国土上，有太好的社会和群众基础来发展乒乓球，于是中国的乒乓球便在这片广袤的国土上如鱼得水。

也是同样的情况，在中国960万平方公里广袤的国土上，有太好的社会和群众基础，于是中国基层贪腐的苍蝇便在这片广袤的国土上蛆生蝇、蝇生蛆，生生不息。

嘻哈想问各位看官：老虎虽然该打，甚至该死！但苍蝇是否真的就微不足道？一只、几只或数十只苍蝇自然不成气候，但如果苍蝇在祖国大地成群结队、铺天盖地快速发展繁衍，会是什么情况？

贪腐现象从中国的基层、中层直至高层一旦形成价值链，形成规模、形成模式、形成惯例，并且"暗码实价"形成市场，会是什么结果？有没有人调查过，近年来在中国，乡镇、村，贿选的比例有多少？贿选比例持上升还是下降趋势？

在中国富庶地区，贿选一个村长，往往需要花几百万人民币。而一个村长一旦当选，那可就不是过去"三年清知府、十万雪花银"的概念，比当年的知府可强多了。不出几年，财富往往可达上亿甚至数十亿元！

贪腐现象一旦有了如此肥沃的土壤和基础，进而蔓延到乡镇、县市，直至省部级乃至中央，又会是什么情况？贪腐现象一旦蔓延到社会，就会产生欺行霸市的地痞流氓。贪腐现象一旦蔓延到军队，军队就会丧失战斗力。贪腐现象一旦蔓延到公务员阶层，公务员就会不为百姓做事，转而欺压百姓。

嘻哈还想起中国自古就有"皇权不下县，县下是宗族"，以及"天高皇帝远"的说法。县以下的乡镇、村，则主要由地方上的宗族、乡绅管控，如此便形成了几千年来相对平衡的中央与地方的管控格局。

然而曾几何时，全国乡镇、村的宗族祠堂被砸了个稀巴烂，地方乡绅则成了"土豪劣绅""地主老财"，被斗了个魂飞魄散，抄了个倾家荡产。于是这些乡镇、村便落了个权力真空的"白茫茫大地"。然而这"白茫茫大地"却并不干净，因为那里有"白花花的大银"。于是新的地方势力便乘虚而入，一些地方上的地痞、土豪，头上顶着乡长、镇长、村长的名头，非法霸田卖地、欺行霸市、胡作非为、欺压百姓，这就是在今天应运而生的——苍蝇！

结语：

　　昔日女娲补天，据说是因为天塌了一个大窟窿，但今天却是中华大地烂了一块又一块，于是成为苍蝇的乐土。嘻哈很想说：打老虎固然重要，但万万不可忽视苍蝇的危害和力量。如果任由其泛滥，就有可能变种为"蝗虫"，蝗虫再变种，最终会变成成群结队的"豺狼虎豹"。便会应了一句老话"法不责众"，那会是什么后果？

　　嘻哈认为，苍蝇泛滥形成规模，其后果未必比老虎就小。

　　救救基层！救救百姓！救救……

嘻哈大士

杂文系列之七：医院

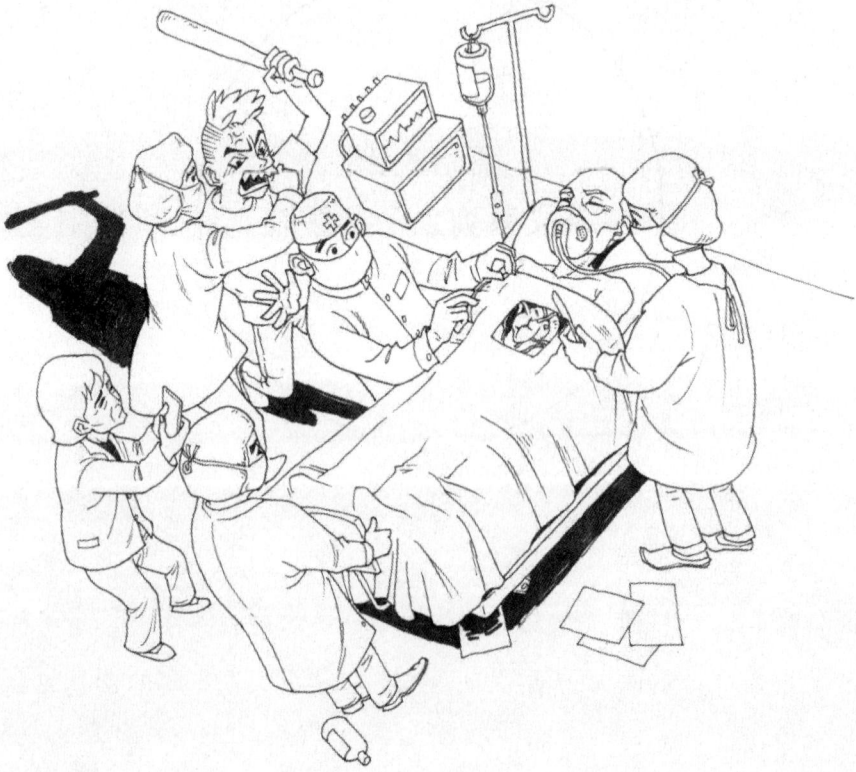

从前有座山，山里有个庙，庙里有个嘻哈老头讲故事。讲什么故事呢？讲个"医院"的故事吧……

引　子

嘻哈看到，近年来随着国内经济的发展，社会上各种各样、五花八门的热门话题也越来越多。其中一个比较热门的话题，就是现在国内的医疗问题及医疗体制的改革问题。

现在看病越来越难，家家医院人满为患，排队等待都能把人等疯了，没病都能急出病来。看病也越来越贵，小病小灾还勉强支付得起，一旦摊上个大病，往往倾家荡产都救不了命。最可怕的是日益严重的医患矛盾，为看病都能闹出人命！嘻哈实在感到不可思议，这去医院看病，到底是去救命还是会要命？

嘻哈还感到非常奇怪，这年头怎么会有这么多人有病？到底是患者的病，医生的病，医院的病，体制的病，还是社会的病？这些病如何才能根治？还是已经病入膏肓了？对此问题嘻哈倒也有些看法，试与各位看官分享。

挂 号

若干年前，嘻哈曾应邀去给国内一批医院的高管人员讲一堂课（其中一家还是北京极具知名度的医院）。课堂上嘻哈问这些全国著名医院的高管："请问患者到医院看病，第一件事情是干什么？"回答："挂号！"嘻哈再问："挂号需要付费吗？"高管们感觉嘻哈的问题幼稚可笑，告诉嘻哈："当然要付费，这是多年的行业规矩！"

嘻哈突然再问："请问什么是挂号？"结果所有的医院高管全部张口结舌，东拉西扯无法正确解释。他们说这真叫"灯下黑"，干了这么多年医院工作，天天与挂号打交道，真让解释和定义什么是挂号，还真有点说不清楚。

于是嘻哈告诉他们，嘻哈认为"挂号"通俗的理解就是"排队等候"。但如果从法理的角度去诠释，那就应该理解为"医患之间完成的一个契约"。也就是说，医患之间在完全平等的关系和条件下，患者通过挂号同意让该医院为其看病，而医院也通过挂号同意为该患者看病。众高管听后频频点头称是，表示认同嘻哈的解释。

于是嘻哈继续提问："既然是医患之间在平等条件下完成的一个契约，那么需不需要由签约某一方向另一方支付费用？谁能够举例说出世界上任何一个行业在签约时，是需要某一方向另一方支付费用的？"结果所有高管全部继续张口结舌，无法举出半例例证。事实上，任何行业在需要客户排队时都绝不会收费，甚至还要提供一些茶水表示歉意。

于是嘻哈告诉这些高管："由此可见，你们医院向患者收取挂号费，的确是多年以来的行规，但这条行规显然是不合法的，是不合理的，是经不起推敲的，是无法解释的，起码是不合适的。即便需要表示，也应该反过来，由你们医院给患者提供茶水并表示抱歉才对！"众高管无言以对。

买 药

嘻哈继续问："既然医生看病不收钱，那靠什么赚钱？"众高管答："工资、奖金、提成，还有……红包！"嘻哈问："工资、奖金和提成出自何处？"众高管答："来源于医院经营药品、器械等的利润。"嘻哈问："药品和器械是谁生产的？"众高管答："制药厂、医疗器械厂。"

嘻哈再次哈哈大笑："自古以来医生悬壶济世，靠医术维生，对症下药，开出药方，患者便需支付诊费。患者按药方去药铺抓药，药铺按方抓药，收取的是药费。医生与药铺自古以来分工合作、各司其职、泾渭分明、职责清晰。医生诊错病，医生负责，药铺抓错药，药铺负责，清楚得很。但现在医院即看病也卖药，医、药不分，怎么就变成了说不清、理还乱的一锅粥？"

乱 象

医、药不分家，后果是什么？嘻哈认为必然天下大乱！医院和医生没有得到应该得到的报酬，自然要另辟蹊径，否则莫非去喝西北风？于是便去打药品及医疗器械的主意，药品及器械生产厂家也要赚钱，没关系，加价！药品及器械生产厂家也要竞争，没关系，行贿！

于是医药及医疗器械公司就不得不千方百计贿赂医院及医生，否则就根本无法生存。因贿赂自然会产生惊人人力、物力、财力的投入，没关系，羊毛出在羊身上，转嫁到患者身上！因贿赂自然会产生违法问题，于是医药及医疗器械公司、医院因违法而被立案调查，甚至倒闭的案例就层出不穷，相关人员因行贿受贿违法而坐牢的案例也就屡见不鲜。

于是一些医生不是按患者病情需要开药（包括器械），而是按贿赂的多少开药。谁家给的贿赂多，就用谁家的药。贿赂高的药成本自然就高。医院及医生在利益驱动下开始无中生有、没病找病、小病大治、大病长治，有些医生甚至变相或强行向患者兜售所谓的保健品、滋补品、减肥品、美容护肤品、健身器材，甚至还有家庭电器。结果药价越来越高、红包越来越大、看病越来越贵、医德越来越差、医闹越来越多……

于是老百姓开始抱怨甚至反抗，医患矛盾自然产生，并且日益尖锐。政府相关部门就不得不出面干预，例如要求各大医院药品限价、医院收费明码标价、打击黑诊所黑医生……但嘻哈认为，自古以来就是道高一尺、魔高一丈，这些措施治标不治本，医疗行业根源性问题不解决，恐怕是永无宁日！

嘻哈认为，从理论上说，医患之间应该是平等的双方。但从专业角度讲，由于双方所掌握的信息处于高度不对称，医生往往握有极大的主动权，而患者却处于明显的下风和被动，因此医患之间是绝对不平等的。嘻哈斗胆杜撰了以下几段医患之间的对话：

杜撰沟通 1——

医生：公费还是私费？病人：私。医生：有没有医保？病人：有。医生：药开贵点没问题吧？病人：没。医生：你啥病？病人：忘了……

杜撰沟通 2——

医生：哪儿疼？病人：牙疼。医生：拔了！病人：脑袋疼。医生：开颅！病人：肚子疼。医生：开膛！病人：心口疼。医生：搭桥！病人：哪儿都疼……医生跳起来一撸袖子：哈哈……

杜撰沟通 3——

医生：什么病？病人：心口疼……医生：搭桥！病人：非要搭？医生：一指外面——搭了回家去；再一指脚下——不搭就下去！病人：心狂跳——怎么搭？医生：搭 3 个勉强，5 个刚够！病人：6 个？医生：国产还是进口的？病人：啥价钱？医生：国产一个三千，进口的一万！病人：啥区别？医生：国产管仨月，进口管三年！病人：快……搭……扑通！

然而哪里有不公，哪里就会有反抗。患者尽管刚开始处于被

233

动,但迟早可能会感觉不对路,一旦发觉上当受骗,自然怒气冲天。而更糟糕的是,由于信息不对称,患者所知道的"真相"未必就是真相,便会产生极大的误会和矛盾。于是"怒从心头起、恶向胆边生",与医院、医生、护士的语言冲突还是小事,推推搡搡就会扩大事态,一旦动了凶器闹出人命,事态就完全失控,成为无法挽回的悲剧了!

嘻哈发现,现在已经有越来越多的医院开始增加大量保安,要求医生坐诊必须面向门口(怕背后有人用刀捅),诊室内每次只允许一个病人进入(好汉难敌众拳)……搞得医生坐诊如临大敌、胆战心惊。嘻哈担心再这样发展下去,不知中国的医院是否会像中国的银行一样,要加装不锈钢栅栏及防弹玻璃?而医生坐诊是否要头戴钢盔,身穿防弹背心?那这是普通医院还是战地医院?或者根本就是战场?

当然,也有许许多多真正悬壶济世的好医生。但好医生为患者看病是否就没有问题?恐怕也未必。嘻哈的一个朋友就是医生,一次嘻哈有事去找他,一进医院,人满为患,好不容易挤到他诊室外面,患者已经是大排长龙,嘻哈无法靠近,便在门口往里看。只见他面无表情,目光呆滞,一面无精打采地问患者病情,一面飞速开处方,大概是天天开处方开得手指手腕都肿了,于是还带个护腕。每个患者就诊时间只有十几二十秒。嘻哈不忍打扰,只得悄然退出。

事后约他吃饭,朋友告诉嘻哈:"天天如此,疲惫不堪,有时连吃饭上厕所的时间都没有。最要命的是还要出手术,一上手术台一站就是几个钟头，脚都站肿了，拿着手术刀都犯困。"嘻哈想，如此状况给人看病，如何能够保证质量？医生自己都成病人了！

嘻哈认为，中国的医疗行业其实有两个极端：一方面是看病难、看病贵；而另一个极端是：大量医疗资源被严重闲置和浪费。

例如：据统计中国有 200 万注册医生（不算地下医生），尽管按人口比例低于世界发达国家，但假设全中国每天有 5% 的人要看病，每个医生每天坐诊量也不过 30 人。但具国内权威机构统计，中国医生每天平均坐诊量仅仅是 7 人。为什么？按照中国传统文化"学而优则仕"的价值观，许多资深医生也"医而优则仕"成为当官的或行政管理人员，不再为患者看病，或只为极少数人服务。

在此嘻哈告诉各位一个案例：若干年前国内一个各大医院院长代表团赴国外考察，在某国家医院参观后与该院院长座谈。国内代表团问："请问院长是哪个医学院毕业的？"院长答："我不是医学院毕业的。"代表团又问："请问院长过去是哪个专科的医生？"院长答："我哪个专科也不是，我没当过医生。"代表团大惊："没读过医学院，没当过医生，怎么可能当院长？"院长答："我如果是医生，怎么可能当院长？我读的是管理专科。"

这个观点在国内恐怕就很难被认同，国内许多行业都会认为："外行不能领导内行。"其结果就会导致许多行业的精英被迫"不务正业"。其实在世界发达国家和地区，外行领导内行的案例屡见不鲜，很正常。真正的职业经理人是完全能够跨行业的。

再例如：国内许多医院的"高级病房""高干病房"及一些所谓的"高级疗养院"，设施齐全、医护充足，但普通百姓只能望而兴叹。又例如：许多医院最宝贵的急救设备、急救药品、急救物资等没有用于急救，而是被一些家庭条件优越的人长期使用和占用以维持一些垂暮老人的生命，而真正需要急救的人却往往因此丧失了宝贵的生命。

凡此种种，尽管国内医疗行业问题百出，但中国的各种医院却依然如雨后春笋般在全国各地高速发展。于是公立医院、私人医院、综合医院、专科医院、整容医院、承包医院、转包医院、层层转包医院……还有地下黑医院、黑诊所、黑医生、医托、医霸，甚至还有代理医闹专业队……

为什么会有这么多人愿意涉足医院？原因很简单，就是开医院太赚钱了！据嘻哈了解，开一家医院，每年营业额可达几千万乃至数亿元人民币，并且利润非常丰厚。目前国内医院年营业额最高纪录竟已突破 70 亿元，而且还在逐年递增！

出　路

中国医疗行业有如此多的问题，如何改善和解决？政府相关部门多年来也在不断改善，陆续出台不少相关政策，但似乎收效不大。医疗行业的问题似乎本身就成了一个老大难的痼疾顽症，难以治愈。多年来我们也尝试去学习、了解国外一些国家的医疗体系，但似乎也很难借鉴和移植。医疗行业改革的出路到底何在？

出路到底何在？本来，嘻哈想冒着被人指责"崇洋媚外"的风险，收集一些国外医疗体系的案例。但嘻哈看到，近年来已经有太多政府相关或不相关部门的大小官员，以及国内医疗行业的大批相关或不相关人员，走遍世界，"上穷碧落下黄泉"，那真是比唐僧西天取经还艰难，进行了数不清的"考察"。难道国外医疗行业的运作模式他们看不见？还是考察后认为还不如我们中国的，因此不屑于借鉴？嘻哈无从得知。

本来，嘻哈想冒着被人指责"食古不化"的风险，列举一些国内的成功案例。但一旦举例，嘻哈立即发现不妥，为什么呢？嘻哈一举国内的案例，发现所有案例中的人和事我们都非常非常熟悉，例如：神农、扁鹊、华佗、李时珍、江湖郎中，以及电视剧中的"喜来乐""百草堂"，现实生活中的同仁堂……哪用嘻哈多嘴？嘻哈既非此行业人士，更不是政府官员，对医疗体系一窍不通，因此决定不举例了，免得多嘴被人笑话被人骂。

但嘻哈认为，构建一个健康的医疗行业，根本就不是什么难于登天的事。要说中国医疗行业改革的出路，出路根本就在脚下。所有政府相关部门及中国医疗行业的人士，其实都很清楚问题的症结所在及解决之道，根本无须像嘻哈这样的门外汉指手画脚、说三道四、胡说八道、妄加评论。

构建一个健全的医疗体系，取长补短、各司其职、职责清晰、财务分明，把公立医院、私家医院（或诊所）、医药与医疗器械生产企业、医疗保险及各类药房的功能有效整合，很难吗？嘻哈认为应该不难。

行使政府职能，制定相关政策和法律法规，制定行业游戏规则和奖惩机制，同时充分利用纳税人的税赋，通过政府强大的财政机制，有效构建和管控公立医院、私家医院（或诊所）、医药及医疗器械生产企业、医疗保险及各类药房，很难吗？嘻哈认为应该也不难。

由此嘻哈认为，中国医疗改革的问题并不在于有没有路，出路根本就有，而是我们能不能走，愿不愿走。盘根错节的权力及利益关系，恐怕才是中国医疗行业改革的巨大障碍和痼疾顽症，即便扁鹊、华佗再世，也会束手无策——无法度！

结语：

嘻哈认为，医、药不分家，扁鹊、华佗也抓瞎！

嘻哈大士
杂文系列之八：泡沫

居然建到我们地盘了！

虽得广厦千万，
但未见天下寒士欢颜！

从前有座山，山里有个庙，庙里有个嘻哈老头讲故事。讲什么故事呢？讲个"泡沫"的故事吧……

引　子

　　近年来随着国内经济的发展，房地产行业异军突起、如日中天，甚至是一枝独秀、傲视同群。于是许多行业都纷纷放弃本行，转投房地产。地方政府也大力支持，银行业也快速跟进，放贷收息，财源滚滚，大有可为。

　　但房地产发展至今，似乎开始进入停滞期，许多地方的房子滞销，甚至出现无人居住的"鬼城"。于是就不得不降价。降价照理是好事，但历来消费者的心态是买涨不买跌，一降价反而导致人心浮动，于是还没买房的开始观望，已经买房的反而认为自己吃了大亏，抗议降价，甚至聚众闹事，打砸房地产公司。

　　于是就有人开始担心，说中国的房地产会发生崩溃，这就产生了中国房地产行业的"泡沫"说。当然也有人不同意，说中国的房地产不会崩溃，没有泡沫。正、反两方各说各理，甚至打赌叫阵，吵了个不亦乐乎。谁对谁错？孰是孰非？嘻哈对此问题也有一些看法，试与各位看官分享。

住 房

有人问嘻哈，中国的房地产会崩溃吗？真有"泡沫"吗？何为泡沫？泡沫是如何产生的？一大堆问题。可惜我嘻哈并非经济学家，也不是房地产大佬，更不是政府官员，因此很难从专业的角度回答，于是尝试用嘻哈的方法解释。

房子是用来住的，过去的人自己盖房子，穷人盖差房子住，富人盖好房子住。俗话说"三十亩地一头牛，老婆孩子热炕头"，这老婆孩子热炕头就必须放在房子里。

嘻哈当知青下乡时，最初就住在老乡的柴房里，后来费九牛二虎之力，积攒了盖房子的木料，西北叫"大梁""行条"和"椽子"，靠乡亲们帮忙，盖了3间土坯房，全家人比过年都高兴！之后嘻哈还成为当地小有名气的泥瓦匠，帮别人盖了不少房子，因此嘻哈对房子和盖房子倒并不陌生。

但那是农村，城市里对房子的理解就不同。人喜群居，于是就有了城市，城市里原则上有三种人：穷人（不能自理温饱），富人（温饱后尚有富余）和中产者（自理温饱）。只是在不同的城市里，这三种人的比例会有所不同。

理论上说，富人有钱，买房子住；穷人没钱，靠政府解决；而中产者则可以租房子住。假设某城市有100万个家庭，其中

10% 为富人，10% 为穷人，80% 为中产者，简单解决方案：地产商盖 10 万套房子卖给富人住，政府盖 10 万套房子给穷人住，中产者则可租旧房子住（此论中产者不爱听），万事大吉。

商品房

然而事情绝非如此简单。最先不满足（贪婪）的是地产商，盖区区 10 万套房子怎能赚大钱？于是他们把眼睛盯上了中产者，说："你们也能买房子！"但中产者钱不够怎么办？于是地产商又找来了银行一起发财——搞贷款，买房子可以分期付款！这一下就需要多盖 80 万套房子。

此时又出现新问题：土地不够，于是地产商伙同银行找政府要地。

但事情到此还远远没有结束。地产商又对大家说：房子不是仅仅拿来住的，落后了，迂腐了！买房子是拿来投资的！这一下了不得，有钱掏钱，没钱贷款，许多人开始拥有 2 套、3 套、5 套、10 套，甚至几十上百套房子，此时企业（尤其是大国企）也加入了战团（还是贪婪），或盖房，或炒房，或囤地……该城市人们对房子的需求已经远远不是 90 万套，而是 900 万套、9000 万套！局面开始失控。

炒 房

此时地产商又有新招，他们说我们应该走向世界，放眼全球。房子可以异地购买，甚至可以全球购买！于是各种实力雄厚的国际基金也开始加入战团，房地产已经成为一个巨大的全球性投资行业，像雪球一样越滚越大。所需要的房子已远远不是 100 万套，而是根本无法统计的无穷套。

而房子的价格也在惊人地飞涨，甚至令世界上许多国家城市的房子也因为中国人的疯狂购买而飞涨。此时绝大部分家庭依靠自己的收入根本无法承担，因此只能靠负债贷款。而炒房地产的人又必须依赖房子能够永远涨价，否则后果将不堪设想！房子已越来越背离用于居住的概念。

买房子不但掏空了许多家庭的积蓄，并且使他们背上了可能终其一生都无法偿还的巨额债务。而在这个城市里真正要想买房子居住的家庭，此时却只能"望房兴叹"，根本买不起了，局面已完全失控（极度贪婪）。

例如：雷曼基金事件中，香港有个老太太，拿一生的积蓄买了雷曼基金，结果全部泡汤。银行告诉老太太："你的钱拿去美国买房子，亏了！"老太太目瞪口呆："我足不出户，连美国在哪里都不知道，何时会去买了美国的房子？"真是悲哀！

蝴蝶效应

而此时与房地产相关甚至不相关的行业也被带动起来，如建材、建筑、装修风起云涌，税收、政绩、GDP不亦乐乎，银行、风投、基金雄心勃勃，还有石油、钢铁、娱乐、汽车、酒店、餐饮、服装、奢侈品……市场一片欣欣向荣！于是富人更加富有，中产者则通过贷款、提前消费变成富翁（其实是负翁），穷人起码也可以买彩票赌一把，做个春秋大梦：明天中奖发大财，一口气买八套大别墅，住两套、炒两套，两个情人各一套，还有两套给狗住……

泡　沫

问题是，这些繁荣和需求有多大的真实性？有多大的可持续性？春秋大梦好做，但总有梦醒的时候。冷静思考，事情其实非常简单：不要忘记，具体在这个城市里，房子的实际需求根本没有改变——撑死100万套！最多再加上每年若干百分比的增长。于是，不知在哪一天，气球终于被吹爆，多米诺骨牌开始坍塌（都是贪婪惹的祸）……

据统计，中国家庭拥有房产的比例为全球第一，极具讽刺！此统计的根据是：中国农村家庭基本全有房子（土一点），城市居民绝大部分也有房子（旧一些）。造成中国房地产需求的真正动力是：

1. 地产商、银行及投资者的贪婪；

2. 大量农村人口涌向城市的需求。

而真正理性的房地产需求仅仅是：

1. 部分人对居住条件改善的需求；

2. 真正需要住房人群的刚性需求。

结语：

诗人杜甫忧国忧民，曾经作诗云：

"安得广厦千万间，大庇天下寒士俱欢颜。"

嘻哈认为时至今天，恐怕应改为：

"安得广厦亿万间，大利贪官富豪俱欢颜！"

呜呼！

嘻哈大士

杂文系列之九：逻辑

从前有座山，山里有个庙，庙里有个嘻哈老头讲故事。讲什么故事呢？讲个"逻辑"的故事吧……

什么是"逻辑和逻辑学"？嘻哈查了相关资料及解释，说逻辑就是思维的规律，逻辑学就是关于思维规律的学说。有时逻辑和逻辑学两个概念通用。而且逻辑还分为形式逻辑即抽象逻辑和具象逻辑，抽象逻辑是指人的抽象思维的逻辑；具象逻辑即人的整体思维的逻辑。逻辑和逻辑学的发展，经过了具象逻辑—抽象逻辑—具象逻辑与抽象逻辑统一的对称逻辑三大阶段。

这一听就够专业！逻辑到底是什么东东？以嘻哈的智商，绝对难以明白其中从具象—抽象—对称的逻辑关系！嘻哈曾经想学逻辑学，结果差点"抽"过去……

然而嘻哈听过几个小故事，倒是似乎有一点点明白什么是逻辑和逻辑学了。在这里现学现卖，试与各位分享。

故事一

说有两个"二货"张老六和王二狗,都想知道什么是"逻辑",王二狗说他认识一个专教逻辑学的教授,自告奋勇去请教这个教授,然后回来告诉张老六什么是逻辑。

于是王二狗便去请教教授。王二狗问:"请问什么是逻辑?"教授说:"你要在大学学三年,选修逻辑学课程,就可以明白什么是逻辑了。"王二狗说:"那时间太长,有什么办法可以快点明白什么是逻辑?我明天好去告诉张老六。"教授想了想说:"我问你几个问题,让你快速明白什么是逻辑。"王二狗欣然允诺。

教授问:"你家有没有养鱼?"王二狗答:"有养鱼!"教授又问:"你家的鱼是养在鱼缸里还是鱼池里?"王二狗答:"鱼池里!"

教授不再问,开口就说:"你家是不是住别墅?"王二狗答:"是!住别墅。"教授说:"你家是不是人口很多?"王二狗答:"是!上有老下有小,一大家子人。"教授说:"你是不是有老婆有子女?"王二狗答:"是!一个老婆,生了三男二女。"教授说:"你的性能力是不是很正常?"王二狗答:"是!"

教授笑笑说:"你看,我只问了你两个问题:你家有没有养鱼和鱼养在哪里,从你家的鱼养在鱼池里,就可以用逻辑推断出你家住别墅、从住别墅推断出你家人丁兴旺、从人丁兴旺推断出有老婆孩子,从你有老婆孩子推断出你的性能力。"王二狗啧啧称奇，逻辑学居然如此神奇，佩服得五体投地。

第二天王二狗见到张老六，张老六自然追问王二狗请教教授的结果。王二狗摇头晃脑，说已经非常清楚什么是逻辑学了，于是现学现卖问张老六："你家有没有养鱼？"张老六回答得很干脆："没有！"王二狗一愣，稍一思索，便做恍然大悟状，对张老六说："根据逻辑推理，你根本没有性能力！"

故事二

有一个修道院有两个修女：一个数学很好，叫数学修女；另一个逻辑推理能力很强，叫逻辑修女。一天她们出去买东西，遇到一个强盗。眼看天已经快黑了，但她们离修道院还有很远的路程，于是，她们开始商量如何脱险。数学修女说："坏了，我们遇到强盗了。根据我的判断，5 分 40 秒之后，强盗会追上我们。"逻辑修女说："按照逻辑推理我们现在应该赶快逃跑。"

数学修女又说："如果逃跑，按照男女奔跑速度之差来测算，4 分 20 秒后他也会追上我们。"

逻辑修女说："按照逻辑推理，我们现在只有一个选择，那就是分开逃跑。因为他只有一个人，而我们是两个人，不分开我们两个人都会受害。分开跑，我们只有一个人会受害。"

数学修女说："对，那样我们受害的概率可以降低 50%。"于是她们分头向两个方向跑。结果强盗稍一迟疑，选择了去追逻辑修女，而数学修女平安回到修道院，但她很担心逻辑修女会出事，不一会儿看到逻辑修女也跑回来了，并且气喘吁吁、衣衫不整。

数学修女赶快问逻辑修女："你终于回来啦！感谢主！快告诉我发生什么事了！"逻辑修女说："正如你所料，我尽管拼命逃跑，4分20秒后强盗还是追上我了。"

数学修女焦急地问："天哪！那怎么办？强盗抓住你之后怎么样了？"逻辑修女说："按照逻辑，被强盗追上，敌强我弱，只能服从，我只好按强盗的要求把我的裙子拉起来，那个强盗看到我把裙子拉起来，就把他裤子的皮带解下来了。"

数学修女说："哎呀，你不要再说了，那接下来一定发生了很可怕的事情。你不要难过，主今后会保佑你的！"

没想到逻辑修女哈哈大笑说："你怎么一点逻辑判断能力都没有？你想想，按照逻辑推理，一个拉起裙子的修女和一个解开了皮带、裤子往下掉的强盗，谁跑得快？当然是我跑得快！所以什么事都没发生，我安全回来了！"

故事三

一位总经理走进车间，看到地上有一滩油，叫来车间主任，提出第一个问题："地上为什么有一滩油？"车间主任回答说："哎呀，清洁工没有及时打扫。"于是叫来清洁工，把那滩油全部擦干净了。

问题是否解决了？没有。总经理又提出第二个问题："地上的油是哪儿来的？"经调查发现，原来机器上的一个零件坏了，导致漏油。于是维修工赶快换好了零件，油不漏了。

这下问题是否彻底解决了？没有。总经理又提出第三个问题："这个零件为什么会漏油？"再调查，原来它没到额定的使用时间就突然坏了，所以漏油。

总经理又提出第四个问题："这个零件为什么不到额定使用时间就坏了？"再调查，原来最近采购部换了一家零配件供应商。

总经理的第五个问题是："为什么要换零配件供应商？"经调查发现，公司采购部最近新换了一个经理叫王二狗，新经理授权更换了零配件供应商。

总经理的第六个问题是："这家零配件供应商和王二狗是什么关系？"经调查，原来这家零配件供应商的老板是王二狗的小舅子。这样一路问下去，答案出来了：因为有人吃回扣，所以地上有一滩油！

逻辑学告诉我们：遇到一个表象的问题，至少要问七个为什么才有可能查到问题的根源！

故事四（著名逻辑推理题中国版）

假设：

有五间房屋排成一列；

所有房屋的外墙颜色皆不同；

所有屋主来自不同城市；

所有屋主养不同的宠物，喝不同的饮料，抽不同的烟。

提示：

北京人住在红色的房屋里；

武汉人养一条狗；

惠州人喝茶；

绿色房屋在白色房屋的左边；

绿色房屋的屋主喝咖啡；

抽红塔山香烟的屋主养鸟；

黄色房屋的屋主抽中华香烟；

位于中间的房屋的屋主喝牛奶；

上海人住在第一间房屋（注：顺序是由左算起）；

抽阿诗玛烟的人住在养猫人家的隔壁；

养马的屋主隔壁住抽中华香烟的人家；

抽云烟的屋主喝啤酒；

西安人抽熊猫香烟；

上海人住在蓝色房子隔壁；

只喝开水的人家住在抽阿诗玛香烟的隔壁。

问题：谁养鱼？（如在 30 分钟内找到答案者为逻辑天才，一小时内找到答案者为及格，一个半小时都找不到答案者为……）

逻辑的延伸：

我的钱包怎么在你兜里？必须拿回来！——小偷的逻辑；

我花银子才当了官，不贪是脑袋进水了？——贪官的逻辑。

…………